KB217341

서지, 하다

김재희 장편소설

시공사

차례

1. 주간파 살인
(1월 10일 목요일)

사방의 벽면이 온통 하얀색이다. 방 안에는 가로 세로 1미터 남짓 되는 네모진 책상 하나와 의자 두 개가 놓여 있다. 사방이 꽉 막히고 하얗게 칠이 된 진술 녹화실은 처음 들어오는 사람에게는 위축감을 줄 터였다. 작년 봄 김성호는 서류와 감식 사진들을 놓고 혼자 용의자를 심문하다 숨이 막히고 답답해져서 화장실에 갔다. 잠시 후 돌아왔을 때, 그때까지만 해도 범죄사실을 시인하던 용의자가 갑자기 진술을 번복하고 말을 바꿔서 꽤나 골치 아팠다. 이후 용의자 진술 중에는 가급적이면 자리를 비우지 않았다. 요의가 느껴져도 참았고, 진술실에 들어오기 전에는 물조차 마시지 않았다.

범죄를 저지르는 자들은 상황을 통제하는 것을 좋아한다. 경

7

찰과의 대면에서도 자신이 상황을 압도적으로 이끌어나가서 거짓 결백을 주장하려는 마음을 품는다. 요는 경찰이 상황을 통제하느냐, 아니면 용의자에게 이끌려 가느냐 하는 것인데 먼저 주도권을 잡는 사람이 이기는 법이었다. 진술실에서 밀리는 것은 끝장을 의미한다.

성호는 하얀색 셔츠 맨 위의 단추를 풀었다. 늘 긴장된 상태를 유지하려 했지만 지금은 긴장을 푼 듯 부드러운 분위기를 연출해보고자 하였다. 빡빡하고 딱딱한 질문을 던지다가 쉽고 친근한 질문을 던져서 상대방의 마음을 풀어줘야 되는 타이밍이었다. 용의자의 기분을 다스려가면서 구두자백을 받아내기 위해서는 감정의 강약 조절이 필요하였다. 하지만 의도성을 띤 미소는 도리어 반감을 사거나 만만해 보일 수 있다.

성호는 무표정한 얼굴로 상대방을 쳐다보았다.

맞은편 의자에 앉은 16세의 남학생은 말 한마디 하지 않았다. 감색 파카 속에 하얀 터틀넥 티셔츠를 입은 아이는 가냘픈 체구에 손목과 손가락이 뼈마디가 드러나 보일 정도로 가늘었다. 성호는 입을 굳게 다물고는 무테안경 너머 이준희의 눈동자를 부드럽게 응시하였다. 잠시 후 성호가 입을 열었다.

"잠깐 친구들 이야기 해볼까? 요즘 친구들은 만나니?"

이준희는 말없이 고개를 숙이고 있다가 침묵을 깨고 입을 열었다.

"아니요, 저기⋯⋯ 휴대폰 주시면 안 돼요?"

준희가 휴대폰을 놓지 않아서 잠시 서랍 속에 넣어둔 상태였다.

"면담 끝나면 돌려줄게."

"그냥, 인터넷 안 할게요. 노래라도 들을게요."

준희는 초초한 듯 두 손을 꼭 쥐고 풀었다 하면서 다리를 까닥거렸다. 그러다 잠시 고개를 들어 성호의 눈치를 살피기도 하였다.

"친구들은 네 걱정 안 하니?"

준희는 손을 들어 머리를 긁적였다.

"그것도 인터넷으로 알아봐야 해요. 제 이야기가 어떻게 돌아가는지 친구들이 어떤 생각하는지 확인해보고 싶어요."

"친구들은 오프라인에서는 거의 안 만나고 온라인에서만 만나는 거야?"

"네."

"네 카톡 대문 사진 봤어. 강아지 사진이던데 키우고 싶어서 올려놓은 거야?"

준희의 얼굴이 잠시 밝아졌다.

"키우고 싶지만 엄마가 안 된다고 했어요. 기르는 데 이것저것 돈 많이 들어간다고."

"카톡으로는 친구들하고 대화 많이 나누니? 반 친구들하고 말이야."

준희가 힘없이 답했다.

"뭐, 반 아이들 채팅방에 내가 들어가면 다들 눈치 살피고 개무시하니까. 어차피 모르는 애들이랑 주고받는 게 더 편해요."

"채팅은 초대받아야 들어가는 거잖아. 그런데 반 아이들이 초대해놓고 모른 척한다고?"

"그러니까요. 후우."

준희는 작게 숨을 내쉬었다.

"어머니가 걱정 많이 하시고 계시지?"

준희의 시선이 무연하게 잠시 벽 쪽을 향했다. 성호는 다른 질문을 했다.

"경찰서 왔다갔다하는 게 힘들지? 어머니는 어떻게 생각하시니?"

"엄마가 이게 다 인터넷 때문이라면서 인터넷 끊었어요. 인터넷도 휴대폰 와이파이 되는 데서만 확인해볼 수 있어요."

"뭘 확인해본다는 거지? 주간파 게시판 말하는 거야?"

성호가 준희를 살피며 조심스럽게 물었다. 준희가 머뭇거렸다.

"주간파 게시판에 올린 이 글 네가 쓴 거 맞지?"

성호가 내민 출력물들에는 게시판에 올린 글들이 출력돼 있었다.

http://www.jukanpa.co.kr/70238246
작성자 leejun98 작성일 2012년 12월 20일 11시 20분 PM

우리를 엿먹인 성형괴물 하나리를 처단합시다. 크리스마스이브에 집결하여 집으로 쳐들어가서 현피 뜨자고요. 하나리의 주소는 강남구 신사동 1109번지 녹원빌라 101호입니다. 시간은 8시로 생각합니다.

└ leejun98에 댓글, 눈팅쾌걸 작성

모두 장구 챙겨서 신사역에서 만나는 게 어때?

└ └ 눈팅쾌걸에 댓글, 주파빠 작성

시간을 늦추자. 알바 끝나고 가야 돼서. 무기는 메스 같은 거 없나? 성형외과 작품에 기스 내는 거지 ㅋㅋ

└ leejun98에 댓글, 정신차려 작성

하나리가 또 고소 처넣으면, 강남경찰서에서 다 같이 만나서 진술하고 합의 볼래? 합의금 못해도 백만 원씩 부를 텐데 돈 많나보지?

└ └ 정신차려에 댓글, jupplove99 작성

하나리 사진 첨부한다. 정말 주먹을 부르는 성형괴물 아니냐? 이런데도 참자구? 그나저나 집에 있을까? 하나리?

└ └ └ jupplove99에 댓글, 미친 도라이 작성

걱정 마, 성형괴물이 갈 데가 어딨냐?

이런 식으로 하나리라는 여성의 얼굴 사진과 함께 빌라 사진, 지도가 첨부되어 수십 건의 댓글들이 달려 있었다. 준희가 시선도 주지 않고 성호 뒤의 벽면만 바라보자, 성호는 출력물

을 뒤집어 놓았다.

"저어, 이거 녹화되는 건가요? 벽에 카메라 렌즈 있는 거 아니에요?"

주간파 게시판 출력물을 제시한 후 5분 동안 한 마디 말도 하지 않았던 준희가 입을 열었다.

"녹화는 피의자만 하는 거 아닌가요? 그것도 성폭력 관련사건만 하는 거라고 인터넷에 나와 있던데요? 제 동의 안 받으셨잖아요?"

성호는 고개를 저었다.

"남는 조사실이 없어서 여기서 하는 거고, 녹화를 뜰 거면 상대방 동의를 구해야 돼. 하나리 씨 주소는 어떻게 알아낸 거니? 주간파 사용자들이 알려준 거야?"

이제 다시 사건의 초점으로 돌아왔다. 사건과 관련하여 간단한 것부터 시작하고자 하였다. 왜 그랬니? 왜 글을 올렸니? 캐문다 보면 또다시 입을 다물어버릴 것이 뻔해 보였다.

"카톡으로 싸우고, 이메일 주고받다가 아이피 주소 알아냈고요. 아이피 입력해서 주소 알아내는 사이트에서 알아냈어요."

"하나리 씨를 페이스북에서 처음 알게 된 건 맞는 거야?"

성호는 강남경찰서 강력계 박민철 형사가 작성한 진술서를 통해 사건의 전체 내용을 숙지하고 있었다. 고리가 고리를 물고 늘어지면서 사슬이 되듯이 하나하나씩 접근해서 진술을 이끌어갈 참이었다. 준희는 가만히 고개를 끄덕였다.

"처음에 성형수술을 많이 한 성형괴물을 찾아냈다고 주간파 사이트 자유게시판에 올렸던 게 작년 11월 13일의 일이고, 그리고 댓글들이 많아지면서 호응도가 높아지니까 성형수술 견적에 관한 글을 올렸지. 그게 11월 17일이야. 견적은 어떻게 알아낸 거야? 사건과 관련 있어서 그래."

성호는 '사건'이라는 단어를 강조하였다. 진지한 표정으로 준희를 바라보았다. 준희가 머뭇거리다 손가락을 구부려서 주먹을 꽉 쥐고 떨리는 목소리로 말했다.

"그냥 인터넷 나와 있는 가격들 보고 추, 추정했어요. 하나리는 보다시피 이마에 필러, 볼에도 필러, 입술은 부풀리고, 코에 필러 넣고, 얼굴 라인은 양악수술한 게 뻔하니까……. 성형 견적 내주는 사이트 찾아내서 입력하니까 2천5백만 원이 나왔어요."

성호가 잠깐 왼손 집게손가락으로 인중을 쓸어내리고 물었다.

"이런 글들을 지속적으로 올리는 이유가 듣고 싶은데?"

준희가 고개를 들었다. 얼굴에 잠깐이나마 기쁜 기색이 비쳤다.

"그야, 주간파 친구들이 좋아해주니까요. 성형괴물이나, 남자들 등쳐먹고 명품백 사달라는 여자들 찾아내 신상 털어내면 모두 그 여자들 페이스북이나 싸이에 몰려가서 악성 댓글 올려요. 그러면 다들 잘했다고 토닥여주고 그러는 거죠. 근데 하나리는 고소까지 하는 바람에 강남경찰서에서 만났어요."

준희는 다시 어두운 기색으로 고개를 숙였다.

"그래 좋아. 너를 포함해서 주간파 게시판에 글을 올리고 댓글을 단 사람들 열두 명을 모두 고소한 게 11월 24일, 주간파 사이트 글을 캡처해서 신고했고, 11월 27일 날 경찰서에 열 명이 참석하여 각각 50만원에 합의를 보고 합의서를 쓰고 집으로 갔지. 근데 12월 20일에 네가 올린 하나리를 처단하자는 글에 눈팅쾌걸, 주파빠 등이 찬성하는 댓글을 올렸고, 크리스마스이브에 저녁 8시에 신사역에서 모여서 하나리가 사는 집을 찾아가자고 결정했지. 모두 모여서 범행을 저지른 거니?"

준희는 범행이라는 단어에 심각해진 표정으로 고개를 저었다.

"아, 아무도 나오지 않았어요. 신사역에 나가봤지만, 아무도 나오지 않았다고요."

"그래? 그렇다면 너는 그 시간에, 그러니까 12월 24일 저녁 8시에 신사역에 나갔다는 말이지?"

"아, 아뇨 안 나갔어요. 안 나갔다고요!"

준희가 격앙된 목소리로 소리쳤다.

"방금 아무도 안 나왔다고 말했잖아? 그리고 여기 형사님이 신사역 근처 전봇대에 설치된 CCTV에서 네가 사건 당일 저녁에 그 부근을 배회했다는 증거를 찾아오셨어."

성호는 수사보고서 중에 뒷모습이 찍힌 준희의 CCTV 사진을 꺼내 보여주었다.

"저 아니라고요!"

"너희 집에 가서 이 검은색 야상 점퍼와, 하얀색 후드 티를 모두 증거로 가져오셨잖아? 네가 평소에 자주 입는 사복이잖아?"

준희는 흐느끼듯 떨리는 목소리로 대답했다.

"아 씨, 진짜. 그래요, 그날 거기에 갔어요. 하나리 집도 찾아가봤어요. 집 앞에서 주간파 사이트 애들 기다렸지만 아무도 안 왔어요. 저는 죽이지 않았어요. 죽이지 않았다고요!"

준희는 이 말을 마지막으로 무너졌다. 엉엉 목 놓아 울면서 더 이상 대답을 잇지 않았다. 성호는 준희를 다독였다. 준희의 울음이 사그라지자 성호는 진술실을 조용히 빠져나왔다. 문 앞에 대기하고 있던 덩치 큰 남자가 다가왔다. 근육질 몸체에 꽉 끼는 아웃도어 티셔츠를 입고 청바지를 받쳐 입은 남자는 다급한 표정을 지어 보였다. 남자는 키가 190센티미터는 족히 되어 보였다.

"어때요? 자백하던가요?"

박민철 형사가 물었다. 성호는 고개를 저었다. 박민철이 잠깐 실망한 기색으로 되물었다.

"그런 게시글을 올리고, 고소 사건으로 감정도 안 좋고 요즘 중학생 애들 무섭다고요. 감식 결과가 나오지는 않았지만 하나리 집에서 지문이라도 나오는 날에는 무조건 구속영장 받아낼 겁니다. 촉법소년이고 뭐고 봐주는 것도 정도가 있지, 성형했다는 이유로 얼굴을 면도칼로 난자하고 목 졸라 죽이는 놈은 절대로 소년원 정도로 그쳐서는 안 됩니다. 구제 불능이라고요. 소년범 전문 프로파일링을 많이 하셨다기에 기대가 큽니다."

성호와 박민철은 강력팀 사무실로 자리를 옮겨서 이야기를 나눴다.

"지문이 거의 안 나왔다고요?"

성호가 수사관련 보고서를 꼼꼼하게 보다가 물었다.

"잠재지문 몇 개 뭉그러진 게 있어서 국립과학수사연구원에서 복원 중이니 결과 곧 나올 겁니다."

"사망 시각은 24일 11시경으로 추정된다고 부검 감정서에 나와 있는데, 신사역에서 이준희 군이 카메라에 잡힌 시각이 8시 10분입니다. 뭐 그 시간까지 기다렸다 범행했다고 칩시다. 그렇다면 신사동 녹원빌라 피해자 집 주변을 배회하다가 들어가는 것을 본 목격자가 나와야 되는데 목격자 진술이 없네요."

"빌라 골목에 CCTV가 없어서 증거는 없지만, 그 녀석 알리바이도 없어요. 하나리 집 근처에서 살펴만 보다가 다시 대로로 나와 크리스마스 분위기에 들떠서 강남역 근처까지 걸어서 갔다고 그러는데 말이 신빙성이 없어요. 강남역 부근에서 CCTV에 잡히지도 않았고요. 우리가 경사님께 수사 과정을 조언해달라는 게 아닙니다. 이준희 그 녀석이 범죄를 저지를 성향 같은 뭐 그런 범죄자 심리분석을 해달라는 거지요."

성호는 잠깐 미소를 지었다. 그리고 시선을 꺼져 있는 컴퓨터 모니터로 잠깐 옮겼다. 짧은 앞머리, 순한 듯 보이지만 얼핏 번득이는 눈매, 갸름하고 긴 얼굴, 그리고 넓지 않은 어깨와 호리호리한 체구. 누가 보아도 그는 경찰 같지는 않았다. 하지만 그는 하루에도 수 건의 살인사건 현장 사진을 접하면서 범죄자의 마음을 들여다보는 경찰청 과학수사센터 범죄행동과학계 소속의 프로파일러였다.

성호는 고개를 저었다.

"이준희는 범인이 아닙니다. 범행 현장에 지문 하나 남기지 않을 정도로 계획적인 살인을 저지를 만한 능력이 없습니다."

박민철은 답답하다는 듯이 두 주먹을 쥐었다.

"하, 요즘 애들이 미국 CSI 드라마 보고 얼마나 증거에 집착하고 연구하는 줄 아세요? 지문을 남기지 않아야 된다는 건 기본 중에 기본입니다. 게다가 포털사이트에 물어보면 시체 숨기는 법까지 알려주는 세상이란 말입니다!"

"하나리 씨가 키 165센티미터에 50킬로그램의 체격이라 하는데요. 이준희는 그보다 키가 작고 몸무게도 적어요. 완력적인 부분으로 봐도 하나리를 제압하기는 어려울 겁니다."

"아뇨, 이준희는 중학생입니다. 2학년이면 한참 힘도 세질 나이죠. 예비 중3이죠. 그리고 그날 나오겠다고 찬성 댓글 단 애들 모조리 불러다 조사해봤어요. 그날 실제로 나간 아이들은 한 명도 없었구요, 알리바이도 있어요. 피시방 주인들, 부모들, 학원 선생들이 확인해주었습니다."

성호는 서류 한 장을 내밀었다.

"사안이 사안이니만큼 MMPI-2(Minnesota Multiphasic Personality Inventory-2), 다면적 인성검사를 해봤는데 반사회성

이나 공격적인 척도 수치가 낮은 편입니다. 다만 강박증이나 우울증을 나타내는 척도는 67과 66으로 좀 높게 나왔죠. 대부분의 척도에서 55점 이하로 나와서 안정적이라고 볼 수 있습니다. 반사회성이나, 공포감, 불안감, 분노감 분야의 척도는 55점 이하예요. 70점, 80점이 넘는 폭력성 유발 위험인자는 보이지 않았습니다."

박민철이 목소리를 높였다.

"강박증, 우울증같은 정신질환 있으니 그런 행동을 하는 게 아닙니까? 사이코패스도 그렇게 시작되는 것 아니냐구요. 사이코패스 전용 심리검사, 그 뭐냐 PCL-R(Psychopathy Checklist -Revised) 그런 것으로 다시 검사해봐요. 범죄자들이 작정하면 심리검사 조작 가능하잖아요."

성호는 답답하다는 듯이 말했다.

"PCL-R이 만능은 아닙니다. 필요하다면 PCL-R도 진행하겠지만, 현재 심리검사 결과로는 위악적인 거짓말로 상황을 조작했다고 장담할 수 없어요."

박민철이 거세게 저항하였다.

"지금으로써 유일한 용의자고, 놓치면 다시는 잡아들일 수 없어요. 부탁 드립니다. 수사협조 바랍니다."

성호는 고개를 저었다.

"범행 흉기도 이준희의 집에서 발견되지 않았다고 들었습니다. 정황상 범인이라고 단정 지을 수 없습니다."

"그거야 우리가 강남역과 신사역 부근을 샅샅이 뒤지고 있으니까 조금만 기다려봐요. 흉기 금방 찾아서 지문 뽑아내면 되니까. 그리고 그날 워낙 사람이 많이 쏟아져 나와서 CCTV에서 이준희를 찾아낼 수 없었지만 국과수에 보내놨으니까 곧 결과 나와요. 확대해보면 사람 얼굴 하나하나 알아볼 수 있거든요. 세심하게 판정 들어갈 겁니다. 이준희 개, 분명 정신적으로 문제 있어요, 그래서 범행한 겁니다. 정신질환과 연결된 거 뭐냐 게임중독, 인터넷 중독 범죄와 연관 있어요. 심리검사 다시 진행해주세요."

박민철이 다부지게 제안하였다.

"박민철 형사님. 사이코패스는 정신질환과는 다릅니다. 불안, 우울, 환각 같은 정신장애가 없고 정신도 멀쩡해요. 그저 양심과 죄책감 같은 감정이 없는 것이죠. 제가 접해본 그들과 이준희는 성향이 달라요. 이준희는 분명히 감정이 있고, 두려워하고 불안해하고 있어요."

박민철은 목소리를 높여 말했다.

"요즘 중학생들이 저지르는 폭력이 얼마나 심각한지 모르셔서 그럽니까? 용돈 벌자고 후배 여학생들 모텔에 감금시키고 성매매시켜 돈 버는 게 요즘 청소년이라고요."

성호가 차분한 목소리로 답하였다.

"그건 압니다. 하지만 이준희는 심리검사 보고서를 기준으로 볼 때 폭력성향과는 거리가 있습니다. 게다가 범행 현장에 증거 하나 없이 나올 정도의 범인이라면 꽤 계획적으로 범행을 저지른 것인데, 약간의 심리공격에도 무너지는 학생이 거짓말로 범행을 철저하게 감추기는 힘듭니다."

"거짓일 수 있어요. 가식으로 우는 겁니다."

성호는 고개를 저었다.

"거짓말 할 때 과도하게 눈을 끔벅거리거나, 무의식적으로 신체의 일부분을 만지는 것 같은 행동 패턴들이 이준희에게서는 읽혀지지 않아요."

잠깐 과열된 분위기를 식히려는 듯이 박민철이 책상에 놓인 커피 잔을 들고 한 모금 마셨다. 이때 제복을 입은 여경이 다가와 박민철에게 서류를 내밀었다.

"박 형사님, 부탁한 사안 조사 서류입니다."

"잠깐만 앉아봐, 경찰청 과학수사센터 범죄행동과학계 김성호 경사님이야. 이야기 좀 해드려. 주간파 사이트 말이야."

키가 작달막하고 동그란 안경을 낀 여경은 생글생글 웃으며 인사를 했다.

"강남경찰서 사이버수사팀 소속 이주영 순경입니다. 이 자료 잠깐 살펴보세요."

이주영은 서류를 들춰서 인터넷 화면을 캡처한 사진을 보여주었다.

"지금 보시는 주간파 사이트는 주간 파퓰라를 줄인 말인데 주간에 인기 있는 글들을 한 게시판으로 몰아서 전면에 띄우는 게 특징이죠. 네티즌 투표에 의해 전면에 올려질지 결정되고요."

성호가 질문을 던졌다.

"언론에서 주간파 사이트를 비도덕적이고 양심이 결여된 집단이라고 많이 비판하던데, 회원들 성향이 실제로는 어떤가요?"

"사이트 이용자들은 정치적으로는 우파에 가깝고, 10대에서 20대 남자가 회원의 70퍼센트에 이릅니다. 서로 반말을 해도 되고 욕을 해도 삭제가 안 됩니다. 특정인의 부모를 깎아내리거나, 쌍욕을 하는 경우도 있지만, 검열 과정 없이 그냥 올라갑니다. 명예훼손에 가깝죠. 물론 음란 사진은 운영진에 의해서 삭제되죠."

박민철이 책상 위에 놓인 서류철을 펼쳐서 보여주었다.

"이걸 보세요. 이게 제정신이 가진 놈들이 할 짓입니까?"

회칼을 들고 벼린 날에 혀를 가져가 대고 노려보는 20대 남성의 사진, 성인용품을 들고서 자랑하듯이 보여주는 10대 남성의 사진, 팬티만 입고 두 주먹을 불끈 쥐고 얼굴에는 호랑이 마스크를 쓴 남자의 사진 등등이 서류에 붙어 있었다.

"이놈들이 하나리가 고소하고 합의를 보자, 나중에 죽여버리겠다며 사진을 올렸어요. 그러니 하나리가 얼마나 겁이 났겠습니까? 하나리가 생각해보다가 신변보호요청을 하겠다고 했는데, 요청한 바로 그날 밤에 피살되었습니다. 범인이 이 주간파 사이트에 있지 않으면 어디에 있겠습니까?"

이주영이 잠깐 미소를 지었다.

"근데 사실은 장난식으로 올린 사진이라고 볼 수도 있어요."

"장난이요?"

"네, 게시물에 올라오는 내용들은 영화나 음악이 좋다는 글에서부터 정치적인 색을 띤 글까지 다양해요. 또 범죄에는 민감한데, 한번은 마약을 판다고 인터넷에 광고하는 남자를 찾아내려고 수천 명의 회원이 동시다발적으로 신상 털기를 해서 전화번호, 집 주소 알아내고 난리가 났었죠. 그런데 그 남자 찾아가서 손봐주겠다고 한 회원들 수십 명이 그날 단 한 명도 약속 장소에 안 나왔어요. 이런 식의 키보드 워리어가 많기도 하죠."

"그렇다면 하나리를 죽이겠다는 사람들이 올린 사진은 장난일 수도 있다는 겁니까?"

성호가 질문을 던졌다.

"네, 자판 뒤에서만 용감한 거죠. 실제로 하나리 사건 관련하여 제가 주간파에 댓글 단 회원들 조사해보았는데, 올린 글 수위에 비해 숙맥인 학생이 많았어요."

"이런 쓰레기 같은 사이트는 당장 폐쇄해야 된다구."

박민철이 화가 나는지 담배를 찾아 빼물었다가 이주영이 고개를 돌리자 슬그머니 서랍 속으로 집어넣었다. 박민철이 박수를 두 번 쳤다.

"자아, 다 까놓고 말합시다. 이 사이트 이용자 중에 분명 살인자는 있습니다. 정황상 주간파에서 사건의 계획을 모의하였고, 실행했어요. 저는 그 중에 하나리를 처단하자고 글을 올리고 댓글을 단 사람 중에 고소 사건으로 하나리와 앙금이 있는 사람들을 추렸습니다. 알리바이 있는 사람 제하였죠. 이준희 저 녀석은 알리바이를 못 대는 데다가 고소 사건의 중심에 있죠. 하나리 관련 자료를 가장 많이 올렸고, 처단하자고 제안을 한 중심인물입니다. 당장은 증거가 부족하니까 김성호 경사님이 심리검사 같은 증빙 자료를 주시면 구속영장 실질심사에 올려보겠습니다."

성호는 난처한 기색을 보였다.

"지금으로써는 힘듭니다. 정보도 부족하구요."

박민철이 화가 나서 다른 서류를 들춰내서 보여주었다.

"이거 봤죠? 이준희가 작성한 자술서. 자, 여기 좀 봐요."

저는 2012년 12월 24일, 주간파 사이트에서 하나리를 처단하자는 게시글을 올린 후라 조금이라도 빨리 하나리를 깜짝 놀라게 할 목적으로 신사역에 저녁 8시에 도착하였습니다. 신사역 8번 출구를 나와서 서성이다가 아무도 주간파에서 나온 사람들로는 안 보여서 하나리의 집으로 저 혼자 갔습니다. 주소와 집은 인터넷으로 찾아서 이미 자료를 주간파 사이트에 올려둔 터라 그다지 어렵지 않게 8시 20분경 찾아갔습니다. 녹원빌라 앞에서 몇 분 서성이다가 빌라에 들어가보려 하였으나, 비밀번호가 있어야 들어갈 수 있었고 나오는 사람도 없어서 그냥 강남역 쪽으로 발걸음을 돌려서 걸어갔습니다. <u>8시 40분인가 아니면 50분경이던가 강남역에 도착해서 크리스마스트리를 장식한 가게들을 구경하고</u> 사람들도 보다가 집으로 돌아가니 밤 11시가 넘었습니다. 집으로 갈 때는 걸어갔습니다.

박민철은 중간에 줄을 치고 손가락을 가리키며 성호를 노려보았다.

"나도 경찰청에서 하는 범죄심리학 세미나 가봤어요. 바로 이 부분이 암초효과 아닙니까? 진술이 잘 흘러가다가 무언가 숨기려고 갑자기 암초처럼 특정부분에서 미묘한 이상기류가 나타나는 게 그 효과 아니냐구요. '8시 40분인가 아니면 50분 경이던가' 말을 갑자기 모호하게 흐리는 거 보이죠? 이건 그 시간에 강남역으로 나오지 않았다는 겁니다. 바로 그 시간에 하나리의 집에 들어가 입을 박스테이프로 막아놓고, 온몸을 케이블 타이로 결박하고 나서 얼굴을 긋고 목을 조른 거라구!"

박민철이 거세게 말을 마쳤다. 성호는 고개를 저었다.

"이런 식으로 따지고 보면 이 자술서에 나와 있는 모든 글이 의문스럽습니다. 첫 번째 줄에도 저녁 몇 시라는 시각은 없이 2012년 12월 24일이라는 날짜만 나와 있어요. 그런데 다음 줄에는 시각이 나와요. 신사역 저녁 8시라고요. 그렇다면 첫 번째 문장에서 시각을 숨기려고 의도했던 것일까요? 그리고 아래줄에도 '녹원빌라에서 몇 분 서성이다'라는 모호한 문장이 나옵니다. 사람은 기억을 시간 분초대로 재생하기가 힘들어요. 저는 오히려 쓸데없는 말이나, 군더더기가 없어서 진실에 가까운 진술이라는 판단이 듭니다."

"이봐요, 이게 인간이 할 짓이야? 온몸을 결박하고 앳된 여자 얼굴에 면도날이나 들이대고. 자, 잘 보라구!"

박민철은 하나리의 시신 사진을 펼쳐들고 김성호 앞에 들이
밀었다.

　　"자그마치 뺨을 일곱 차례 날카로운 면도칼로 난자했어. 그
리고 두 손으로 목을 졸라서 죽였다구! 목 부분에는 장갑 흔적
만 발견됐고. 그러니 지문이 안 나온 것도 이해는 가. 하지만
내 수사 경험상 장갑 긴 범인도 어느 순간 장갑을 무의식중에
빼고 어떤 행동이든 한단 말이야!"

　　박민철은 잠시 흥분을 가라앉히려고 심호흡을 한 후, 차분하
게 이어 말하였다.

　　"손목과 발목에 묶은 케이블 타이를 살펴보니까 깨끗해요.
조사해보니 케이블 타이는 지문을 닦은 흔적이 있지만 모든 소
지품과 컴퓨터나 집기 등을 아직 과학수사팀에서 분석하고 있
으니까 경사님은 시간을 벌어주세요."

　　성호는 굳은 표정으로 잠시 있다가 입을 열었다.

　　"선생님이나 부모님, 친구들을 만나보고 싶습니다."

　　박민철이 고갯짓을 하였다.

　　"부모는 저기 오셨네. 임의동행 수사한 지 3시간 지나서 연
락되는 부모면 말 다한 거죠."

　　성호는 뒤를 돌아보았다. 자그마한 체구에 수심이 가득한 얼
굴의 40대 후반으로 보이는 여성이 고개를 숙이고 준희의 손을
붙잡고 있었다. 박민철이 다가가자 여성은 연신 고개를 숙여
보였다. 성호가 다가가려는데 이주영이 말렸다.

"이준희와 함께 있으면 절대 무슨 말이든 안 하실 거예요. 어머니 면담은 나중으로 미루시고, 담임선생님과 주변 친구들은 제가 한 번씩 만나봐서 연락처는 아는데, 어떻게 하실래요?"

"일단 오늘은 시간이 비거든요. 오후에 만났으면 합니다."

"마침 방학이라 시간이 될지도 몰라요. 구내식당에서 점심 저랑 하시고 같이 가봐요."

강남경찰서 구내식당은 점심때가 지나서인지 한산했다. 중앙에 놓인 TV에서 뉴스가 나오고 있었다. 외국을 순방 중인 대통령의 모습이 비쳤다.

"아줌마, 된장찌개 두 개 끓여주세요. 늦어서 죄송해요."

이주영은 주문을 하고 두 손을 비비면서 자리에 앉았다. 잠시 후 식사가 나왔고 이주영과 성호가 같이 가서 식판에 받아왔다. 찌개와 백반, 꽤 정성스럽게 조리한 듯 보이는 달걀프라이와 멸치 볶음 같은 반찬에서 김이 모락모락 나고 있었다.

"우리 경찰서는 택시기사님들도 종종 오셔서 드시고 가세요. 그만큼 맛있거든요."

찌개를 후후 불어가면서 먹던 이주영이 김이 서린 안경을 벗어들고 웃어 보였다.

"전 FBI 범죄행동분석요원 로버트 레슬러의 책을 감명 깊게 읽고 그쪽으로 나가고 싶어 경찰 시험을 봤어요. 그런데 지금은 사이버범죄수사팀에 발령 났죠."

성호는 자못 굳은 표정을 약간 풀었다. 이주영의 말이 이어졌다.

"워낙에 저도 게임과 인터넷 중독자였거든요. 그런 제가 경찰이 되다니 아이러니하죠. 게임중독 이뤄 범죄자라고 공식이 붙여진 세상인데요. 후후."

"주간파는 그렇게 유해한 사이트입니까?"

이주영은 고개를 저었다.

"글쎄요, 한때 사이트 이용자 중에 심각한 범죄자도 있다는 소문도 돌았죠. 폐쇄하자는 의견도 많이 나왔어요. 이번 사건은 정말 잘못되기는 했어요. 솔직하게 말하자면 저도 주간파에서 마약 범죄자 처단하러 가자고 회원들 모의할 때 이걸 상부에 보고해야 되나 고민 많이 했어요. 하지만 모의 현장에 아무도 나오지 않았다는 인증 사진을 보고 많이 웃었죠. 후우, 근데 이런 일이 결국에는 터진 거죠."

성호는 이주영의 이야기를 듣고 나서 젓가락을 놓았다. 이주영이 미소를 지으며 물었다.

"다 드시기는 한 거예요? 여기가 경찰청보다 맛없나 봐요."

이주영은 싹싹 비운 그릇을 들고 일어나 배식구로 향했다.

이주영이 배정 차량을 운전하고 성호는 보조석에 올랐다.

성호는 하나리가 포토샵으로 단장하여 페이스북에 올린 사진과 이준희 관련 자료만 본 채 강남경찰서를 방문하였다. 현장 사진은 박민철이 보여준 것이 처음이었다. 그동안 수천 번도 넘게 봐왔지만 현장 사진은 여전히 적응하기 힘들었다.

2004년에 유영철 연쇄살인사건 진상이 밝혀지고 나서 2007년 이후부터 경찰청에서 심리학과 출신자를 대상으로 범죄행동분석관을 특별채용을 하였다. 성호는 2009년 심리학 석사 학위를 따고 경장으로 특채되어 서울경찰청 과학수사센터 범죄행동과학계에 들어왔다. 그러나 한국형 범죄분석시스템의 토대를 만들자는 취지가 무색하게 동기 중 절반 이상이 경찰직을 포기하는 사태가 벌어졌다. 사건 현장에 직접 나가지는 않았지만 매일 잔혹한 살인사건의 자료와 사진을 접하는 일은 견디기 어려웠다.

누구라 할 것 없이 몸무게가 빠졌고, 심각한 사건에서는 극심한 스트레스를 겪었다.

가장 힘든 점은 범죄자의 입장이 되어서 사건을 바라봐야 한다는 것이다. 살인자의 마음속으로 들어가 그가 저지른 범죄를 일에서 백까지 머릿속으로 재현해보고 나서 왜 그렇게 했는지를 곱씹어보아야 했다. 범인이 잡힌 후에는 불우한 어린 시절과 같은 범인의 개인사에 공감하면서 진술을 이끌어내야 했다. 범죄와 범인에게 가장 근접한 그림자가 바로 그들이었다.

상념에 빠진 성호를 이주영이 깨워냈다.

"말씀이 원래 없으신가 봐요? 상담하시는 분들은 말을 많이 할 거라고 생각했는데요?"

"남의 이야기를 들어주는 편이죠."

"경찰청 프로파일러 모시고 나간다니까 얼른 차량 배정해주던데요? 김 경사님 덕분에 편하게 왔어요. 이제 거의 다 왔어요."

대로변에서 주택가 골목길로 접어들자, 너른 운동장에 서 있는 학교 교사가 보였다. 담벼락이 없는 중학교 교정은 한산해 보였다. 낮은 소나무와 정원석이 담 대신 야트막하게 자리 잡고 있었다.

이주영은 학교 담장 근처 주차 라인에 차를 주차시켰다. 학교 건물은 낡아 보였지만 최근에 리모델링을 했는지 색색들이 페인트가 칠해져 있어서 나름대로 깔끔해 보였다. 1월의 추운 날씨에도 교정에는 농구를 하는 학생들이 보였다.

"여기가 준희가 다니는 중학교예요. 담임선생님은 오늘 일이 있으시다 그랬고, 반 친구들 두 명이 와 있어요. 참, 북한이 왜 남한을 쳐들어오지 못하는 줄 아세요?"

"네?"

"우스갯소리로 대한민국 중2가 무서워서 못 내려온다고 하잖아요. 예전에 고등학생들이 탈선학생과 모범생으로 나뉘었다면 지금은 중학교에서 갈리죠. 학교폭력사건도 중학교에서 훨씬 더 신고가 많이 들어오고요. 10건 중 7건은 중학생 폭력 사건이죠."

성호가 고개를 끄덕이며 대답하였다.

"제가 청소년 범죄자들을 대상으로 프로파일링을 해봤는데, 성인 범죄자와의 차이가 점차 줄어들고 있습니다. 범죄에 대한 죄책감이 적고, 내가 무슨 잘못을 했느냐고 따지거나 혹은 피해자가 범죄를 유발시켰다는 식의 도덕성이 결여된 학생들도 많이 봤습니다. 소년범에게 법이 관대하고 형량이 너무 적다는 비판도 많이 나오고 있죠."

이주영은 고개를 끄덕이며 성호보다 약간 앞서 걸어가다 갑자기 파드득 웃었다.

"근데 걔네들 인터넷에서 정말 심각하게 굴기는 하는데, 한편으로 귀여워요. 트위터에 '테이크아웃 커피 한 잔에 담배 한 모금 빨고 진지하게 인생을 논하는데 갑자기 날 돌게 하는 선생이 떠올라 괴롭다.' 후후, 이런 식으로 허세 피우고 그러죠."

"중학생들이 가는 사이트에 자주 가시나보죠?"

"네, 사이버상의 요주의 카페들은 동향을 살펴보는 편인데, 강남 지역 중2 학생들이 모여서 세상에 대한 불만을 표출하는 카페에서 이딴 글이 심심찮게 올라와요."

"이 순경님은 중2 때 어떠셨죠?"

성호가 미소를 지으며 물었다.

"저요? 말씀 드렸잖아요. 컴퓨터나 책에 코 박고 사는 안경 낀 키 작은 여자아이. 그냥 그랬어요. 제가 경찰 됐다는 걸 알면 애들 많이 놀랄걸요? 김 경사님은 어떠신데요? 오래전부터 프로파일러를 꿈꾸셨나요?"

"아뇨, 경찰은 심리학과 졸업하고 뒤늦게 되고자 마음먹은 거였죠. 이렇게 풀릴 줄은 몰랐습니다."

운동장을 지나쳐 학교 건물로 들어가자 교무실, 교장실 팻말 뒤로 상담실이 보였다. 상담실 문을 열고 들어가자 50대의 여자가 반겼다. 그 뒤로는 여드름으로 얼굴이 뒤덮인 남학생과 덩치가 제법 크고 살집이 있는 여학생이 앉아 있었다.

"오셨어요? 준희 반 회장, 부회장 불렀는데 부모님들이 좀 부담스러워 하셔서 빨리 끝내주시면 좋겠는데요."

"네, 그렇게 할게요."

잠시 후, 이주영은 사 온 음료수를 내려놓고 자리에 앉았다. 상담실 교사가 밖으로 나가자 이주영이 먼저 운을 뗐다.

"너희들, 준희 일 알고 있지?"

이준희가 학교에서 수업을 받을 때 연행되어서 반 아이들은 사건을 이미 알고 있었다.

"네. 준희 지금 경찰서에 구속돼 있는 거예요?"

"아니, 집과 경찰서 오가면서 조사 받고 있어. 참, 이분은 경찰청에 계시는 김성호 경사님. 범죄분석관이야."

"우와, 그럼 CSI 같은 거예요?"

여드름 남학생이 묻자 여학생이 핀잔을 주었다.

"그건 과학수사팀이 하는 일이고, 왜 시사 프로에 나오는 범죄학 교수님 같은 분이라고."

"아하! 우와, 쩐다."

남학생 말 뒤로 여학생이 배시시 웃으며 이어 말했다.

"생각보다 엄청 샤프하시네요. 공부 진짜 잘하셨죠?"

성호는 멋쩍은 듯 미소를 띠고 물었다.

"준희가 어떤 애였는지 이야기 좀 해줄래?"

"글쎄요."

여학생이 고개를 갸웃했다.

"걔는 수업시간에 잠만 자요. 아니면 휴대폰 만지작거리면서 인터넷이나 살피고. 고개 드는 걸 못 봤어요."

"그럼 친한 친구들이랑 방과 후에 뭘 하는지 알 수 있을까?"

"걔 친구 없잖아?"

남학생이 단정 짓듯 반문하였다.

"정말 한 명도 없어?"

성호가 되묻자 여학생이 고개를 끄덕였다.

"걔는 빵셔틀이나 왕따랑도 또 달라요. 학교에서 말 한마디 안 하는 애라니까요. 걔 목소리를 들어본 적도 없고, 걔가 어디에 사는지도 아무도 모를 거예요. 휴대폰으로 주간파 하는 그런 애들처럼 인터넷만 들여다보고 진종일 무슨 글 올라오나 살피겠죠. 어휴, 저질 사이트."

남학생이 화를 버럭 냈다.

"야, 주간파가 왜 저질인데?"

"너도 주간파에서 노냐? 그런 데 빠지면 정신상태 정말 이상해진다. 조심해, 부회장씩이나 되는 애가."

"어휴, 너 같은 애는 주간파에서 껴주지도 않아! 성형 견적도 안 나온다고."

"뭐라고?"

여학생이 손을 들어 올려서 남학생을 치려는데 이주영이 살살 말렸다.

"자자, 장난들 그만하고, 지금 형사님 와 계시는데 질문에 집중해야지."

성호가 재차 물었다.

"준희가 주간파에 빠져 있다는 것은 웬만한 애들은 다 아는 거야?"

"그렇긴 하죠. 사실은 우리 반 여학생들이 단체로 카톡을 하다가 그 중에 한 명이 준희가 주간파 하는 저질이라고 말해가지고 다 알고는 있었어요. 그렇다고 걔랑 말 섞을 애는 없으니까 그냥 우리끼리는 알고 있었다는 말이죠."

"너는 어때?"

성호가 남학생을 보았다.

"우리 반 남학생들 거의 주간파를 기웃거리기는 하죠. 그러니까 걔도 하겠거니 생각은 들어요. 뭐 저도 가끔 들여다봐요. 항상 휴대폰 만지작거리는 애들은 두 부류예요. 게임 아니면 주간파. 트위터나 페이스북은 여자애들이나 들락날락거려요."

"근데 준희도 페이스북 계정이 있거든요. 한 번 들어가본 적은 있는데 정말 썰렁했어요. 친구도 별로 없고, 댓글도 거의 없고 뭐 그렇죠. 인기 없는 애들은."

여학생이 퉁명스럽게 말했다.

"잠깐 볼 수 있을까? 준희 페이스북 좀."

성호는 여학생이 내미는 널찍한 휴대폰에 뜬 페이스북을 유심히 살펴보았다. 최근에 올린 '힘들다'라는 내용의 게시물에 댓글을 단 친구는 두 명 뿐이었다. 유정열과 한동주.

"유정열과 한동주가 누구인지는 아니?"

여학생이 한동주 페이스북 계정을 짚었다.

"우리 담임선생님. 유정열은 몰라요."

성호는 유정열의 페이스북 계정을 들어가보았다. 사진은 없었고 꿀벌 모양의 캐릭터가 있었다. 계정에는 주로 글들이 올라와 있었고, '소송이나 법 관련, 관공서 공권력에 의해 억울하게 피해를 보신 피해자들을 도와드립니다'라는 문구가 눈에 띄었다.

"이거 본 적 없으세요?"

성호가 이주영에게 휴대폰을 보여주자 주영이 고개를 갸웃하였다.

"나 홀로 소송하는 사람들이나 공권력에 피해를 봤다고 주장하는 사람들을 도와주는 분 계세요. 실득도 없는데 왜 복잡한 일에 끼어 돕느냐고 물으면 이분들은 좋아서 하는 거라고 답할 거예요. 이 사건 때문에 도움을 요청한 걸까요?"

성호는 휴대폰을 여학생에게 돌려주었다.

"고마워. 마지막으로 하나 더 물을게. 준희가 이런 일을 저지를 친구라고 생각하니?"

남학생은 입맛을 다시다 고개를 저었다.

"에이, 아닐 거예요."

반면 여학생은 확고한 표정으로 답했다.

"할 수 있어요. 인터넷으로 애들끼리 뭉치면 용기도 나고 힘이 되거든요. 인터넷으로 만나서 자살하려고 모텔 가는 사람들 있잖아요."

면담 끝에 성호는 혹시 생각나는 게 있으면 전화를 달라는 당부의 말과 함께 학생들에게 명함을 건넸다. 상담실을 나오면서 이주영이 물었다.

"어떻게 좀 도움이 되셨나요?"

"생각을 정리할 수 있었어요. 학생들 말대로 이준희가 사회적 교류가 없다는 것은 어떻게 보면, 다수의 무동기 범죄 살인자들의 처한 환경과 유사하기도 합니다. 그렇다고 이것을 일반화하여 적용시킬 수는 없죠. 제가 종합적으로 판단하기에 준희가 범행을 저질렀다는 확증은 아직까지 없습니다. 일단 심리검사에서 굉장한 분노나 폭력적인 행동 유발이 잠재된 것은 보이지 않았어요."

"범행 수법은 어떻게 보시나요?"

"피해자가 저항할 것을 우려해 케이블 타이를 사용해서 꼼꼼하게 묶어놓았고, 입을 테이프로 막았죠. 그리고 직접적인 사인인 목을 조른 것과 면도날 상흔을 빼고는 둔기로 세게 내리친 흔적도 없어요. 범행 현장도 깔끔하게 정리해놓고 나왔죠. 초범이라면 보통은 증거를 없앤다고 과장되게 어지럽히거나, 아니면 오히려 당황한 나머지 온통 난장판으로 만들기도 합니다. 피해자를 조리 있게 설득하여 잘 묶어놓았고, 면도날로 상해를 입히고 목 졸라서 죽였습니다. 굉장히 계획적으로 움직인 것이죠. 초범은 이렇게 하기가 힘듭니다."

이주영이 성호의 설명을 다 듣고 나서 입을 열었다.

"준희의 집에 있던 컴퓨터를 경찰서로 가져가서 지워진 검색 키워드를 조사해보았는데, 살인방법이나 혼내주는 법 등의 키워드가 있었어요."

"그야 물론 주간파에 하나리를 처단하자는 글을 올린 장본인이니까 머릿속으로 상상하고 인터넷으로 검색도 해보았겠죠. 하지만 그게 실행되기까지는 엄청난 용기와 힘, 그리고 전문적인 지식과 냉철한 마음이 필요합니다."

이주영이 차분한 미소를 보여주며 물었다.

"아까 회장 여학생이 한 말 기억나세요? 학생 말처럼 그 또래는 여럿이 모이면 용기를 낼 수 있어요."

"그 부분은 생각을 좀 해봐야겠죠."

대화를 나누다보니 어느새 차가 서 있는 장소에 도착하였다. 이주영이 운전대를 잡고 성호는 보조석에 올라탔다. 하늘이 흐릿하게 잿빛으로 보였다. 도로가 붐비지 않아서 금방 강남경찰서 정문에 도착했다. 성호는 먼저 차에서 내렸고 이주영은 그대로 차를 몰아 경찰서로 복귀했다. 내일도 강남경찰서로 파견 근무를 나와야 했다.

성호는 삼성역으로 걸어가 합정역 방향 지하철 2호선을 탔다. 지하철 안은 한산했다. 성호의 맞은편에 두툼한 패딩 파카를 입은 남자 대학생 두 명이 시시덕거리면서 휴대폰을 들여다보고 있었다. 그 앞좌석에는 노숙인 행색을 한 50대 사내가 드러누워 자고 있었다. 남학생 두 명이 사진을 찍는 모양이었다. 찰칵 소리가 나자 사내가 일어나 고래고래 소리 질렀다.

"이눔의 새끼들이!"

남학생들이 황급하게 휴대폰을 집어넣고 후다닥 열린 문으로 내렸다. 어느새 합정역이었다. 성호도 내렸다. 합정역 부근의 카페거리 골목길 안쪽으로 들어가서 첫 번째로 보이는 하얀 벽돌집에 도착하였다. 2층 201호가 성호가 사는 원룸이었다. 비밀번호를 누르고 디지털 도어록을 해제한 후 들어섰다. 문이 자동으로 잠기는 신호음을 들으면서 벗은 신발을 신발장 안에 넣어두고 들어갔다. 원룸 형식이었지만 간이벽이 있어서 침실을 따로 둘 수 있다는 점이 마음에 들어 이 집을 선택하였다.

거실의 한쪽 벽에는 범죄심리학이나 과학수사, 수사학, 경찰 잡지 등의 책들이 가득 꽂혀 있었다. 그 옆으로는 컴퓨터를 두어서 자료를 찾아볼 수 있게끔 하였다. 컴퓨터 옆으로는 대형 할인마트에서 산 가로세로 40센티미터의 어항이 있었다. 얼마 전 경찰 동료가 구피 다섯 마리를 분양해주어서 어쩔 수 없이 어항을 구입하고 키우는 중이었다. 번식력이 강하다는 이야기는 들었지만 오자마자 새끼들을 다섯 마리 더 낳았다. 하지만 지금은 아홉 마리밖에 없다. 꼬리에 주홍색 반점이 있는 어미가 자기가 낳은 새끼를 사흘이 지나자 잡아먹어버렸던 것이다.

"구피는 새끼를 잡아먹으니까, 새끼를 낳으면 바로 물레방아통에 넣어서 따로 길러야 돼."

분양해준 동료의 말에 마트에 가서 작은 물레방아 모양의 통을 사다가 그 속에 새끼들을 분리하였다. 붉은색, 초록색, 푸른색의 색색들이 수초도 사고, 자갈도 사서 어항에 같이 넣어주니 적막했던 집이 한결 살아났다.

아침에 바삐 나가느라 미처 꽂아두지 못한 심리학 관련 책들을 제자리에 정리했다. 책들은 서가에 키 순서와 두께 수준을 고려하여 항상 정해진 자리에 꽂아두었다.

옷을 벗어서 옷장 안에 걸어두었다. 퇴근 후에도 새로운 일을 시작하기 위해서는 모든 물건이 제자리에 있어야 마음이 편했다.

커피 한 잔을 들고 컴퓨터 앞에 앉아서 화면을 뚫어져라 바라보았다. 모니터를 통해 TV 뉴스 시청을 하다가 방송국 홈페이지에 들어가보았다. 가끔은 드라마의 인물 설명을 뚫어져라 보기도 하였고, 게시판에 짧은 글을 남기기도 하였다. 남성복을 파는 쇼핑몰에 들어가 신발과 티셔츠, 재킷을 검색해보았다. '간지나는 슬림핏', '연예인 000 같은 느낌의 점퍼' 등의 물건을 검색했다.

이번에는 주간파 사이트에 들어가보았다. 이준희에 관련된 글이 나올까 한참을 클릭해보았다. 지난주에 하나리 사건과 관련하여 주간파 회원이 조사를 받고 있다는 글이 두 개 정도 올려 있었다.

'무섭다', '쩐다', '경찰서 가보니 정말 기분 더럽다', '하나리 귀신 되어 주간파를 떠돈다' 등의 의미 없는 댓글들이 주였다. 성호는 사이트를 한참 돌아다니다 그대로 손가락을 키보드에 멈추고 망연히 화면만 들여다보았다. 어느덧 화면이 검게 변해 버렸다. 성호의 머릿속도 뒤죽박죽 복잡해지다가 갑자기 띠 하는 소리와 함께 정전이 되어버린 것 같았다.

순간 몸이 움찔거렸다. 정신을 차리려고 고개를 뒤흔드는데 창가에서 툭, 하는 소리가 들렸다. 얼른 몸을 일으켜서 창가로 갔다. 이상한 기색은 없었다. 30센티미터 열려 있는 커튼을 꽉 잡아당겨 틈이 없게 하였다.

커피를 내리고 다시 컴퓨터 앞에 앉았다. 인생도 컴퓨터가 랙에 걸리는 것처럼 갑자기 멈칫 멈칫 머뭇거릴 때가 있었다. 그건 초등학생 시절 한 번, 그리고 지금인 것 같다. 심리학 석사를 마치고 수십 대 1의 경쟁률을 뚫고 경찰청 특채에 합격되었을 때 기뻐하기보다는 염려하던 어머니 목소리가 떠올랐다.

'경찰이 되면 힘든 일이 많을 텐데.'

호주로 이민을 간 어머니는 전화로 그렇게만 말했다.

처음에 경찰청 범죄행동과학계에 발령받아 범죄분석관으로서 범죄 연구를 하고 범인의 심리를 파악하여 수사와 피해자에게 도움이 되었을 때 희열을 느꼈다.

성호가 처음으로 맡은 사건은 충남 금산의 60대의 남성이 자신의 방에서 피살된 사건이었다. 온몸에 칼로 상처를 내어 죽인 후에 시신의 몸에 묻어 있던 피를 씻어내고 깨끗한 옷으로 갈아입힌 특이한 사건이었다. 경찰청 교육연수를 끝내고 처음으로 범죄행동과학계에 배정되어서 맡은 사건이었다. 사건 발생 3개월이 지나고 미제사건이 될 우려가 있자 경찰청에 수사 공조 요청이 와서 성호가 범죄행동과학계 계장 권여일과 함께 파견되어 조사를 하였다. 용의자는 피해자가 바지사장으로 일하던 사설 오락장의 실제 주인과 직원들로 좁혀져 수사가 진행되었지만 알리바이가 확실하여 용의자를 모두 풀어주어야만 하였다. 권여일은 성호에게 수사 주도권을 넘겨주었고 사건 현장에 같이 가보았다.

"어때, 한번 해볼 만하지 않아? 시신을 잘 닦고 씻어줬다는 것은 뭘 의미하는 것 같아?"

곰처럼 큰 덩치에 푸근하게 생긴 권여일은 사건 현장 빌라 앞에서 성호에게 물었다.

"글쎄요. 피해자에 대하여 정이 있다거나 경외하는 마음이 표현된 것 같습니다. 면식범의 경우 눈을 가리고 범행을 하기도 하지만, 사후 단장시켜주는 것은 피해자가 가족이거나 친한 지인일 경우를 들어볼 수 있겠죠."

"좋아, 마음의 준비는 됐지? 물론 시신은 없지만 마음속에 그려 넣는 재주는 있어야 돼. 자, 가보자구."

프로파일러는 사건 현장에 임장하기 보다는 현장이 정리된 후에 사후 조사를 하러 가는 게 일반적이었다. 어떤 형사는 사건 현장에 들어가기 직전이면 공포감을 느낀다고도 하였다. 하지만 지금 성호는 아무 감정이 들지 않았다. 철저하게 사건의 진상을 파헤쳐보고자 하는 이성적 욕구로 인해 온몸에 전율이 찌릿하게 흐르는 느낌이 들었다.

시신을 비롯하여 현장은 말끔히 치워져 있었고 방 안은 텅 비어 있었다. 성호는 현장을 꼼꼼하게 살펴보았다. 닦는다고 닦았지만 방 가장자리 벽에 튄 피가 희미하게 보였다.

"핏자국이 그리 넓게 튀지는 않았습니다. 자상이 15회에 이를 정도로 온몸에 산발적으로 나 있기는 하지만, 핏자국이 높게 튀지 않은 것으로 봐서 가해자는 여자 내지는 덩치가 작은 왜소한 체구의 남자라 추정됩니다."

"그건 과학수사팀 서류에도 나와 있어. 가끔 만나던 여자는 있지, 오순분이라고. 워낙에 오락장 바지사장이니까 그쪽 이권으로 사건 초점이 맞춰져서 남자들만 죄 잡아다 캔 거지. 가족은 연락 끊긴 지 오래니까 용의자 수사선상에서 배제되었고. 금산경찰서에서는 피해자가 만나던 여자 오순분이 잘 조사받다가 현재 연락두절되는 바람에 수배를 내릴지 결정해야만 되는 상황이야. 오순분은 중국동포고 오락실을 비정기적으로 드나들면서 청소하던 여자지."

"청소부라는 직업을 염두에 두자면 범행 현장을 깨끗하게 치웠던 것, 시신 온몸의 피를 잘 닦아낸 것, 그리고 피투성이가 된 옷을 벗겨내서 빨아 서랍에 넣고서 떠난 것, 지문이 지워져서 방 안에서 발견되지 않는 것 모두다 수긍이 갑니다."

"난 아직 오순분이라고 확정은 안 지었어."

"네, 알고 있습니다."

"시신은 이렇게 벽 쪽으로 반듯하게 눕혀져 있었어. 이불도 덮고 있었고. 사후 사흘이나 지나서 오락실 직원에 의해 발견됐지, 전기장판이 켜진 상태로. 하마터면 불이 날 뻔했지. 그건 어떻게 생각해? 불을 천천히 내서 현장을 훼손시키려는 의도였을까?"

성호는 사건 현장 벽에 마주하고 무릎을 굽히고 앉아서 유심히 살피다 고개를 저었다.

"그것보다는 피해자가 허리 디스크가 있다는 것에 주목하고 싶습니다. 깨끗하게 씻겼으니 좀 더 돌봐줘야겠다고 생각해서 전기장판을 켜주고 갔는지도 모릅니다. 누군지 모르겠으나 피해자를 각별하게 생각했습니다."

"좋아. 이제까지의 판단으로 범인을 프로파일링 해봐."

"보통의 정신을 지닌 가해자는 아무리 냉철해도 이 정도로 현장을 정리해놓고 가지는 않습니다. 지문을 지우고, 핏자국을 지우고, 밀가루를 뿌려서 현장을 오염시키는 정도죠. 핏자국 묻은 옷을 빨고, 갈아입히고, 전기장판을 켜고 하는 게 정상적 사고방식의 소유자는 아닐 것으로 추정됩니다. 정신질환자, 우울증이나 결벽증도 있고 일종의 강박증도 있는 사람일 확률이 높습니다. 게다가 어떤 사람이라도 범행 현장을 치울 때 지문 남기는 실수는 하기 쉽습니다. 이 사건의 용의자는 장갑을 끼고 일하는 데 능숙한 사람, 그리고 피해자에 대한 애정이 있는 사람일 가능성이 있습니다. 아마도 질환이 있는 걸로 봐서, 정신과 병동 약을 탄 적이 있을 겁니다. 오순분이 중국동포들이 이용하는 정신과나 아니면 지인의 주민등록번호를 이용해서 병원에서 약을 타갔을지도 모릅니다. 정신과 쪽을 확인해보는 게 좋을 것 같습니다."

이후 사건은 수사팀이 중국동포에게 손쉽게 약을 처방해준다고 소문이 난 정신과를 탐문수사하면서 급진전되었다. 결국 친구 집에 숨어 있던 오순분을 검거하고 자백을 받으면서 사건은 종결되었다.

성호는 이 사건을 해결한 공과를 인정받았다. 권여일과 함께 지방을 돌아다니면서 미제사건을 조사하고 공조수사를 진행하였다.

일을 시작하였던 초기에는 정말 열정만으로 24시간이 모자랐다. 하지만 지금은 회의가 들 때가 많았다. 괜하게 공허하다는 생각이 많이 들었다.

범죄행동을 연구하느라 동료들과 교도소를 방문하여 연쇄살인범들을 면회한 적이 있었다. 그들의 눈빛에는 하나같이 공통점이 있었다. 어떤 동료는 눈빛에서 악마의 기운 같은 시퍼런 빛이 둥둥 떠다니고 있는 것 같다고 표현하였지만, 성호가 보기엔 텅 빈 동공 속에 공허함이 가득해 보였다.

왜 연달아 죽였느냐고 물어보면 불안하고, 끓어오르는 욕망을 참기 힘들어서라는 대답이 나오기도 하였다. 하지만 그 이면에는 '인생이 공허하니까.' 하는 심리가 엿보였다.

성호는 시선을 어항으로 잠깐 돌렸다. 꼬리에 주홍 점이 있는 구피가 몸집이 작은 하얀색 구피를 구석으로 몰고 물끄러미 보고 있었다. 성호가 보기에는 주홍 점이 있는 녀석이 하얀 녀석을 위협하는 중이었다. 치어만 잡아먹는 것이 아니라, 성어끼리도 싸움을 하여 물어뜯고 죽인다. 생명체는 본능적으로 약한 것을 위협하고 죽이려 든다. 지능지수가 읽히지도 않는 물고기가 이런데, 사람은 법률이라는 제도 안에서 숨죽이고 있을 뿐, 어둠 속에서는 누구나 본능을 드러낼 수 있다.

성호의 머릿속이 떠다니는 생각으로 복잡해졌을 때 요란한 벨소리가 그를 깨워냈다. 새벽 4시였다. 손을 뻗어 컴퓨터 옆 좁은 탁자에 놓인 전화기를 잡았다.

"이주영입니다. 경사님, 잠 깨워드려 죄송합니다만 이준희 학생 어머님이 보고 싶어 하세요. 고민하시다가 오늘 새벽에 저한테 먼저 연락 주셨어요. 아침 7시까지 나오실 수 있으세요? 어머님이 출근하셔야 해서 그 시각밖에 안 되신대요."

"알겠습니다."

성호는 휴대폰을 내려놓고 화장실로 가서 거울을 보았다. 밤을 샌 까칠한 얼굴, 여전히 그 얼굴 뒤에 숨어 있는 감정은 엿보이지 않았다. 성호는 요즘 랙이 걸린 것처럼 멈칫거리기 시작하였다.

2. 소년에 대한 기억
(1월 11일 금요일)

강남경찰서 진술실에서 마주한 이준희의 어머니는 자그마한 체구에 어두운 안색과 칙칙한 펌 머리로 나이보다는 들어 보이는 인상이었다. 갈색 패딩점퍼를 목까지 올려 채우고 두 손을 주먹 쥐고 무릎 위에 올려놓고 있었다. 갸름한 얼굴선에 튀어나온 광대뼈가 도드라져 보였다. 신산이 깃든 얼굴에 근심이 가득 차 있었다. 서류를 들춰보니 이름은 이상희였다. 테이블에는 커피 한 잔이 놓여 있었다.

"저희 아들은 어떻게 되는 건가요? 박민철 형사님은 너무 무섭고, 막무가내예요. 말도 안 통해서 이주영 순경님한테 여쭤보니까, 김성호 경사님과 이야기를 좀 나눠보라고 해서요."

성호는 약간 고개를 옆으로 기울이고 천천히 시선을 맞췄다.

"걱정 많으실 줄 압니다. 아드님에 대해 이야기를 듣고 싶습니다."

이상희가 고개를 흔들었다.

"걔가 말을 안 해요. 무슨 생각을 하는지 도통 모르겠어요."

망연한 눈빛이었다. 아들이라는 실체가 아닌 허상을 붙들고 살아가는 듯싶었다.

"어렸을 때 준희는 어떤 아이였죠? 초등학교, 아니 그 이전도 좋구요."

이상희의 얼굴에 설핏 미소가 걸렸다.

"유치원 때는 아주 귀여웠는데, 준희 아빠가 웬수지. 사업 접고 빚만 지고 지금은 연락도 안 돼요. 그 인간, 어디 가서 밥은 먹고 다니는지……. 나도 이 몸뚱이 하나로 벌어먹겠다고 공장 나가서 포장 일 하는데 새벽에 나가 밤에 들어와서 준희 밥 차려주고 나면 하루 휙 가요."

"준희가 형제가 없던데요. 집에서 뭘 하면서 시간을 보내나요?"

이상희가 한숨을 푹푹 내쉰 후에 말을 이었다.

"그게 컴퓨터에 뭐가 들어 있는지 허구한 날 거기나 쳐다보고. 엄마가 진종일 일하다 왔으면 얼굴이라도 마주봐야 하는데 모른 척하구. 초등학교 때부터 게임기만 붙들고 살았죠. 중학교 들어갔는데도 말도 없고, 종일 인터넷만 보는 것 같고……. 근데요, 형사님. 저도 준희 녀석 학비랑 휴대폰 값 내려면 뼛골

빠지게 일하느라 힘들어 죽을 지경이라구요. 지 엄마는 삭신이 안 쑤신 데가 없는데 이런 일이나 터지구, 에휴."

말끝에 짜증과 울화가 섞여서 나왔다. 그리고 잠시 입을 다물었다.

"형사님은 커피 안 드세요?"

이상희가 마음을 다독이고 한숨짓고 나서 커피 잔을 붙들고 물었다. 성호가 고개를 저었다.

"괜찮습니다."

"근데, 정말 저희 아이가 그 하나리인가 하는 여자를 어떻게……."

차마 말끝이 나오지 않는다는 듯 얼버무렸다.

"어떻게 생각하십니까?"

"에구, 생각만 해도 무서버라. 절대로 아니에요. 우리 아들은 그럴 애는 아니에요. 성적은 그저 그렇지만 사고뭉치는 아니에요. 절대 그럴 애가 아니라구요, 정말."

"어릴 때 큰 사고로 다쳤다거나 아니면 학교폭력 관련해서 사건은 없었습니까?"

이상희는 고개를 저었다.

"제가 심리검사를 좀 진행해봤는데, 약간의 우울 증세와 심리적 압박감이 있어서 여쭤본 겁니다."

"정신과는 돈 많이 든다고 하도 들어싸서 가본 적 없지만, 말이 없는 것도 병이 되나?"

성호는 약간 머뭇거리다 질문을 던졌다.

"어릴 때 크게 상처받은 일이 있었다거나 동물을 괴롭혔다거나 이런 일은 없었나요?"

"저기, 동물은 모르겠고, 그 일이 좀 어쩌려나. 애가 일곱 살 땐가 문방구에서 뭘 좀 집어먹고 주머니에 넣고 그랬었던가 봐요. 그때 아빠는 사업 말아먹고 집에서 아이 돌보고 저는 공장에 나갔죠. 문방구 주인이 아빠를 불러내니까 애 아빠가 경찰에 직접 신고하고 난리도 그런 난리가 없었죠. 에구, 지 아들을 신고하다니 단단히 미쳤지, 원. 그 인간 생각만 해도 열불나요."

이상희는 잠시 목소리를 가다듬고 격앙된 감정을 누르고 말을 이어나갔다.

"준희가 그때 충격을 받아서 한 일주일동안 오줌 똥 그냥 싸버리고, 말 못하고 그랬어요, 휴. 근데 그러다 말았어요."

"그 이후에는 그런 일은 없었나요?"

"네. 그러다 아이 아빠가 한 달 지나 집 나가고, 그 후에는 유치원 잘 다녔죠. 저도 학창 시절에는 잘 사는 집 딸이었어요. 어쩌다 이렇게까지 인생이 꽉 찌그러졌어요. 그런데 준희까지 이렇게 속 썩이니, 요즘은 숨이 턱턱 막혀요!"

성호는 입매를 한쪽으로 찌그렸다.

"그때 좀 충격을 받았겠네요."

이상희는 눈가에 눈물이 맺혔다.

"저도 그냥 시간이 약이다 하고 지나버렸죠. 그게 잘못이었겠죠? 지금 저러는 게. 허구한 날 컴퓨터만 봐요, 내가 방에 들어가면 벌컥 화만 내고."

"왜 그렇게 컴퓨터에 열중한다고 생각하십니까?"

"형제도 없고, 주변에 친구도 없으니까 그런 건가, 내가 준희 속을 속속들이 알 도리 없죠. 왜 이 지랄이 났는가 아무래도 모르겠어요. 참, 이런 분이 공장까지 찾아와서 명함을 주고 갔는데 도와주신다고 하던데요."

법적 소송에 휘말렸거나 공권력 피해를 입으신 분을 무료로 도와드립니다.
정의실현친구 유정열

이상희가 내미는 명함에는 간단한 설명과 휴대폰 번호가 함께 적혀 있었다. 이상희가 코웃음 치면서 명함을 구겨 주머니에 넣었다.

"세상에 공짜가 어딨어요? 다 사기꾼들이지. 부모만 잘 타고났더라도 우리 준희가 이런 이상한 일에 휘말리지 않았을 텐데."

말끝에 울먹이며 코를 들이켜는 소리가 났다.

면담이 끝나고 이상희를 배웅하였다. 성호는 강력팀 사무실로 들어가 박민철 형사를 찾았다.

"어떻게 면담 잘 마치셨습니까?"

마침 동료들과 삼삼오오 모여 사건 관련 이야기를 나누고 있던 박민철이 성호에게 물었다.

"이준희의 심리상태를 서류로 작성해서 내일 오전 중에 이메일로 전해드리겠습니다."

박민철이 인사하고 돌아서려는 성호의 어깨를 다급하게 잡았다. 어깨를 잡는 손에서 힘이 느껴졌다.

"아시죠, 경사님? 지금 사안이 시급하다는 것. 이러다 그 녀석 도망이라도 치면 잡기도 어려울 뿐더러 그 녀석이 압박감에 자살이라도 하는 날에는 영구미제사건 되어버립니다. 제발 도와주십시오."

성호는 말없이 서류가방을 챙겨들고 경찰서를 나왔다. 오늘밤 소견 서류를 작성하고 내일 오전 중에 제출 후, 경찰청으로 복귀할 예정이었다. 서초동에 위치한 국립중앙도서관에 들려서 청소년 범죄와 관련된 논문을 몇 가지 복사해서 나왔다. 이번 사건과 관련하여 참고할 자료들이었다.

집에 돌아와서 간단하게 밥을 챙겨먹고 나니 어느덧 저녁이 되었다. 하나리 사건에 관한 이준희의 상담 진행과정과 심리상태 소견과 함께 범죄 가능성 여부에 관한 보고서를 작성하였다. 잠시 쉬는 중에 이메일이 왔다는 알림창이 떴다. 이메일 계정으로 들어가보니 회원 강제탈퇴 메일이 와 있었다.

김성호 님은 본 방송사 홈페이지 게시판에 음란성 글을 게시하여 당분간 회원 로그인이 차단되었습니다. 회원 재가입을 원하시는 경우 000-000-00XX 번으로 연락 주십시오.

이메일을 보자마자 감짝 놀라서 방송사 홈페이지에 들어가
보았다. 분명히 최근에 음란성 글을 올린 적이 없었다. 게다가
음란성 글이라는 것은 당연히 삭제되었기에 이미 볼 수 없었
다. 아이디와 비밀번호가 해킹당해서 누군가 장난스런 글을 올
린 것이라는 판단이 섰다.

비밀번호가 이름을 딴 'KSH' 이니셜과 휴대폰 번호 끝자리
숫자 네 개의 쉬운 조합이라는 것, 아이디는 자신과 이메일을
주고받은 사람이라면 누구나 쉽게 알 수 있다는 점이 떠올랐
다. 경찰 일 관련 서류는 내부 통신망 수사종합검색시스템 등
에 데이터베이스화되기 때문에 걱정은 안 되었다.

곰곰이 생각해보았다. 느낌이 이상했다. 평소 가던 쇼핑몰
게시판에 가보았다. 게시판에 몇 개 안되는 글 중에 '작성자 김
성호'가 보여 글을 열어보았다.

> 이런 개뿔! 옷도 더럽고 후줄근하다. 에이, 엿 먹어라. 고소할 테면 해
> 봐, 신경 안 써!

성호는 즉시 글을 지우고, 비밀번호를 다른 것으로 교체하였
다. 신경이 쓰였다. 한 건도 아니고 두 건이나 누군가 의도적으
로 악의적인 글을 올렸다는 것이 찜찜했다. 'sungho111' 아이
디로 어떤 은행의 홈페이지에 가입을 했는지, 어떤 블로그에
댓글을 남겼는지, 어떤 쇼핑몰에 회원 가입을 하고 물건을 샀

는지 머릿속으로 가늠해보았다. 심리학회 홈페이지에도 가입을 하였고, 학교폭력 관련 살인사건을 수사하기 위해 고등학생 카페에 회원으로 가입하여 동향을 살피기도 하였다. 그리고 은행들, 예전에 만들어둔 증권사 계좌, 모교 동창회 홈페이지, 수도 없는 인터넷 아이디가 모두 걸렸다.

순간 뇌리에 스치는 말이 있었다.

"초등학교 때부터 게임기만 붙들고 살았죠. 중학교 들어갔는데도 말도 없고, 종일 인터넷만 보는 것 같고⋯⋯."

이준희의 보호자가 했던 말.

이준희가 해킹하였을까? 불가능한 일은 아니다. 명함을 건네서 휴대폰 번호를 알고 있었고, 이름의 이니셜과 연관되어서 비밀번호를 알아냈을 수도 있었다. 게다가 포털 검색창에 내 이름을 치고, 무엇을 샀는지 인터넷 문건들을 살피고, 어디에 글을 올렸는지 알아낼 수 있다. 경찰이라는 검색어와 심리학과 졸업 등 키워드를 같이 집어넣으면 어느 학교 나왔고 무슨 일을 하였는지 모조리 알아낼 수 있다.

성호는 휴대폰을 들어서 전화를 걸었다.

"김성호입니다. 밤늦게 죄송합니다."

"아니에요, 말씀하세요. 당직이에요."

이주영의 밝은 목소리가 들려왔다.

"이 순경님. 제가 해킹을 당한 것 같은데 알아봐주실 수 있나요? 제 아이디와 비밀번호를 알아내서 방송사 홈페이지에 음란성 글을 올렸고, 쇼핑몰 게시판에도 장난을 쳤어요. 아이피 주소로 글 올린 사람 신원을 확인해보고 싶은데요."

"할 수 있어요. 시간은 좀 걸리겠지만. 일단 해킹당한 홈페이지 아이디와 비밀번호를 모조리 바꾸시고요. 회원탈퇴하실 수 있으시면 하시고요. 그리고 저한테는 홈페이지 주소와 아이디와 비밀번호 문자로 좀 넣어주세요. 의심 가는 홈페이지도요."

"네, 전화 끊고 곧 보내드릴게요."

잠시 침묵 후 성호가 전화를 끊으려던 순간 이 순경이 입을 열었다.

"준희가 의심되시죠?"

"글쎄요."

"사건과는 관련 없다고 확신은 못하겠지만 아마 그럴 정신은 없을 거예요. 개도 이것저것 판단할 수 있는 나이인데요."

성호는 밤새 잠을 자지 못했다. 이미 여러 개의 홈페이지에서 회원 탈퇴를 했지만 안심이 되지 않았다. 커튼을 열고, 여명이 밝아오는 골목을 내다보았다. 태양빛이 붉게 거리 구석구석을 비치면서 가로등 불빛이 자동적으로 소멸되는 것을 보았다. 샤워할 준비를 하고 화장실로 들어갔다.

3. 신상 숨바꼭질
(1월 12일 토요일)

새벽 5시, 성호는 컴퓨터를 다시 켰다.

유정열 님이 친구 요청을 하였습니다.

라는 제목의 이메일을 열어보았다. 페이스북 계정을 들어가보니 '정의실현친구 유정열'이라는 간판이 걸려 있었다.

털렸구나. 성호가 이준희의 심리검사와 함께 면담 후 범죄여부소견서를 작성한다는 것은 박민철 형사를 비롯한 강남경찰서 형사들과 경찰청의 일부 수사관들밖에 알지 못했다. 하지만어제 만난 상담실 선생님과 학생 두 명, 그리고 그 학생 두 명이 카톡과 전화, 그리고 SNS로 알릴 수 있는 친구들. 불특정 다수가 충분히 알 수 있는 상황이었다.

뜬눈으로 아침을 맞이한 성호는 진한 커피 한 잔을 마시고 정장을 갖춰 입었다. 이준희에 대한 보고서를 챙겨들고서 주차장으로 나갔다. 차에 올라 강변북로를 지나 반포대교를 타고 넘어가는 중에 전화가 걸려왔다.

"여보세요."

"경사님, 오시는 중이죠?"

이주영이었다.

"네."

"주간파 사이트에서 경사님과 관련한 글이 많이 올라왔어요. 아마도 그쪽에서 신상이 털리고, 또 그들이 말하는 총공격을 개시한 것 같습니다. 그리고 포털사이트에서도 검색어에 올라오는 분위기라 조치가 필요합니다. 글 올린 아이피 주소는 추적해보았는데, 신촌과 강남 두 군데 PC방에서 올린 것으로 판명 났습니다."

"총공격이라뇨? 검색어 조치라뇨?"

"오시면 자세한 말씀 드리겠습니다."

이주영의 전화는 그렇게 끊겼다. 말투가 업무를 처리한다는 듯이 꽤나 딱딱했다. 어감에서 일의 심각성이 느껴졌다. 기분이 묘했다.

신문기자들의 요청으로 인터뷰 기사가 몇 번 났던 적이 있었다. 방송에도 출연하여 특정 사건에 관하여 의견을 말한 적이 있었다. SNS는 거의 하지 않고 인터넷 서핑하는 게 유일한 취미라면 취미였다.

인터넷으로 공격을 받은 경찰 고위 간부가 무척 힘들어하는 모습을 본 적이 있다. 케이블 TV의 토론 프로그램에 나와서 성폭력고지대상자에 대한 직접적인 관찰과 개입에 대한 의견을 제시하였다. 입장이 네티즌과 달랐지만, 잘못된 일은 아니었다. 하지만 견해가 다르다는 이유로 네티즌들의 공격을 받았고, 결국 경찰청에서 지방 경찰서로 전근되었다. 성호는 그런 식의 일들은 자신과는 먼 일이라고 생각해왔다. 2009년 1월 경찰청에 들어와 경찰 실무 5년차, 32살의 김성호가 인터넷 검색어 순위에 오르는 날이 오리라고는 상상도 못했다.

강남경찰서에 도착하자마자 서류가방을 챙겨들고 뛰어 들어가다시피 경찰서로 들어갔다. 강력팀 사무실로 가니 심각한 표정의 박민철을 비롯한 형사 두 명과 이주영이 의논을 하고 있었다. 성호가 굳은 얼굴로 다가갔다.

"컴퓨터 좀 볼 수 있을까요?"

이주영이 말없이 노트북 컴퓨터 앞자리를 넘겨주었다. 성호는 마우스를 클릭하여 포털사이트에 들어가보았다. 검색어 순위 8위에 하나리 사건이 있었다. 순위 12위에 이준희가, 20위에 경찰청 김성호가 있었다. 이번에는 주간파 사이트를 들어가보았다. 주간파 메인게시판에는 '주간파 게시판 사용자이자 억울한 용의자 이준희를 범인으로 몰고 가려는 강남경찰서 박민철, 김성호를 신상을 털어버리자'는 식의 글이 여럿 있었고 댓글도 수백 개가 달려 있었다. 성호가 벌떡 일어나면서 박민철과 대치하였다.

"이게 어떻게 된 일이죠?"

"준희 반 학생 만난 사람이 더 잘 알겠죠. 걔네들 입에서 소문 터져 나온 거라고요."

이주영이 질겁하는 표정을 지었다.

"죄송합니다. 제가 먼저 제안을 해서 만나러 갔어요."

"사이버수사팀은 빠져! 이건 강력계 일이야."

박민철 뒤에 있던 나이 지긋한 팀장이 단정 지어 말했다. 이어 박민철이 버럭 화를 내며 말했다.

"거 보고서나 주고 가세요. 그냥 경찰청으로 복귀해서 범죄통계나 내고 서류 작업이나 하시라고요. 현장에 오시지 말고요."

성호가 주춤거리다 서류가방에서 소견서를 빼서 건넸다.

"이메일로도 보내드렸습니다."

박민철은 다급하게 넘겨 읽고 나서 일갈하였다.

"훗, 내 이럴 줄 알았어! 뭐? 범죄를 저지를 계획성과 실행능력이 떨어져서 용의자 배제를 염두에 두고, 주간파 사이트 이용자들 중에 새로운 용의자를 수사선상에 올려두고 수사한다고? 내가 그렇게 부탁을 했는데도 그래요? 됐다구! 오늘 거짓말탐지기 조사 결정됐으니까 곧 날 잡아서 들어갈 겁니다."

성호가 거세게 반발하였다.

"이럴 거면 왜 경찰청 범죄행동과학계에 지원요청하신 겁니까? 제 소견을 이딴 식으로 일방적으로 무시하고 받아들이지 않을 거면 말입니다. 애초부터 범죄수사방향과 용의자를 선정해놓고 우리는 그저 들러리나 서달라, 그런 말씀입니까?"

박민철이 보고서를 바닥에 내팽겨치더니 화가 난 어투로 말을 쏟아냈다.

"내가 다른 형사들 말을 듣는 건데 그랬어. 감식 배제된 증거 없는 프로파일러 말은 그냥 무당이 되는대로 내뱉는 말과 다를 거 없다고 그럽디다. 이준희가 용의자 선상에서 배제되는 이유도 정확한 증거 없이 심리적 요인이 어쩌고저쩌고 그냥 돗자리 깔아놓고 썰 푼 거 밖에 더 됩니까!"

"범죄행동과학은 심리학과 범죄학, 행동분석학과 범죄통계, 범인의 신원정보와 범죄행동 연계성까지 여러 과학이 밀접하게 관련되어 있습니다. 그냥 되는대로 찍어서 나오는 게 아니라는 말입니다."

"웃기네! 나도 그 정도는 할 수 있어. 아이구, 내가 바보지, 그냥 밀어붙일걸."

박민철이 우악스럽게 성호를 밀쳤다. 성호는 화가 나면서도 씁쓸한 표정을 지으면서 가만히 있었다. 수사의 주도권은 박민철이 쥐고 있었다. 프로파일러는 수사에서 보조적 역할을 할 수 밖에 없다는 것이 자못 서운하였다.

그때 이주영이 엇 하고 외마디 비명을 질렀다.

"주간파 게시판에 이준희가 자살했다고 떴어요!"

"뭐야?"

박민철이 휴대폰을 빼들고 어디론가 급하게 전화를 걸었다.

"왜 안 받아? 어서 받으라고! 여, 여보세요? 이상희 씨죠? 준희 어디 있어요? 네? 강남병원 중환자실이요? 새벽에 목을 맸다구요? 네, 알겠습니다. 곧 갈게요."

박민철은 휴대폰을 책상에 팽개치자마자 성호의 멱살을 그러쥐었다.

"이봐, 대체 면담을 어떻게 했기에 일을 이렇게 만들어? 오늘 새벽에 화장실서 목맸다잖아! 의식도 없다는데 어떻게 할 거야! 구금만 빨리 했어도 이렇게 되지는 않았어! 당신이 일 엉망으로 만들어버렸다구! 질질 끌면서 심리검사 놀이나 하고 있을 때 말이야!"

"이봐, 박 형사, 이거 놔! 경찰들끼리 왜이래?"

주변의 형사들이 말렸고 이주영마저 달라붙은 후에야 박민철이 진정됐는지 성호는 민철의 손에서 빠져나올 수 있었다. 진이 빠져버리고 혼이 나간 성호는 간신히 의자에 앉아 진정하였다. 손가락 끝의 힘마저 빠져나간 느낌이었다. 여러 시간 면담을 하였던 이준희가 생사를 모른다니 어떻게 됐는지 궁금했다. 박민철이 형사 한 명과 사무실을 떠났고 이주영은 성호에게 물 한 잔을 떠다 주었다.

"이제 어떻게 되는 거죠?"

이주영이 성호를 보고 물었다. 이준희가 수사 압박감에 자살이라도 하는 날에는 영구미제사건 되어버린다던 박민철의 말이 머리를 계속 떠돌았다.

"일단 용의자 신원 확보가 필요합니다. 주간파 운영자와 만나서 의심 가는 사용자들을 추려야 됩니다."

이주영은 조금 복잡한 표정을 지었다.

"사실은 작년 11월에 주간파 운영자가 하나리 고소 사건으로 게시판 이용자들 신원정보를 저희에게 넘겼는데 나중에 더는 힘들다고 연락해왔어요. 회원들이 항의를 엄청나게 했고 대량 탈퇴도 했대요. 욕설을 올리고는 싶지만 그렇다고 경찰서 가기는 누구도 싫은 거죠. 그 일 이후로 개인정보를 넘겨주는 것을 상당히 껄끄러워해요. 영장을 가져오라고 난리를 치고요. 이번 하나리 사건에서 이준희를 포함한 댓글 쓴 사람들 신원은 영장 받아서 알아낸 거예요."

이번에는 성호가 물었다.

"저는 어떻게 되는 거죠? 주간파 사이트에 이름이 계속 올라오는데."

"무대응이 상책이에요. 이 사이트는 이슈 하나가 하루 이틀 못 가요. 이준희가 자살시도를 해서 조금은 더 가겠지만 무리한 대응보다는 조용히 계시는 게 나아요. 일단 그동안 가입했던 홈페이지 웬만하면 탈퇴하시고, SNS를 통해서 주간파를 비난하거나 도발하는 글은 절대 올리지 마시고요. 휴대폰도 모르는 전화번호는 여간하면 받지 마세요. 제가 장담하건대 일주일 이상 가지 않아요."

"알겠습니다."

성호의 시선이 박민철이 마구 구겨서 내팽개친 자신이 작성한 보고서 겉표지에 머물렀다. 결재 도장을 받는 공란에 자신의 도장만 덩그러니 찍혀 있었다. 폭력적이고 거친 언사로 멱살을 쥐어 잡던 그의 모습이 선했다. 분노가 치밀어 올랐다. 집어든 보고서를 주먹으로 꽉 구겨서 서류가방 안에 넣었다.

성호는 주차장에 있는 자신의 차에 앉아 고민을 하였다. 강남병원 중환자실을 방문해볼까 하는 생각을 잠시 하다 그대로 경찰청으로 향하였다. 삼성동 테헤란로에서 올림픽대로로 빠져 동호대교 방면으로 나갔다. 대교를 건너 옥수터널로 접어들었다.

터널 속 어둠에 잠시 눈이 깜박였다.

불면증, 그리고 불안감. 망설임.

잠시 랙이 걸린 것처럼 버벅대다가 그만 운전대를 놓쳤다. 차가 차선을 침범한 순간, 다시 운전대를 꽉 붙들었고 정신을 차렸다. 뒤에서 빵 하는 클랙슨 소리가 거칠게 들렸다.

어느덧 차가 세종대로 한복판을 지나고 있었다. 교차로에서 서대문역 방향으로 틀었다.

횡단보도 신호에 걸렸을 때 라디오에서 이준희의 자살시도

사건과 관련한 뉴스가 흘러나왔다. 마음이 무거웠다. 광고가 나오자 라디오볼륨을 낮췄다. 하늘에 구름이 잔뜩 끼어 있었다. 사위가 어두워졌고 빗방울이 한두 방울씩 떨어졌다.

경찰청 사거리 앞 기찻길에 멈췄다. 차량 차단막이 내려졌고 경의선 기차가 천천히 통과하였다. 경찰청 뒤쪽으로 돌아나가는 기차는 서울역이 종착역이었다. 딸랑거리는 경고음을 들으며 잠깐 운전대에 기대어 있는데 기억 하나가 떠올랐다.

그날 성호는 혼자서 기차 타고 춘천을 가는 길에 창밖으로 눈 덮인 산과 들을 보았다. 우중충한 날씨의 겨울날, 검은 하늘, 눈으로 뒤덮인 풍경은 운모석처럼 확연하게 기억에 남았다. 실연을 당해서 마음속이 우글우글하였고 분노에 차 있었다. 차창 밖을 바라보면서 분노를 간신히 눌러놓았다. 춘천에 도착했지만 막상 관광지를 찾아갈 마음이 들지 않았다. 그저 춘천 시내를 뱅뱅 돌다가 막국수 한 그릇만 사 먹었다. 서울로 돌아오는 기차 안에서는 마음이 풀려 있었다. 마음을 시원한 물을 담아놓은 대야에 담가서 잘 풀어놓은 것 같은 느낌이 들었다. 훗날 왜 그날 실연당한 기분이 나아졌을까 집중하여 떠올려보았지만, 달곰쌉싸래한 막국수 맛만 떠올랐다.

기차 꼬리가 지나가 보이지 않았다. 엑셀을 밟아서 차를 움직였다.

경찰청 주차장에 차를 대놓고 엘리베이터를 타고 경찰청 건물 내 2층에 위치한 과학수사센터로 들어갔다. 권여일이 보이지 않았다.

사무실을 나와서 과학수사센터 교육장으로 향했다. 겨울방학을 맞이한 초등학생들이 과학수사 체험학교에서 교육을 받고 있었다. 신청자에 한하여 지문 뜨기, 거짓말탐지기 조사 등의 과학수사기법을 직접 체험하는 프로그램이었다. 권여일은 경찰 제복 점퍼를 입고 학생들에게 KCSI 로고가 찍힌 모자와 명예과학수사요원 증서를 나눠주고 있었다.

마지막 모자와 명예증서를 맨 뒷줄에 앉은 안경 쓴 여학생에게 건네준 후 권여일은 성호에게 다가왔다. 성호가 굳은 얼굴로 말했다.

"강남경찰서 지원요청 업무 끝마치고, 오늘부로 경찰청에 복귀합니다."

권여일이 씩 웃으며 물었다.

"강남서에서 곤혹 치렀다면서? 들었어."

"죄송합니다."

"사무실로 갈까."

증거분석계 사무실, DNA 관리사무실과 나란히 자리한 범죄행동과학계 사무실은 한산하였다. 칸막이가 있는 책상 여섯 개가 두 줄로 배치돼 있었고, 책상에는 각종 자료들과 심리학 관련 논문들, 참고문헌들이 높다랗게 쌓여 있었다. 중앙에는 상황을 알려주는 모니터 화면이 벽에 매달려 있었다. 그 아래 있는 간이 탁자에 권여일이 성호와 함께 앉았다.

프로파일러 몇몇은 최근 발생한 서부지역 여성 연쇄성폭행 사건 관련하여 서울지방경찰청 요청으로 마포경찰서에 파견 근무를 나가 있는 상태였다.

"좀 앉아봐."

권여일은 커피 한 잔을 직접 타서 내밀었다.

"비도 오니 티타임이라도 가지자구. 대충 이야기는 들었고, 인터넷에서 신상이 털렸다면서."

경찰이라는 폐쇄된 직장은 한 다리 건너면 모두 아는 사이였다. 공조수사, 지원요청도 빈번하여 만나는 일도 잦았고, 지방으로 전근하여 근무하다 보면 지역 경찰과도 쉽게 알게 되었다. 강남경찰서에서 있었던 일이 이곳 경찰청으로 알려지는 데는 1시간도 걸리지 않는다.

"죄송합니다. 드릴 말씀이 없습니다. 이번 사건은 제가 책임지고 좀 더 분석을 해서 보고서를 올리도록 하겠습니다."

"아냐, 하나리 사건에서 손 떼. 청장님과도 미팅을 잠깐 가졌는데, 아무래도 사안이 사안이니만큼 내가 내린 결정에 따라야 되겠어."

성호는 진지한 눈빛으로 권여일의 푸근한 인상 뒤에 감춰진 진실을 캐고자 하였다. 하지만 쉽사리 짐작하기가 힘들었다.

"진도에 가본 적 있나? 여기서 좀 멀기는 한데."

권여일의 갑작스러운 말에 성호가 잠시 의중을 몰라 머뭇거렸다.

"삼보섬 말씀이십니까?"

"그렇지. 목포에서 삼보섬대교를 건너서 들어가면 된다고. 목포까지는 KTX 타고 가면 되고 말이야."

"거기를 왜 말씀하시는 건지."

권여일이 잠깐 시선을 허공에 두었다가 핏 웃으며 입을 열었다.

"강대수라고 나랑 경찰학교 동기 녀석인데, 강력계 형사 경력만 20년 넘지. 핏불테리어라고, 사나운 개 알지? 그게 그 녀석 별명인데, 하여간 삼보섬에서 일어난 여성 세 명 실종사건 관련해서 나한테 지원요청 왔어. 내려가서 일주일 정도만 프로파일링 좀 해주고 와야겠어."

성호는 삼보섬 여성 실종사건에 대해 알고 있었다. 굿에 정통한 무속인 한 명, 조선 말 남종화의 대가 소치 허련의 생가와 화실 등이 있는 운림산방의 관리 여직원 한 명, 그리고 세방낙조 해안가 부근의 펜션 여주인이 실종된 사건으로, TV 시사 프로그램에서 이 사건을 연쇄실종사건으로 다뤄 전국적으로 유명해졌다.

"삼보섬이라면 전남지방경찰청에서 수사지원 나가야 되는 것 아닙니까?"

"그렇잖아도 작년 10월이던가 시사 프로그램 나왔을 때 전남지방경찰청뿐 아니라 서울 광역수사대에서도 관심을 보이고 형사를 파견 보내고 그랬지. 그런데도 진전도 없고 결국 나한테까지 전화가 왔다네. 실종 시기는 작년 9월에서 10월 사이고 지금 1월이니까, 거의 넉 달이 되어가는 형편이야. 이렇게 시간 흐르다보면 미제사건 되기 십상인 건 잘 알잖아. 다녀오도록."

"항간에서는 단순 가출이라고 보지 않았나요?"

성호는 시사 프로그램에서 실종자 어머니가 딸이 서울 가서 무속 일을 해보고 싶어 했다고 이야기를 하던 게 떠올랐다.

"삼보섬 군민이 3만3천 명이 좀 넘어. 그 정도 인구에서 세 명이나 한두 달 새 연속적으로 실종된 거면 단순 가출은 아닐 가능성이 높지. 그리고 대수 녀석이 알려줬는데 범인이 보낸 편지가 경찰서에 왔다는 거야. 물론 전남청 과학수사팀에 보내 정밀 지문감식도 하고 국과수에 지문과 DNA 채취 의뢰까지 했다지만 아무것도 나오지 않았네. 편지에 대해 전문적 프로파일링이 필요해. 자네를 추천했네."

성호가 고개를 갸웃했다.

"용의자는 있습니까?"

권여일은 고개를 끄덕했다.

"몇몇 조사한 모양이야. 하지만 거짓말탐지기 조사 통과했고, 무엇보다 증거가 없어. 자세한 것은 자네가 내려가서 직접 현장도 둘러보고, 탐문수사에 참여도 하고 편지 분석도 하면서 알아봐주었으면 하는데. 삼보섬에는 처음 가보나?"

권여일은 말머리에 내놓았던 질문을 다시 던졌다.

"그렇습니다."

"좋은 경험이 될 거야. 다녀오게."

성호는 잠시 커피 잔을 쥐고 머뭇거리다 물었다.

"이번 사건 때문에 전출되는 겁니까?"

권여일은 잠깐 시선을 성호 너머 뒤를 보다 후후 하며 웃었다.

"이미 강대수가 나를 괴롭힐 때부터 생각했었어. 청장님과 미팅 때도 대안으로 나온 말이기도 하지만. 다녀오게나. 기차표나 숙박은 경무계에서 삼보섬경찰서와 협의해서 오늘 중에 알려줄 거야. 당장 내려가게 될 테니까, 퇴근해서 짐 싸놓고 대기하고 있어."

범죄행동과학계 사무실 문이 열렸고, 마포경찰서에 파견 나가 있던 팀이 들어왔다. 단정한 베이지색 투피스 정장에 적당한 높이 굽에 리본 달린 구두를 신은 심재연 경위가 활짝 웃으면서 인사하였다.

"계장님, 다녀왔습니다."

"어때, 해볼 만해?"

"네, 저희가 연구해온 프로파일링 기법을 적용하여 수사 방향을 제시해주었습니다."

"자세하게는 보고서를 받아야겠지만, 간단하게 설명해줘봐."

"일단 용의자를 다섯 명 선으로 좁혀놓았습니다. 사건이 일어난 곳을 파악하여 거리를 측정해보고 사건 반경 내에서 살 만한 동네를 추정해보았습니다. 그리고 성범죄 전력, 혹은 혼자 사는 남자 세대주들을 추려서 교집합을 추렸죠. 강력계 형사들이 용의자 탐문과 조사를 통해 알아보고 있는 상황입니다."

키가 제법 큰 심재연은 권여일 앞에 앉아서 관련 자료들을 보여주었다.

경찰대 20기 출신의 엘리트 프로파일러인 심재연은 30대 초반이었지만 날씬한 체구와 뚜렷하고 화려한 이목구비 덕분에 나이보다 젊어 보였다. 독신에 일중독자로 알려져 있었고, 유명잡지 인터뷰도 곧잘 했다. 항상 정돈된 헤어 스타일링과 깔끔한 정장을 고집했으며 흐트러진 모습은 단 한 번도 보여준 적 없었다.

여성 경찰청장이 나온다면 심재연이라는 우스갯소리가 과학수사센터에 돌 정도였다. 심재연은 FBI 본부에서 프로파일링 공부를 한 후, 한국으로 돌아와 현지 상황에 맞는 지리적 프로파일링 프로그램을 기획하였다. 범죄 발생을 지리적으로 파악하여 여러 가지 연쇄사건이 일어난 장소를 과거 유사사건 장소와 비교, 추후 범행 장소를 예측하고 범인 은신처를 찾기 쉽게 만드는 프로그램이었다.

심재연이 권여일에게 업무 설명을 끝내고 질문을 던졌다.

"계장님, 무슨 말씀을 그렇게 긴하게 나누고 계셨어요?"

"아, 삼보섬 실종사건 김 경사에게 맡기려고."

심재연은 약간 낙담한 표정을 지었다.

"제가 내려가보겠다고 말씀 드린 것 같은데요?"

"바쁘잖아."

"……알겠습니다."

"그럼, 김성호 경사는 지시한 대로 진행해."

권여일이 말을 끝마치고 자리를 비웠다. 성호는 보고서를 작성하려는 심재연에게 다가가 앉았다.

"지리적 프로파일링 프로그램을 삼보섬에서 쓸 수 있도록 도와주시죠."

"미안하지만, 내가 개발한 프로그램은 지금 시스템 업그레이드 단계에 있으니까 쓸 수 없어요. 서류 자료들 분석으로만 일해줘요."

성호는 약간 서운한 눈빛으로 쏘아보았다.

"알겠습니다. 컴퓨터에 의존하지 않고도 좋은 성과를 내면 되는 거죠."

심재연이 성호의 반격에 순간 여유만만한 미소를 얼핏 지어보였다.

"이 일 힘들지 않아요? 누구나 힘든 순간이 있기 마련인데 김성호 경사는 유독 침착하고, 꼼꼼하게 일을 잘하는 것 같아 보이네. 감정도 드러내지 않고. 난 성호 씨한테 궁금한 게 많은 사람이야. 나와 비슷한 것 같으면서도 다르다고 느껴지거든."

성호는 의도를 모르겠다는 듯 순진한 표정과 함께 살짝 미소를 지으며 말하였다.

"무슨 말인지 잘 모르겠네요."

상관으로 있는 심재연의 속마음을 도무지 모를 때가 많았다. 어떤 때는 이성으로서 호감을 느끼는 것인가 싶을 정도로 친근하게 굴었다. 업무시간이 아닌 때에 개인 문자를 보내서 뭐하고 있느냐 묻고 챙기기도 하였다. 하지만 업무적으로 실수를 하였을 때는 책임 추궁이 가차 없었다.

성호는 심리학과 여학생 사이에서 인기가 많았다. 친근해 보이고 완력이 셀 것 같지도 않고, 다정다감하게 말을 잘 들어줄 것 같은 분위기라고 평가받았다.

그건 성호에게 장점이자 단점이었다. 크지 않은 키, 호리호리한 체구, 그리고 갸름한 얼굴형에 기름직한 눈, 나직한 목소리.

대학시절 성호가 가끔 상대방을 향해 미소를 지어주면 그들은 안도감과 함께 기뻐하는 것처럼 보였다.

입 꼬리를 들어 활짝 웃어 보인다는 의미의 '빅 스마일'이 성호의 별명이었다. 움츠려드는 내성적인 성격을 탈피해보고자 얼굴 근육을 운동시키고 노력해서 지어낸 미소를 그들은 반가워했고, 안정감을 느꼈다. 여자 동기들이 항상 스터디에 끼워주었고, 리포트를 보여주는 데 있어서 인색하게 굴지 않았다.

하지만 심재연은 여자 동기들과는 질적으로 다른 존재였다. 약육강식의 먹이사슬 구조에서 상단에 위치한 사람, 본능적으로 강한 기운을 내뿜는 존재. 심재연은 상하 전달의 경찰조직에 최적화된 사람으로 보였다. 매사에 정확하지만 한편으로 일 처리나 승진에 있어서 냉혹하고 가차 없는 모습에서는 은근하게 육식동물의 분위기가 풍겼다.

심재연이 프린트된 자료집을 건네면서 말하였다.

"이 자료 보면서 내가 그동안 설명했던 지리적 프로파일링 원리대로 하면 돼요. 프로그램은 원리를 모르는 경찰들이 접근하기 쉽게 만드는 것뿐이에요. 그러니까 범행 장소와 시간, 그리고 지리적 요인을 고려해서 범행발생군집을 만들어보고, 범인의 심리적 경계거리를 넘지 않는 선에서 주거지를 추정해보도록 해요. 완성되지 않은 프로그램은 더 부정확해요. 이런 프로파일링이 걱정되는 게 아니라, 고립된 곳에 김 경사 혼자서 고생할지 몰라 좀 걱정되네. 심리적으로 힘들면 언제든 콜해요. 도와줄게요."

실적을 중요시하는 경찰 조직에서 그녀와 성호는 분명 경쟁자였다. 그녀의 친절이 가식인지 헷갈릴 때도 있었다.

성호는 책상자리로 돌아가서 책과 서류들을 정리해놓고 노트북을 서류가방에 넣었다. 업무 관련 자료가 담긴 USB도 챙겨서 가방 속 앞주머니에 넣었다. 차를 경찰청 주차장에 그대로 두고 택시를 잡아타고 집으로 향했다. 목포까지 기차를 타고 가고 삼보섬으로 들어갈 때는 렌트 차량을 이용할 예정이었다. 휴대폰으로 인터넷 검색을 하였다. '그림과 노래와 민속이 살아 숨 쉬는 보배섬 삼보섬에 오신 것을 환영합니다'라는 카피와 함께 '대한민국 최서남단 삼보섬은 연평균 기온 13도로 따뜻하며 순수한 인심과 유형문화재 28종, 무형문화재 10종을 자랑하는 살아 있는 문화와 민속의 섬'이라고 안내돼 있었다. 삼보삼락이 있다 하여 삼보섬이라 불리고 삼보(三寶)는 진돗개, 구기자, 돌미역이, 삼락(三樂)에는 민요, 서화, 홍주라고 적혀 있었다.

삼보섬에 출장을 가게 되니 구피들이 걱정이었다. 지식인에 들어가 '구피 일주일 동안 먹이를 안 줘도 괜찮은가' 검색어를 넣었다. 일주일 정도는 괜찮다는 답변에 안도가 되었다.

잠시 택시 차창 밖으로 시선을 돌렸다. 어느덧 빗방울이 굵어져서 세찬 겨울비가 콘크리트 바닥을 거칠게 때렸다. 창에 맺히는 물방울들이 뭉쳐서 물줄기를 이루며 아래로 떨어졌다.

빗발이 거세지면서 택시 지붕을 탕탕 때리는 소리가 요란한 가운데 택시는 어느덧 합정역 근처에 도착하였다.

4. 삼보섬의 밤
(1월 14일 월요일)

성호는 오후 1시 용산역에 도착하였다. 20분 후에 목포로 향하는 호남선 KTX에 탈 예정이었다. KTX 출구 앞 만남의 광장에서 누군가를 기다렸다. 경무계 직원 말로는 삼보섬경찰서 강력팀 강대수 팀장의 요청으로 일행이 한 명 더 늘었다고 하였다. 성호는 잠시 캐리어를 세워 두고 벤치에 앉아서 출력한 기차표를 살폈다.

"혹시, 김성호 경사님 되시나요? 경찰청 소속의."

성호가 고개를 들었다. 염색한 펌 머리에 두터운 뿔테 안경을 끼고 카키색 야상 점퍼를 입은 중간 키에 호리호리한 체구를 한 남자가 서 있었다.

"여도윤 학예사님?"

"네, 국립민속박물관 소속 여도윤입니다. 서울대 동양화과 안창순 교수님 부탁으로 왔습니다."

"얘기 들었습니다. 편지의 필적 감정 건으로 같이 내려가시게 되었다고요?"

"네, 경사님. 잘 부탁 드려요."

여도윤은 알록달록한 스티커가 여럿 붙어 있는 작달막하고 납작한 캐리어를 끌면서 성호의 뒤를 따랐다.

"해외여행 많이 다녀오셨나 보죠?"

성호가 물었다.

"네? 어떻게 아셨죠?"

"스티커들이 독특해서요."

"민속학을 연구하다보니 아시아 지역은 매해 나가게 되네요. 동남아, 티베트, 인도까지 다녀왔습니다."

"안창순 교수님 밑에서 그림을 연구하셨나 보죠?"

"민속학 관련 무속, 고문서, 그림, 필적 모두 다 연구대상이죠. 교수님이 해외 세미나에 참석하셔서서 삼보섬은 제가 대신 가게 되었구요."

에스컬레이터를 타고 승강장 플랫폼에 내려서 15번 게이트를 향해 걸었다. 여도윤의 캐리어에서 덜컹덜컹하는 소리가 요란하게 들렸다.

"저는 경찰청 형사님이라고 하면 좀 덩치도 크고 무섭게 생기신 분인 줄 알았어요."

"저는 현장업무보다는 범죄자들과 인터뷰를 하면서 범죄심리를 분석하는 일을 주로 하죠."

"알 것 같아요. 왜 FBI 프로파일러 같은 범죄분석요원이라고 들었어요. 수사는 강력계 형사님들이 하시는 거죠?"

"그렇습니다."

성호가 여도윤의 두터운 안경알 너머로 시선을 맞췄다.

"그렇다면 이 편지로 범죄심리분석하실 것 같은데, 잠깐 설명 드릴게요. 이미 감정위촉을 받으셔서 1차 감정을 보셨겠지만, 석연치 않은 부분이 있어서 제가 감정 관련 서류도 가지고 내려가고, 저도 참고자격으로 감정을 볼 거구요. 그것 말고도 제 일 때문에도 겸사겸사 가는 거죠. 삼보섬에 있는 소전미술관에도 들러서 손재형 선생의 서예작품에 어떤 게 있는지 조사도 하려구요."

"보통 국과수에서 필적 감정을 하고는 합니다만."

여도윤이 눈을 꿈벅거리며 성호의 잰 발걸음을 뒤쫓아와 말했다.

"우리 안창순 스승님이 훨씬 더 권위자시니까요."

두 사람은 1시 20분 정각에 도착한 목포행 KTX에 올랐다. 좌석을 찾아서 창가에 성호가 앉고 여도윤은 바깥쪽 자리에 앉았다. 여도윤이 성호의 가방을 머리 위 선반에 올려주고 나서 자신의 캐리어도 올렸다. 여도윤은 야상 점퍼를 벗어서 선반에 마저 올려두었다.

"향수 쓰시나 봐요. 향 좋은데요?"

여도윤이 성호의 옆자리에 앉으며 물었다.

"아뇨, 셰이빙 크림을 써서 그런가봅니다."

"하긴 경찰과 향수랑 잘 안 어울리는 조합 같네요. 참 그런데, 귀신들이 향내 좋아하는 거 아세요?"

여도윤이 뿔테 안경을 집게손가락으로 슬쩍 들어 올리며 성호를 마주보고 말했다.

"네?"

"하하, 민속학 연구하다 보니 귀신이나 도깨비 같은 전통 문화 콘텐츠와도 친하거든요."

성호는 헛기침을 했다.

"귀신같은 거 믿지 않습니다."

여도윤은 약간 어깨를 으쓱하더니 씩 웃었다.

"귀신보다 더 무서운 사람을 연구하시니까 그러신가 보다. 아, 니체가 했던 말. 괴물의 심연을 오랫동안 들여다보면 그 심연 또한 우리를 들여다보게 될 것이다, 그 말 아시죠?"

"저희 경찰이 범죄자들을 연구하고 많이 만나고 조사하지만 동화되지는 않습니다. 세간 사람들이 범죄자의 마음속으로 들어가서 그대로 재현을 해달라고 쉽게 말하지만, 저희도 잔인한 범인에게 동화되기 싫습니다. 그저 범죄자의 심리를 통해 그들의 행동을 들여다보는 것이죠."

"저는 귀신 안 싫어해요, 게다가 귀신 많이 보는데요? 어? 경사님, 창 밖에도 한 녀석 들여다보고 있다. 머리에 모자 쓴 놈."

뒷덜미가 오싹해진 성호는 창을 내다보았다. 여도윤의 낄낄거리는 웃음이 기분 나쁘게 들려왔다.

"농담이에요. 커피 시킬까요?"

승무원이 매점 스낵카를 덜컹거리는 소리를 내면서 밀고 들어왔다. 여도윤이 묻지도 않고 커피 두 잔과 쿠키를 시키고, 도시락까지 갖다달라며 부탁하였다. 성호는 약간 불편한 기색이 들었다. 낯선 남자와 3시간 넘게 목포까지 기차를 타고 가는 것도 그렇고, 수사지원을 받는 내내 같이 다녀야 할지도 모르는 상황이 불편했다. 성호의 불편한 기색과는 달리 여도윤은 여유로워 보였다.

새벽에 내린 눈으로 덮인 들과 밭이 창밖으로 이어졌다. 포근해 보였다. 잠깐 어수선한 기분이 안정돼가는 느낌이 들었다. 여도윤이 억지로 건넨 커피를 한 모금 마셔보니 불안정하던 심정이 가라앉았다. 기차가 터널로 들어갔다. 창밖이 어두워지면서 유리창에 성호의 얼굴이 비쳐 보였다. 2주일 전에 컷을 했을 때 짧다 싶던 앞머리도 이마 중간까지는 내려와 있었다. 남들이 날카로워 보인다던 눈빛이 많이 누그러져 있었다.

문득 떠오르는 누군가가 있었다. 나직하고 조곤조곤한 목소리, 따뜻한 심성이 느껴지는 그녀의 차분하고 여성스런 인상. 그녀의 목소리가 귓가를 간지럽혔다.

"선배, 초식동물은 순응하는 자세를 유지해서 육식동물의 공격에서 벗어나는 거 알아? 강아지들도 마찬가지야. 복종하고 순응하는 자세로 주인의 환심을 사서 먹이를 얻어 생명을 유지해나가는 거야. 난 선배만 보면 초식동물이 생각나."

성호는 말없이 그녀의 말을 듣고만 있었다. 그녀의 말은 이어졌다.

"난 성호 선배 눈을 봐도 무슨 생각을 하는지 도무지 짐작도 못하겠어. 나만 그런 걸까?"

성호에게 그녀는 이해할 수 없다는 말을 던졌다. 심리학과 선후배 사이로, 경찰청에 특채로 들어온 동기였다. 사건 지 2년이 넘었던 그녀는 성호의 마음을 읽지 못하겠다면서 멀어져만 갔다. 전근을 자청한 그녀는 부산지방경찰청으로 발령받았고 1년 동안 만나지 못하였다. 그리고 훗날 동료 경찰과 결혼한다는 소식을 동기회를 통해 전달받았다.

"난 성호 선배 눈을 봐도 무슨 생각을 하는지 도무지 짐작도 못하겠어. 나만 그런 걸까?"

그녀가 남긴 말은 이후로도 성호의 귓가에 아련하게 울리고는 하였다. 그녀는 왜 그런 말을 하고 서서히 멀어진 걸까. 내가 무엇을 잘못한 것일까.

"무슨 생각 그리 골똘히 하세요?"

여도윤의 비꼬는 투의 말투가 성호를 기억 속에서 끄집어냈다.

"혹시 여자 생각? 하하, 얼굴 표정 보니 맞구나. 제가 민속학 연구하느라 굿판도 많이 쫓아다니고, 무당들과도 친하거든요. 뭘 좀 잘 맞춰요."

어색한 데다가 불쾌하기까지 했다. 뭐라고 한마디 할까 싶었지만 여도윤은 재빨리 귀에 헤드폰을 끼고 노래를 듣는 척을 하였다.

여도윤은 〈기억의 습작〉 노랫가락을 소리 내어 부르면서 도시락을 먹었다. 성호는 다 포기했다는 듯 짧게 한숨을 내쉬고 도시락 뚜껑을 열어 먹기 시작하였다. 다 먹고 치우자, 나른한 몸에 졸음이 몰려왔다. 눈을 잠시 감았다. 세상에 커튼을 치고 나만의 세계에 혼자서 있고 싶었다.

뒷자리의 남자가 손을 뻗어서 창가의 커튼을 닫는 소리가 들렸다. 성호의 고개가 좌석에 기대어졌다.

얼마나 지났을까. 30분, 40분? 누군가 어깨를 거세게 뒤흔들었다.

"경사님. 일어나세요. 목포예요. 어서 내려야 된다구요."

벌써 3시간이나 지났다니. 온몸을 기지개를 펴듯이 일어나면서 고개를 뒤흔들었다. 어느새 성호의 가방도 내려져 있었다.

목포역을 빠져나와서 만남의 광장에서 대각선 건너로 바로 보이는 낡은 건물 1층에 들어선 K 렌트카 사무실로 들어갔다. 3평 남짓한 공간에 책상 하나, 의자 하나 그리고 대기 의자 세 개가 보였다. 아무도 없었다. 벽에는 노을 진 산과 들을 배경으로 은색 SUV가 서 있는 포스터가 붙어 있었다. 포스터 뒤로 벗겨진 페인트가 드러나 있었다. 화장실에 다녀온 듯 열쇠를 들고 들어오는 남자가 아는 척을 하였다. 번쩍거리는 은색 양복 위아래에 노란색 캐주얼 오리털 점퍼를 걸쳐 입고 있었다.

"김성호 님 되시죠?"

"네, 오늘 5시부터 소나타 차량 쓰기로 되어 있습니다."

성호가 예약된 번호가 적힌 출력 용지를 내보였다.

"따라오시죠."

열쇠를 들고 앞서가는 남자의 점퍼 아래로 바지 엉덩이 부분이 닳아 있었다. 오래도록 앉아서 손님을 기다리는 것 같았다. 남자는 목포역에서 벗어나 5분여를 걸어서 너른 주차장으로 들어갔다. 1, 2년 전 즈음 새로 지어진 것으로 보이는 신축 건물 주차장 앞에서 남자는 은색 YF 소나타를 가리켰다.

"여기 이 차입니다. 연식은 1년 조금 안 되었습니다. 차 뒤와 트렁크 확인해주세요. 큰 홈 난 데는 없지만, 여기 보조석 문쪽에 자그마한 홈집 보이시죠. 그럼 트렁크 열어보겠습니다. 여기 보이는 LPG 가스통 유량계 가득 채워서 반납해주시면 됩니다. 오늘 1월 14일부터 20일까지 일주일로 예약되어 있던데 그대로 하실 거죠?"

"네. 그렇게 하겠습니다."

여도윤은 이미 성호와 자신의 가방을 트렁크에 싣고 있었다.

"그럼 즐거운 여행 되십시오. 나중에 사무실로 오후 5시까지 오시면 됩니다."

성호가 운전석에 올라서 운전석 거울과 좌석을 맞추었다. 여도윤이 보조석에 올라타서 질문을 던졌다.

"굳이 렌트할 필요 있나요? 경사님 차 가지고 내려오셔도 되고, 거기 경찰서에서 차량 지원 받으면 되잖아요?"

사실은 경찰서에서 목포까지 차량마중을 나오겠다고 하였지만 성호가 거절하였다. 렌트해서 타고 다니다 나중에 경비를 청구하는 게 더 편할 것 같았다. 삼보섬까지는 초행길이라 운전하고 가는 것도 부담되었다.

"이편이 더 나을 것 같아서요. 덕분에 새 차 타보고 좋네요."

"삼보섬 가서 내내 얻어 타고 다니겠네요. 대신에 길눈 밝으니까 안내 잘 해드릴게요."

"안창순 교수님 필적 감정서는 가지고 오신 건가요?"

"네. 사건 담당 강대수 형사님 외에는 개봉금지가 되어 있어서요. 삼보섬경찰서 가서 같이 보고 의논하는 게 나을 것 같아 기차에서는 안 보여드렸어요."

"당연한 거죠. 알겠습니다. 경찰서까지는 앞으로 1시간 넘게 걸리니까 거기서 늦은 저녁을 먹도록 하죠."

여도윤은 점퍼를 벗어 뒷좌석에 두었다. 그리고 좌석을 뒤로 눕혀서 몸을 편하게 두었다. 어깨 부분에 체크무늬 헝겊이 덧대어 들어간 베이지색 셔츠가 많이 우글쭈글해져 있었다. 성호는 코트와 정장 상의를 벗어서 뒷좌석에 놓아둔 다음에 운전석에 앉아서 안전벨트를 맸다. 내비게이션을 삼보섬경찰서로 설정해두고 천천히 주차장을 빠져나와서 목포역 앞 사거리로 진입해 들어갔다.

"고향이 어디세요?"

"서울입니다."

성호가 대답하였다.

"어릴 때부터 서울 사셨나 봐요? 그럼 목포 이런 데 오면 좀 놀랍죠? 서울과 많이 다르고."

"경찰 되고 나서 지방 출장 많이 다녀봤어요."

"목포는 낮은 건물들이 많죠. 아무래도 고층 빌딩 즐비한 서울과는 달라요. 일제시절 가옥처럼 오래된 집들도 많고 바닷가를 면하고 있어서 그런지 운치 있는 집도 많아요."

"삼보섬은 어때요?"

여도윤이 피식 웃었다.

"가보면 아시겠지만 좀 쓸쓸해요. 집들도 띄엄띄엄 있고 농사짓는 사람 말고는 길 가다가 사람 만나는 일도 드물어요. 미술관에도 직원 한 명이 표 끊어주니까. 보러 오는 사람도 나 하나 정도고. 하여간 지금처럼 겨울철 비성수기에 오는 게 딱 좋아요. 쉬러 오는 사람한테는."

어느덧 해남으로 접어들어 금호방조제를 지나서 18번 국도를 따라 우수영 유적지에 접어들었다. 툭 트인 바다가 나왔고 저 멀리 이순신 동상이 보였다. 시원한 바닷바람이 열린 창문 틈으로 들어왔다.

날이 저물었다. 사위가 어두운 가운데 시각은 7시에 가까워졌다. 삼보섬대교를 건너 섬으로 들어서자, 파와 배추를 수확하는 농부들이 띄엄띄엄 보였다. 트럭 한가득 배추를 쟁여 싣고, 용달차에는 대파를 가지런히 싣는 모습이 보였다. 농부를 제외하고는 사람이 거의 보이지 않았다. 오직 바다와 하늘 그리고 농사짓는 땅이 있을 뿐이었다. 바다안개가 어느덧 해안도로를 잠식해 들어왔다.

"이런 겨울철까지 수확을 하나 보죠?"

성호가 겨울바다가 시원하게 보이는 해안가 도로를 달리면서 물었다.

"삼보섬은 겨울에도 농사를 지어요. 남쪽이라 이모작 하니까요. 여기에는 농부, 공무원, 그리고 식당 주인 빼고는 다른 일하는 사람은 거의 없어요. 병원, 편의점 종사하는 사람 몇 빼고는 말이죠. 아차차, 제법 규모 되는 교회도 세 곳 정도 생겼어요."

"삼보섬은 씻김굿이 유명한데 교회라니 안 어울리네요."

여도윤은 뿔테 안경을 빼서 안경알을 손수건으로 닦으면서 답하였다.

"그만큼 무언가에 의존하고 싶은 게 사람 마음이죠. 예전에는 예전 방식대로 사람 혼 달래주는 씻김굿을 했다면 지금은 유일신에 의존해서 마음을 안정시키고 싶은 거겠죠."

해안도로를 달리던 차는 어느덧 바닷가 풍경을 벗어나서 성내리, 교동리를 가리키는 표지판을 지나쳤다.

이윽고 삼보섬의 번화가로 접어들었다. 말이 번화가지 지방 도시 외곽지역보다도 가게가 적었고, 번듯한 건물보다는 1층 짜리 단층 구옥들이 줄지어 서 있었다. 간혹 진돗개를 산책시키는 중년 남성도 몇 보였다. 성호가 모는 차가 지나가자 황색 털에 윤기가 흐르는 개가 컹컹 짖었다.

개를 백미러로 흘깃 본 성호의 눈에 좁은 골목길이 거미줄처럼 얽힌 거리가 나왔다. 차로 골목에 진입하여 들어가보니 하나둘 자리한 커피숍 뒤로 시장이 들어서 있었다. 식당도 적어 보였고 치킨집이나 중국 음식 배달점 등만 보였다. 골목을 빠져나와서 삼보섬군청과 나란히 있는 소전미술관을 지나쳤다. 내비게이션에서는 목적지 근처 도착이라는 안내말이 흘러나오지만 군내 번화가 골목만 빙빙 돌고 좀처럼 경찰서를 찾지 못하였다.

"가만있자, 저기 편의점에서 물이라도 사면서 물어볼래요? 저도 미술관만 가봤지 경찰서는 처음이라서요."

여도윤의 제안에 차를 번화가 사거리 구석에 있는 공터 주차장에 대놓았다. 차 밖으로 나오자 알싸한 공기가 온몸을 휘감았다. 차갑고도 상쾌한 공기였다.

"공기 깨끗하죠? 어때요, 매연냄새 안 나는 곳에 와보니까?"

여도윤이 앞장서고 성호가 뒤따라 들어갔다. 물과 간식 몇 가지를 골라서 계산대로 향하였다. 스무 살 정도로 보이는 청년 몇이 시시덕거리며 물건을 계산하였다.

"어젯밤에 술 먹으면서 그렇게 죽이네 사네 주먹 날리다가도 아침이면 친구가 된단 말이야. 진짜 모를 일이야."

성호가 고개 들어 계산하는 남자를 보니 이마에 커다란 반창고가 붙어 있었다.

"아, 씨바. 진짜 얼마나 아픈데."

"미안하다니까, 히힝."

담배 진열대를 정리하던 바싹 마른 남자가 비위를 맞추면서 사과했다.

계산대 옆 벽에는 사기, 살인, 강도치상 등의 수배자 명단과 얼굴 사진이 붙어 있었다. 언뜻 보기에 사진 속 인물이나 계산대에 선 사내들이나 엇비슷하게 닮아 보였다. 계산을 하던 반창고 남자가 물었다.

"소시지 안 데워 가세요?"

성호는 고개를 저으며 답했다.

"괜찮아요."

"보통들 그렇게 하시던데."

"삼보섬경찰서 찾아가려는데, 길 좀 알려주세요."

남자들 사이에 묘한 기류가 흘렀다. 어젯밤 그곳 유치장에서 있다 나왔나 짐작됐다.

"아, 서울서 오셨나 보다. 무슨 일로 오셨는데요?"

반창고 남자 왼쪽에 있는 의자에 앉아 빵 봉지를 벗기던 남자가 물었다. 엄청난 덩치에 얼굴에는 여드름이 가득하였다.

"경찰 업무 보러 왔습니다."

"편의점 나가셔서 공터 지나서 개천 위에 다리 지나서 아파트 두 동 건물 보이거든요. 그 건너편에 경찰서 있어요."

계산을 끝마치고 나오는데 여도윤이 소시지를 까서 입에 물었다. 성호가 공터 주차장에 세워둔 차로 앞서가는 도중 여도윤의 목소리가 들렸다.

"어? 진돗개 새끼다."

낑낑대는 신음이 새어나오는 철창 안에서 무언가가 아른거렸다. 편의점 옆 꽃가게 앞에 있는 철제 상자 안에 백구 새끼 두 마리가 뒤엉켜서 낑낑대었다. 그 앞 사료 그릇은 비어 있었다. 한 마리는 눈을 감고 누워 있었고, 다른 한 마리는 철창문으로 다가와서 여도윤의 내민 손가락을 핥았다. 여도윤은 '먹을 것 주지 마세요'라고 적힌 안내문을 무시하고 소시지를 조금 떼어주었다.

"정말 배고팠나 봐요."

"어서 갑시다."

"귀엽지 않나 봐요? 경사님은?"

여도윤이 소시지를 개들에게 줘버리고 물었다.

"네?"

"아무런 감정도 없는 분처럼 보이네."

"일이 먼저입니다. 가시죠."

성호가 먼저 운전석에 올랐다. 여도윤은 아쉽다는 듯이 철창을 잠깐 쳐다보다 보조석에 올랐다. 어느덧 사위가 무척 어두워졌다. 배도 슬슬 고팠다. 차는 공터를 빠져나와서 산을 뒤로한 한적한 거리로 들어갔다. 개천변의 다리를 건너자 고층 아파트 두어 동이 보였고, 그 건너편 거대한 송전탑 앞으로 '삼보섬경찰서에 오신 것을 환영합니다'라고 쓰인 플래카드가 보였다.

뒤로는 작달막한 산을 배경으로 한적한 곳에 경찰서 건물이 들어서 있었다. 경찰서는 4층의 베이지색 건물로, 상단에 '대표전화 15XX-1122'라는 거대한 글귀가 쓰여 있었다. 주차장 입구인 철창문이 비스듬히 열려 있었다. 문 안쪽 초소에서 순경 하나가 뛰어나와 물었다.

"어떻게 오셨습니까?"

"강력계 강대수 팀장님 업무지원 요청으로 서울경찰청에서 파견 나왔습니다."

무전기를 들어 송신하던 순경이 문을 활짝 열어주었다.

"들어오십시오."

성호는 주차장 경찰업무차량 승합차 옆에 차를 대놓고 밖으로 나왔다. 경찰서 건물 저 멀리로 나지막한 산세가 보였다. 산속에 들어선 고즈넉한 분위기의 경찰서 건물로 발을 옮겼다. 로비에 미리 연락받고 나와 있었는지 40대 후반에서 50대 초반으로 보이는 사내가 손을 흔들며 다가왔다. 헌팅캡을 쓰고 감색의 짧은 트렌치코트를 입은 남자는 반갑게 웃어 보였다.

"서울서 오시느라 고생 많으셨습니다. 더 늦으면 연락하고 마중 나가려고 했는데 마침 잘됐습니다. 강대수라고 합니다. 권여일 계장 잘 있죠?"

핏불테리어라는 별명에 걸맞은 불도그 같은 외모를 연상했지만 오히려 깔끔한 외모에 작달막한 키와 중후한 체구가 안정감 있어 보였다. 거칠고 상스럽게 보인다거나 집념에 가득 차 마구 후려치는 느낌은 없어 보였다. 하긴 한 사건에 집요하게 매달릴 정도의 인내심이 있는 남자라면 저런 분위기를 낼 거라는 생각도 들었다.

"일은 내일부터 합시다. 식사들 안 하셨죠? 서장님이 대접 잘 해드리라고 좋은 곳에 준비해놓았습니다. 식사하시고 숙소 안내해드리겠습니다."

강대수의 굵직한 목소리가 신뢰감을 주었다. 성호가 조심스레 말했다.

"권여일 계장님과 같은 연배시면 말씀 놓으셔도 됩니다."

강대수가 활짝 웃으며 답했다.

"차차, 그렇게 합시다. 아차차, 안창순 교수님 제자 여도윤 씨 맞죠?"

성호 뒤로 빠져 있던 여도윤이 그제야 머리를 숙이고 공손히 인사했다.

"미안해요. 내 김성호 이 친구가 너무 반갑고 그래서 잠깐 잊었어요. 권여일이가 얼마나 칭찬하던지 믿는 구석도 많고, 하여튼 이번 사건 잘 좀 풀어갑시다."

"가만있자, 어디선 뵌 것 같은데. 아! 케이블 TV, 경찰들 나오는 〈형사들의 리얼스토리〉에 나오시지 않았어요?"

여도윤의 말에 강대수가 입가에 미소를 지었다.

"봤어요? 권여일과 절친이라고 나왔지. 자, 시장들 하시죠? 어서 갑시다."

강대수 형사가 운전하는 차에 올라탔다. 차는 곧 군내 번화가 골목으로 접어들었다. '싱싱 24회집', '대형좌석 완비, 숯불 갈비 홍부네집' 등의 간판이 달린 집들이 몇몇 줄지어 있었고, 그 뒤로 붉은색 대형 네온사인에 '모래 유흥촌 모텔 완비'라고 적힌 건물이 어둠 속에 자리하고 있었다. '유흥촌'이라는 단어에 묘한 압도감이 있었다. 성호는 강대수를 따라 횟집으로 들어가면서 신발을 벗어 신발장 안에 넣어두었다.

"놔둬요, 직원들이 챙겨주니까. 손님도 몇 없어. 요즘 같은 비수기에는."

강대수가 성호의 어깨를 툭툭 치면서 앞장섰고 그 뒤를 여도윤이 따랐다.

"긴장 풀어요. 오늘은 그냥 회포나 풀고 진탕 마시자구."

횟집의 여종업원이 창호지 미닫이문을 열어주자, 두 개의 대형 좌상에 가득 차려진 반찬들이 보였다. 미리 자리해 있던 남자 세 명이 일어나 인사를 하였다.

"안녕하십니까? 반갑습니다. 경찰청에서 내려오신다기에

기대 많습니다. 저는 삼보섬경찰서 강력범죄수사팀 오영식 형사입니다."

성호 앞에 앉은 남자가 오른손을 내밀었다. 깔끔한 외모에 체구가 작은 남자는 30대 초반으로 보였다. 성호와 여도윤이 번갈아 악수를 했다. 이번에는 그 옆에 앉아 있던 더벅머리를 한 남자가 방그레 웃으면 손을 내밀었다. 비실비실한 몸에 양복을 걸쳐 입고 둥그런 무테안경을 끼고 있었다.

"보배섬 삼보섬에 오신 것을 환영합니다. 삼보섬군청 홍보과에서 근무하고 있습니다. 한민동입니다. 지내시다가 불편한 점이 생기면 말씀 주세요."

한민동의 가느다란 손가락이 인상적이었다. 내내 일어서 있던 풍채가 제법 큰 남자는 머리가 벗겨지고 손가락에 금반지를 여럿 끼고 있었다. 이름도 밝히지 않고 분주하게 음식을 시키다가, '상가번영회 회장'이라고 적힌 명함을 뒤늦게 내밀었다.

"어이, 이 회장, 그만 시켜. 여기 경찰서에서 부담해야 되는데, 뭘 또 시켜. 모듬회 한 접시면 됐지."

강대수가 이 회장을 말렸지만, 그는 만류에도 엉덩이 붙었다 떼기가 무섭게 다시 종업원을 불러서 자연산 광어회 두 접시를 더 시켰다.

"하이고, 성님. 서울경찰청에서 그 뭐시기 TV에서만 보던 짱짱한 경찰 두 분이 내려오셨는데 소홀히 대접하면 섭하지라. 안 그러쇼, 형사님들?"

성호는 난감한 표정으로 억지 미소를 지었고, 여도윤은 난 모르겠다는 듯이 고개를 돌려서 슬쩍 소주 한 잔을 입에 털어 넣었다.

"두 분 다 형사님이 아니고, 한 분은 박물관 근무하시는 학예 사님이라고 말씀 드렸는데 자꾸 까먹네. 이해해. 다른 모임에 서 전작이 좀 있었어."

반찬과 회가 연달아 나오고 술잔도 거나하게 오갔다. 성호는 절반은 사양하였다. 강대수, 이 회장은 말술들이었고 한민동, 오영식은 눈치 보면서 조금씩 마시다 절반은 남겼다. 여도윤은 권하는 술잔마다 말끔히 비웠다.

"어이구, 이쪽 안경 쓰신 형사님이 술은 더 하시네. 스타일도 좋구. 요즘은 형사도 염색에 파마머리는 기본이여. 귀태가 자 르르 나시네."

이 회장의 공치사에 여도윤이 술 한 잔을 비우고 대답했다.

"형사 좋죠. 저도 한때는 경찰 되고도 싶었는데요."

이 회장은 남의 말을 끝까지 듣지 않는 버릇이 있는지 여도윤 의 말을 마저 듣지도 않고 성호에게 술잔을 건넸다. 강대수가 휴대폰을 받더니 성호의 옆자리로 와서 나직하게 말을 건넸다.

"원래 오늘 이 자리에 서장님도 오시기로 하셨는데, 군수님 과 저녁식사가 길어져서 못 오실 것 같다네. 괜찮겠지?"

성호는 아무래도 상관없다는 듯 고개를 끄덕였다. 이 회장이 벌떡 일어나서 춤추는 시늉으로 두 팔 벌려 휘청거리며 성호를 밀치고 강대수 옆 자리에 비집고 앉았다.

"허허, 분위기 좋다. 얼씨구 좋구나아. 아, 대수 형님. 어서 전남경찰청으로 복귀하셔야 되는데, 경찰청에서 날고 뛸 분이 이곳 섬에서 고생이 많지라?"

이 회장이 주사를 늘어놓자, 강대수의 얼굴에 슬그머니 불쾌한 표정이 엿보였다.

"이 회장은 꼭 안 해도 될 말을 해서 사람 난처하게 하네."

이 회장은 유리병에 든 붉은색 술을 잔에 가득 따랐다.

"자자, 삼보섬의 특산품 루비콘홍주를 안 마시고 가면 섭하제. 가뜩 가뜩 따라요."

성호는 못마땅했지만 어쩔 수 없이 잔을 받았다.

"자자, 원샷! 위하여!"

알콜도수 40퍼센트인 알싸한 홍주가 목구멍을 태우듯 간신히 넘어갔다. 헛구역질이 나올 뻔했다.

"경찰분들이 술도 못 하시네. 한 잔 더! 이번에는 일출주야!"

이 회장은 맥주잔에 맥주를 절반 넘게 따르고 홍주로 나머지를 채웠다. 홍주가 가라앉지 않고 맥주 위에 떠 있었다.

"머리 전혀 안 아파! 뒤끝 깨끗해! 마셔봅시다. 위하여!"

평소에 잘 마시지 않던 독한 술이 성호의 뱃속을 뒤집어 놓았다. 처음 본 사람이 이렇게 술을 강권하는 것이 성호는 못마땅하였다. 기분이 나빠지면서 화가 치밀었다. 이 회장이 홍주와 맥주 폭탄주를 따르려는데 성호가 잔을 뒤집어 놓았다. 분위기가 싸해지면서 좌중의 시선이 이 회장과 성호에게 쏟아졌다. 이때 한민동이 입을 열었다.

"제가 분위기 좀 띄우겠습니다."

바싹 마른 한민동이 일어나 룸 뒤쪽에 놓인 노래방 기기를 앞으로 당겨서 전원 스위치를 찾아서 켰다. 익숙한 동작으로 마이크에 부직포 씌우개를 씌우고, 스위치를 켜고는 방석 아래에 놓여 있는 노래방 책자를 꺼내들었다.

"분위기 띄웁니다. 이 회장님의 영원한 18번 레퍼토리, 섬마을에 들어온 선생님이 어떻게 상가 번영회장이 되었을까요? 〈섬마을 선생님〉 들려드립니다."

남자의 구수한 노랫가락이 방 안에 가득 울려 퍼졌다. 성호는 당최 적응이 안 됐다. 반면 같이 서울서 내려온 여도윤은 안경을 몇 번 들썩인 것 빼고는 고개를 상에 처박고 회를 남김없이 먹었다. 마치 먹으러 섬에 들어온 사람으로 보일 정도로 엄청나게 폭식을 하고 있었다. 호리호리한 체구임에도 몸 안에 술과 음식을 차곡차곡 집어넣고 있었다. 성호는 속이 거북하였다. 술도 오랜만이었고, 이렇게 처음 본 사람끼리 얼씨구나 친한 척하고 어울리는 게 불편하였다. 게다가 다들 일도 뒷전이고 실종사건에 관한 말은 단 한마디도 하지 않았다.

별 시답지 않은 이야기로 술자리는 2시간가량 지속되었다. 이 회장은 술이 범벅이 되어서, 마이크를 붙잡고 이미자 노래와 남진 노래를 뒤섞어서 계속 불러댔다. 강대수가 헌팅캡을 벗고 흰 머리를 헝클어뜨리며 성호의 기분을 조심스레 살폈다.

"좀 불편하지? 경찰청에는 엘리트들 많아서 이런 분위기는 아닐 텐데."

"아닙니다. 내려오느라 피곤해서 쉬고 싶습니다."

"걱정 말아. 2차는 안 가게 해줄 테니."

횟집 계산대에서 부득불 계산하겠다고 카드를 내미는 이 회장을 한민동과 오영식이 붙들고 늘어지는 사이, 강대수가 카드로 계산을 마쳤다. 이 회장이 주사를 부리면서 성호를 붙잡고 큰소리로 말하였다.

"자, 갑시다. 이제 유흥촌에 가서 회포 풀지라. 형사님네들, 아, 서러워라, 일이 고되고 힘들어도 다 풀리는 수가 있제. 히잉."

횟집 앞에서 이 회장의 실랑이가 또 한차례 거세게 벌어졌다. 숙소에 가서 쉬고 싶다는데도, 유흥촌에 가서 아가씨를 부르자고 하였다. 이 회장의 어거지에 성호는 짐짓 화가 났지만 입을 꾹 다물고 묵묵히 서 있다가 이 회장에게 잡힌 소맷부리를 거칠게 잡아떼고 뒤로 물러났다.

뒤에서 어떻게 되어가나 보고 있던 여도윤이 성호에게 다가와 속삭였다.

"저거, 성매매 불법 아니에요? 근데도 경찰들도 하나 보죠? 저렇게 회장님이 집요하게 구시는 것 보면."

성호는 화난 표정으로 여도윤을 쏘아보았다.

"말 되는 소리를 해요."

여도윤은 시선을 피하며 슬쩍 고개를 돌렸다. 식당 사장이 자동차를 빼오고, 차 안 보조석에 강대수가, 뒷좌석에는 성호, 여도윤이 올랐다. 백미러로 이 회장이 강제적으로 한민동, 오영식과 함께 택시에 오르는 모습이 보였다.

"김 사장, 경찰서 좀 부탁해. 그리고 택시도 곧바로 불러줘. 김 경사, 오해는 말아. 이 회장 삼보섬에서 교장으로 은퇴하고 나서 두주불사된 거야. 뭐 식당 두 개 운영하다 보면 손님들이 술 권하고 그러다 저렇게 주사가 심해진 거지. 사람이 나쁘지는 않아."

운전하던 횟집 사장이 말을 이었다.

"그럼요. 식당 운영하면서 술 안 먹기 얼마나 힘든 줄 아세요? 하여간 섬은 문화가 조성 안 되어 있으니까, 밤마다 술 아니면 화투예요. 근처에 영화관이 있길 해, 아니면 거 뭐야, 서울 처자들 좋아하는 커피숍이 있길 해."

여도윤이 고개를 앞으로 죽 비집어 내고 물었다.

"인터넷으로 영화 보시면 되잖아요."

"노인들이 그런 용빼는 재주가 있나. 행여나 볼 수 있어도 못 봐, 눈만 아파요."

횟집 사장이 운전하는 차가 얼마 지나지 않아 경찰서 마당에 도착하였다. 성호가 여도윤과 내려서 렌트한 소나타 트렁크에서 짐을 뺐다. 잠시 기다리니 택시가 저만치 어둠을 헤치고 들어오는 게 보였다. 강대수가 말하였다.

"술 먹었으니 오늘은 차 두고 가고, 내일 아침 9시에 경찰서에서 보자구. 원래는 신비의 바닷길 해안가에 경찰수련원이 있지만 방이 없어. 가족들과 내려와 있는 경찰들도 있고 해서. 임시로 펜션에 묵도록 해. 내일 아침 8시에 택시가 가게끔 해놓을 테니까. 기사님, 바닷가 펜션으로 잘 부탁 드립니다."

택시가 성호와 여도윤을 싣고 경찰서 앞마당을 빠져나왔다. 성호는 말없이 창밖을 내다보았다. 여도윤은 휴대폰으로 인터넷을 검색하고 있었다.

어둠 속의 삼보섬은 해안가 도로, 산길과 바다 그리고 멀리서 파도치는 소리, 그게 다였다. 인적은 없었고, 가로등도 없이 오로지 헤드라이트에 의지하여 차도를 달려가고 있었다.

성호는 울렁거리는 속을 달래면서 파도 소리에 귀를 기울였다. 어디선가 짠 바닷바람 냄새가 풍겨왔다. 30분여가 흐르자, 어느덧 차는 농가 사이로 들어갔다. 폐허가 된 농가에 잡동사니 쓰레기가 가득한 것이 보였다. 농가도 10분을 걸어가야 한 채가 나올 정도로 한적한 마을이었다.

검푸른 바다가 보이더니 또다시 해안도로가 시작되었다. 5분여를 가자 산길을 깎아 만든 도로가 나왔다. 도로를 올라가자 너른 마당이 나왔고, 불 켜진 단층 건물이 보였다. 연회장 하나, 관리사무실 하나 그리고 라면이나 음료수를 파는 매장이 나란히 연결된 단층 건물에서 키 큰 남자가 나왔다. 스포츠머리를 하고 깔끔하게 슈트를 입은 20대 후반 남자였다.

"경찰서에서 연락받았습니다. 두 채 쓰실 거죠?"

성호와 여도윤은 말없이 택시 트렁크에서 짐을 꺼내 들고 관리인 남자를 뒤따랐다. 오솔길로 접어들어 언덕으로 난 돌계단을 오르니 산 중턱을 깎아 만든 2층짜리 펜션 건물이 보였다. 하얀 페인트칠이 된 건물은 지은 지 몇 년도 채 되어 보이지 않는 새 건물이었다. 건물 뒤로는 울창한 산이, 앞으로는 갯벌 양식장 그물이 보이는 바닷가와 가로등 하나가 보였다.

"바다로 내려가시려면 구석에 있는 비탈길 돌계단 이용하시면 됩니다."

"여기는 어떻게 경찰서와 협력이 된 거죠?"

"사실은 경찰들이 묵는 걸 별로 달가워하지 않는 펜션 주인분들이 계셔요. 저희가 그래도 협조적이죠."

남자가 웃음을 보여주며 답했다.

"이곳에서 혼자 사세요?"

여도윤이 캐리어를 세워두고 물었다.

"아뇨, 밤에는 섬에 사시는 할머니 한 분이 도와주시기도 해요. 매점도 봐주시고, 식사도 만들어주세요. 할머니도 굴 따시던 분이셨는데 이 일 알바비가 세다고 계속 도와주세요. 저야 친척 아저씨 소개로 왔지만, 이번 봄까지 도와드리고 올라갈 거예요."

성호는 이해하겠다는 듯이 고개를 끄덕였다.

사람은 주변에 아무도 없이 혼자 살 수 있을까. 교도소에서 만난 연쇄살인범들은 고요한 것을 좋아하였다. 사회생활을 거의 하지 않았고, 소식을 주고받는 가족이나 친구도 거의 없었다. 성향 자체가 사람과의 교류를 달가워하지 않았다. 하지만 그들도 장기간 독방 감금은 힘들어했다. 이곳에서 건장한 청년이 단기간 살기는 하겠지만 오래 혼자 산다는 것은 불가능해 보였다.

관리인 청년을 따라 펜션 구석 계단을 통해 2층으로 올라갔다. 관리인이 열쇠를 건네며 말했다.

"201호는 여도윤 형사님이 쓰시고, 202호는 김성호 형사님이 쓰세요."

관리인 청년은 계단으로 내려갔고 복도에 나 있는 201호, 202호 문 앞에 여도윤과 성호가 각각 섰다.

"다들 제가 경찰인 줄 아네요, 후후. 혼자 방 쓰게 돼서 참 좋아요. 경찰들이랑 다 같이 자야 되는 줄 알았죠. 그럼 들어가 쉬세요."

여도윤이 먼저 들어갔고, 성호도 이어서 문을 따고 들어갔다.

식탁이 있는 부엌 겸 거실 안쪽으로 자그마한 침대 방이 보였다. 침대 위로는 작은 여닫이창이 안으로 열게끔 나 있었고, 현관 입구에는 화장실이 샤워실과 겸하여 있었다. 가방을 열어서 편한 옷을 찾아놓고서 미닫이 유리문을 열고 나가서 베란다에 섰다. 탁 트인 바다가 한눈에 들어왔다. 희미한 가로등 불빛이 저 멀리 검은 바다를 널리 비추어주었다. 어망이 간간이 보였고, 어망을 잡아주는 부레 통의 하얀 머리가 보였다.

셔츠 단추를 풀고 나서 가방에서 잘 개켜둔 옷들을 하나하나 뺐다. 셔츠는 옷걸이에 걸고, 바지는 반으로 접어서 걸었다. 세면도구를 꺼내서 화장실로 가져가 하나하나 일렬로 늘어놓았다. 비누를 살펴보니 한 번도 사용하지 않은 듯 포장이 되어 있는 게 마음에 들었다.

피곤을 풀기 위해 샤워를 준비하였다. 샤워기에서 뿜는 물을 맞으며 한참 눈을 감고 있었다. 노곤함이 느껴질 즈음 화장실에서 나왔다. 옷을 갈아입고 나니 마실 물도 없다는 것을 깨달았다. 편의점에서 사온 간식거리는 경찰서에 두고 온 차량에 있었다. 하는 수 없이 물을 주전자에 담고 가스를 켰다.

끓인 물의 밍밍한 맛을 참으면서 노트북을 켰다. 포털사이트에서 삼보섬의 지도를 띄워 올려놓고, 실종사건이 일어난 장소들을 손가락으로 짚어보았다. 내려오기 전에 사건 관련 자료를 경찰청 데이터베이스에서 확인해보고 온 터였다. 성호는 서울서 갖고 온 삼보섬 대형지도를 펼쳐보았다. 가방에서 자와 붉은색 네임펜을 꺼내어 1차 실종 장소 금갑리, 2차 실종 장소는 확실하지는 않지만 직장인 운림산방, 집인 만길리, 3차 실종 장소 세방낙조 전망대를 점으로 찍고 선으로 그어보았다. 세방낙조 전망대는 1차, 2차 추정 장소와 상대적으로 차로 1시간 정도 거리가 있었다.

일반적으로 연쇄강도사건의 경우 1차 범행 이후 자신감을 갖게 되면서 범행대상을 주거지에서 가까운 곳에서도 찾는 경향이 있었다. 반대로 가까운 데서 범행대상을 찾다가 점차 멀리 떨어진 곳으로 이동하는 경우도 있었다. 사건의 수가 적지만, 일단 범행 장소라 추정되는 만길리, 금갑리 등이 지리적으로 가까우니 그 근처로 범인의 거처를 추정해보는 것도 타당하다고 생각이 들었다. 그렇게 운림산방을 잇는 삼각형을 1차 범인 군집지역으로 파악해보았다.

그리고 군집지역에서 서쪽에 범인이 살고 있을 확률도 파악해보았다. 연속 범죄가 발생하는 패턴은 보통 일정한 방향성을 지니기에 지리적으로 왼쪽으로 사건이 뻗어나간 양상으로 보아서, 군집지역의 왼편을 예측 거점으로 표기해보았다. 송정리, 거룡리까지 포함되는 구간이었다. 예측 구간을 좁혀나가기에는 범행 건수가 3건이라는 것이 걸렸다. 최소 5건 이상은 되어야 범인 주거지에 비교적 가깝게 추정해볼 수 있었다. 범인에게 주거지에서 가까운 곳은 심리적으로 부담감을 줄 수도 있었다. 여러 사항을 고려해서 두 군데의 예측 거점을 다른 색으로 표기해보았다. 운림산방 근처의 주거지까지 고려하다 보니 범인의 거처로 볼 만한 지역이 너무도 넓게 추정되었다. 지리만으로 추정하는 데에는 무리가 있었다. 내일 사건의 양상을 들어보고 추가적으로 파악해보는 일이 필요하였다.

범인의 주거지를 파악하는 프로파일링을 끝내니 피로감이 들면서 침대로 갔다. 서울서 지독하게 압박하던 불면증을 잊고 억지로 눈을 감았다. 어둠 속에 가로등 불빛이 창밖으로 희미하게 보였다. 몸을 모로 누웠다.

옆방의 여도윤 학예사는 잘 자고 있을까? 순간 학예사가 들려주었던 귀신 이야기가 잠깐 생각났다. 등줄기에 서늘한 한기가 느껴졌다. 보일러 온도를 높이고 TV를 켰다. 무의미해 보이는 토론 프로그램을 잠시 보다 채널을 돌렸다. 아이돌이 스무 명씩 나와서 춤추고 노래하는 음악 프로그램을 보다가 성호는 그대로 눈을 감았다.

5. 사건의 그늘
(1월 15일 화요일)

아침이었다. 언제 껐는지 TV는 꺼져 있었다. 성호는 납덩이처럼 무거운 머리를 추스르면서 일어났다. 무슨 꿈을 꿨는지 기억은 나지 않았지만 잠자리가 불편하게 여겨졌다. 분명 잔 것 같기는 한데, 피로는 덜 풀렸고 찝찝함이 온몸을 짓눌렀다.

쾅쾅, 문을 세게 두들기는 소리가 났다.

"김 경사님, 어서 준비하시고 내려오세요. 기사님 벌써 와 계세요."

여도윤의 말에 성호는 재빠르게 몸을 움직여 화장실로 갔다. 간단한 샤워와 양치질만 하고 옷을 입었다. 청바지와 편한 와이셔츠에 목 부분에 지퍼가 달린 스웨터를 덧입었다. 옷을 입고 머리를 말리기까지 20분이 채 안 걸렸다. 7시 50분이었다.

기사는 약속시각 30분 전부터 와서 기다리고 있던 셈이었다. 준비를 마치고 밖으로 나갔다. 기사가 성호를 반기며 인사했다.

"안녕하세요, 연락받고 온 기사입니다. 반갑습니다."

40대로 보이는 기사는 숯처럼 짙은 눈썹이 인상적이었고 그 밑으로 좁고 기름한 타원형의 선글라스를 끼고 있었다. 얼굴 전체를 아우르는 사각턱이 강한 인상을 풍겼다. 성호가 차에 올라탔다. 차량 문 안쪽으로 작은 유리 박스가 달려 있고, 그 안에 기사 명함이 들어 있었다.

'빅토르'라고 적힌 명함이 인상적이었다. 여도윤이 명함을 한 장 챙겨 주머니에 넣었다.

"오랜만에 손님이라 깜짝 놀랐습니다. 요즘같은 비수기에는 대절택시 잘 안 불러요. 모두 차를 가져오니까. 근데 무슨 일로 경찰서에 가시는지요?"

"경찰 업무 보러 왔습니다."

"놀러 오신 거 아니세요? 하긴 젊은 남자 둘이 놀러오는 경우는 드물다니까요."

차창 밖으로 푸르디푸른 바다가 펼쳐져 있었다. 찬 바닷바람이 불어왔다. 창문을 닫았다. 짠 소금 냄새가 뒤섞인 맵싸한 공기가 차단되었다. 기사는 고개를 돌려 백미러로 성호와 눈을 마주치며 물었다.

"서울서 올 정도면 큰 사건일 텐데, 여기야 살인이나 강도 같은 강력사건은 드물다니까요. 서울이나 부산, 대구, 광주야 뭐 득시글득시글할 테지만. 여기는 서로 다 아는 얼굴이니까 범인이 도망가 있을 데도 없거든요. 그죠? 여기 좁아요. 참, 그거 실종사건인가 때문에 오신 거 아닙니까? 지난해 10월 즈음 됐나? 왜 TV 프로에서 그거 집중적으로 다뤄서 마을 회관에 모여 밤늦게 보면서 토론하고 그랬죠. 소문에는 모두 서울 간 거고 실종사건 아니라고 하던데……."

성호가 날카로운 눈빛으로 물었다.

"소문 어디서 들으신 거죠?"

"글쎄요. 호프집에서 술 마시다 들었나? 히히. 기사 식당 아니면 뭐, 그렇게 듣는 거죠."

기사는 제법 알은체를 하였다. 성호는 시선을 차창 밖으로 돌렸다. 수확이 끝난 논에 하얀 비닐 포장재로 뒤덮인 볏짚 곤포 사일리지들이 종종 보였다. 택시기사는 어느덧 입을 다물고 조용히 운전하고 있었다.

펜션에서 출발한 지 30분이 좀 넘자 삼보섬경찰서에 도착하였다. 강대수가 나와서 기다리고 있었다. 성호와 여도윤이 내렸고 택시는 경찰서 앞마당을 빠져나갔다. 강대수가 환한 얼굴로 맞았다.

"아침 안 먹었지? 구내식당보다도 요 앞에 북어국 끝내주게 하는 데 있으니까 거기 다녀오자구."

강대수가 재빠르게 발을 움직였다. 서둘러 아침을 먹고 경찰서로 다시 돌아와서 강력팀 사무실 옆에 위치한 면담실에 들어갔다. 오영식이 믹스 커피 두 잔을 손에 들고 와서 건네주고 나갔다. 다시 들어왔을 때에는 손에 서류가 잔뜩 들려 있었다. 강대수가 조금 난감한 얼굴로 말했다.

"사실 우리도 이런 사건은 처음이라 첫 실종자와 두 번째 실종자가 나왔을 때만 해도 단순가출로 보았는데 방송사에서 시사프로그램 내보내고 전국적으로 주목을 받으니까 전남지방경찰청에서도 수사 나오고 그랬지. 그런데도 증거도 오리무중이고 해서 결국 내가 여일이에게 도움을 요청했어. 잘 부탁해."

강대수가 정중하게 말하자 성호가 고개를 슬쩍 끄덕여 보였다.

"그럼 오 형사가 자세하게 브리핑 좀 해드려."

"첫 번째 실종자의 휴대폰은 2012년 9월 14일 금요일 오후 4시경 금갑리 해안가에서 꺼졌고 그 이후에는 휴대폰은 연결이 안 됐습니다. 실종자가 끝내 나타나지 않아 실종신고 되었습니다. 이름은 고희정이고 32세입니다. 이혼한 상태고 자녀는 2녀인데 광주에서 남편과 살고 있습니다. 신고자는 동료 무속인 이회남 씨, 남자분입니다. 친한 친구 사이로, 왜 굿하면 북 쳐주는 그런 보조 무속인 되시고요. 같이 사셨더랍니다. 고희정 씨가 큰 굿을 하시는 분인데 실종되기 전날 굿 값을 받아서 수중에 현찰 2천만 원 이상 있는 상태에서 갑자기 실종되었다고 합니다. 추석이 9월 말일경 30일에서 10월 초까지 걸쳐 있었는데 추석 전에 혼 썻김굿을 여러 사람이 부탁을 했대요. 사귀는 남자 분은 없었습니다. 광주 사는 남편분도 당일 알리바이 확실하고 이혼 후에는 별다른 갈등도 없다고 합니다. 그외 가족은 부모님이 계신데 딸을 찾으러 삼보섬에서 지내다가 지금은 목포로 돌아가셨습니다. 고희정 씨 사시던 청룡리 마을은 실종된 금갑리에서 멀지 않은데 마을 주민 한 분은 고희정 씨가 서울에 가서 무속 연구하고 굿거리도 크게 받고 싶어 했다면서 돈 들고 튄 게 아니냐고 하셨습니다."

오영식이 브리핑을 하는 가운데 잠깐 나갔던 강대수가 들어와 중간 자리에 앉았다.

"그리고 두 번째 실종은 9월 27일 목요일 추석 전주, 25세 박민숙 씨로 운림산방 미술관 관리 여직원입니다. 계약직 직원으로, 한창 바쁜 추석 전주에 없어져서 운림산방 관리소에서 난리가 났죠. 집에서는 관리사무소에 출근한다고 나갔다는데, 출근을 안 했더랍니다. 삼보섬에서 태어났고 잠깐 서울에서 전문대를 다녔다가 다시 고향으로 돌아왔습니다. 부모님과 사는데, 평소에도 서울로 돌아갈 거라고 입버릇처럼 말하던 사람이라 실종까지는 생각지 않았었죠. 하지만 휴대폰이 집에서 발견되자, 어머니가 신고하셨구요. 사귀던 남자친구 없고요. 그냥 시내에 선후배 몇은 알고 지내는 형편입니다. 요 앞 사거리 편의점에 근무하는 박흥복이라는 친구가 박민숙 씨를 알고 있는데, 삼보섬 초등학교 후배입니다. 그 박흥복이라는 친구가 실종 이틀 전 밤에 잠깐 만났는데, 박민숙 씨가 서울 갈 거라고 하더랍니다. 박홍복은 우리도 참고인으로 불러다 조사를 했는데 당일 편의점에서 근무한 알리바이가 확인되었습니다."

성호가 물었다.

"편의점에는 오다 들렀습니다. 박홍복은 어떻게 생겼죠?"

"아, 왜 뚱뚱하고 덩치 크고, 얼굴에 여드름 잔뜩 있는 녀석인데요."

성호가 고개를 끄덕였다. 여도윤이 펌 머리를 헝클어뜨리다가 더 이상 못 참겠는지 끼어들어 물었다.

"아니 왜 폐쇄회로 TV, CCTV 증거 자료 없나요? 시사 프로 보면 형사들이 다 그거로 수사하던데요?"

강대수가 답답하다는 듯이 몸을 숙여서 여도윤의 머리에 얼굴을 바싹 들이밀었다. 헌팅캡 앞부분이 여도윤의 앞머리와 맞닿을 정도의 가까운 거리였다.

"여기 삼보섬에 파출소가 몇 개인 줄 아나? 7개야, 달랑 7개. 그 앞에는 그래도 학예사 님이 말한 CCTV 있어. 그리고 여기 시내에도 편의점, 은행, 몇몇 식당에도 있지. 하지만 사람 안 다니는 해안가 도로나 산길에는 전혀 없단 말이지. 관광지에 있는 CCTV도 고장 난 것들이 널려 있는 형편이고. 설치할 예산도 없지만 인적이 뜸하니 설치할 필요도 못 느낀 거야. 안 그래?"

"하지만 운림산방에는 사람 눈도 있고, 카메라도 있지 않았습니까?"

성호가 사이를 노려 질문을 던졌다.

"실종 당일 27일 전후로 녹화 분을 수거해서 살펴보았습니다. 그 전날 26일에는 퇴근해서 운림산방 진입로를 내려가 버스를 기다리는 것은 잡혔는데, 다음 날 아침 출근하는 모습은 없었습니다. 이 부분에 대해서 박민숙 씨 모친 증언도 모호한 상태구요. 농사일이 바쁘고 딸도 일 끝나고 여기저기 시내 다니다 들어오니까 밤에 집에 왔는지 확인도 안 해봤답니다. 물론 방 밖에 신발은 있었지만, 그게 신발이 여러 켤레 되니까 진짜로 들어왔는지 모르겠다 그럽니다. 방 불은 꺼진 상태였는데 다음 날 일어나 식사 준비하다 보니까 방이 비어 있었답니다. 뭐 새벽에 가끔 나가기도 해서 그런 줄 알았다가 실종이 길어지니까 신고하신 거죠. 결정적으로 옷가지들을 모두 놔두고 갔고 휴대폰은 옷장 속에 있어서 며칠간은 발견되지 않았습니다."

오영식 형사의 답변을 성호가 가만히 듣고 있다 질문을 던졌다.

"좋습니다. 성인이니까 다 큰 딸이 출퇴근하는 것까지는 신경 안 쓰다가 이렇게 되었다 칩시다. 사는 집은 만길리라고 들었습니다만. 잠깐 지도 좀 볼 수 있습니까?"

성호의 요청에 강대수가 군청에서 발간한 관광용 대형지도를 펴서 보여주었다. 성호가 펜으로 청룡리, 금갑리, 만길리를 짚어보았다.

"경찰청 과학수사센터에서 만들고 있는 지리적 프로파일링 기법으로 살펴보았는데 첫 번째 실종자 고희정 씨가 살던 청룡리, 실종된 금갑리, 그리고 두 번째 실종자 박민숙 씨가 살던 만길리가 모두 가까운 곳에 위치해 있습니다. 범인의 주거지 주변에서 1, 2차 범행을 시도해보는 것은 연쇄사건에 있어서 흔한 범행수법입니다. 즉 이 구역이 범인의 주거지일 확률이 높습니다. 모두 해안도로에서 수 킬로 이내 떨어진 가까운 곳입니다. 아무래도 도보나 자전거보다는 차량이 이동에 필수적이라 생각됩니다. 3차 범행은 세방낙조 근처라고 들었습니다. 그렇다면 범행의 패턴이 서쪽으로 이동하면서 벌어진 거라고 유추한다면 범인은 자신의 주거지에서 가까운 곳부터 시작하여 서쪽으로 이동하는 방향성을 지니고 있습니다. 따라서 범인의 추정 주거지는 군집지역의 왼편인 송정리, 용호리 등도 생각해봐야 한다는 말입니다.

날짜는 9월 14일 금요일, 9월 27일 목요일, 10월 8일 월요일, 모두 평일입니다. 게다가 고희정 씨 실종 추정 시각은 오후 4시 정도입니다. 첫 범행 시각이 평일 오후라 본다면, 시간이 자유로운 사람이 범행을 저질렀을 확률이 높습니다."

강대수가 고개를 끄덕이며 큰소리로 말했다.

"그렇다면 연쇄실종사건으로 파악이 되는 건가?"

성호는 고개를 끄덕였다.

"일단 그렇다고 봅니다. 빚, 가족관계, 남자가 복잡하지 않다면 흔적도 없이 사라지지는 않습니다."

"우리도 실종사건으로 가닥을 잡고 수사 방향을 발표하였지.

하지만 여기 군청 공무원들은 이 사건이 섬 이미지를 해칠까봐 저어하고, 대대적으로 실종수색을 할 수 없는 입장이야."

오영식이 이어 말하였다.

"제주 올레길 살인사건 직후에 관광객 줄어든 것 보시면 아시잖아요. 여성들이 실종되는 관광지에 누가 오고 싶겠어요."

성호가 정리하듯이 말했다.

"일단 박민숙 씨 휴대폰이 집에서 발견된 것으로 보아 가까운 곳에 나갔다가 납치된 것이 아닐까 하는 생각이 들지만, 여기 보고서를 보니 사건 당일 날 동네에 소란스럽다거나 여자의 비명을 들었다는 목격자가 없다는 게 걸립니다. 이런 점에서 면식범으로 추정됩니다. 무엇보다 옷장 휴대폰은 좀 걸리는데요?"

강대수가 크게 고개를 끄덕였다.

"그게 나도 걸려. 꼭 숨겨놓고 몰래 도망친 꼴이잖아. 아무래도 이 섬 내에 범인이 산다고 결정 내리지는 못하겠어. 외지에서 온 사람들이 잠깐 들어와 사건을 벌이고 돌아간 거 아냐? 갑자기 이런 일이 몇 개월 사이에 여러 건 발생한다는 게 좀 그렇잖아."

성호가 굳은 입매를 열어서 말을 이었다.

"수많은 성범죄 사건들이 사건 장소와 범인이 사는 장소, 피해자들이 사는 장소와 밀접한 관련이 있다는 통계가 있습니다. 최근 국내 성범죄자가 저지른 범죄를 살펴보면, 70퍼센트 이

111

상이 가해자의 거주지나 직장처럼 가해자가 익숙한 장소에서 일어났습니다. 연쇄성범죄자들도 첫 번째 범죄와 두 번째 범죄 사이에 이동한 구간은 3킬로미터 이하입니다. 즉 범인들은 낯선 곳에 가서 사건을 저지르기보다는 도주로와 숨는 장소가 익숙한 곳을 선호합니다."

오영식이 눈을 크게 뜨고 되물었다.

"이게 성범죄 사건인지 아직 확실한 것은 아니잖습니까?"

성호는 결연하게 말하였다.

"만약 여성들의 실종이 연쇄적으로 한 사람에 의해 벌어진 사건이라면 성범죄와 밀접한 관련이 있습니다. 그리고 또 다른 희생자가 나올 확률도 있습니다. 작년 이후 지금까지 실종 사건이 없는 것은 냉각기를 뜻합니다."

"냉각기?"

"네, 의지에 의하여 잠시 범행을 멈추고 있지만 세방낙조까지 장소를 넓혀간 것으로 봐서 다른 지역에서 범행을 저지를 우려가 있습니다. 그런데 현장마다 바다가 가깝다는 게 일단 범인의 심리에 영향을 미치고 있다고 봅니다. 바다를 보고 범행하는 게 편한 거죠. 심리적 경계를 형성하고 있다는 뜻입니다. 아마도 보는 눈이 적고, 차로 도주하기가 용이하고, 시내와 반대 방향의 외진 곳에 있어서 들키지 않으리라는 생각이 주효하고 있는 것 같습니다."

강대수의 얼굴이 심각해지면서 미간에 주름이 지어졌다. 캡 모자를 벗어서 책상에 두고 숱 적은 머리를 쓸어 올리며 집중하였다.

"이거, 생각한 것보다는 심각한데."

"세 번째 실종자도 자세하게 브리핑해주시죠."

성호의 요청에 오영식이 삼보섬의 서쪽 해안가를 가리켰다.

"세방낙조 전망대 아시죠? 전국에서 일몰이 가장 아름다운 곳으로 유명한 전망대인데, 거기 근처 펜션 여주인이 사라졌습니다. 이름은 김희진, 실종 당시 40세입니다. 서울에서 내려와 홀로 펜션 운영하던 분입니다. 실종 날짜는 10월 8일 월요일, 추석 다음 주인데, 세방 펜션에 놀러온 관광객들이 주인 김희진 씨와 연락이 안 된다고 경찰서에 항의하고 난리가 났습니다. 돈을 다 지불한 상태였으니 그럴 만도 합니다. 저희가 다른 펜션에 묵게끔 중재하고 세방 펜션으로 가보니 문은 잠겨 있었고, '당분간 개인사정으로 쉽니다'라는 종이 팻말이 붙어 있었습니다. 그때는 그런가보다 했죠."

"혹시 그 팻말 수거하셨습니까?"

성호의 지적에 강대수가 고개를 저었다.

"그게 우리도 좀 안타깝게 생각하는 부분이야. 의문의 편지가 오고 나니까, 그 팻말 글씨와 비교해볼걸 하는 후회가 남더라구. 나중에 가보니 그 팻말은 없었어. 하여간 김희진 씨는 이혼한 지도 꽤 되었고, 친정 식구도 외국에서 살아서 연락할 수 있는 연고자가 거의 없어. 홀로 이 섬에 내려와 펜션 운영할 정도면 상당히 깡다구가 센 여자인 게 분명해."

"펜션 주변에 CCTV는 없었나요?"

"하나가 있긴 한데 저장장치를 떼내려고 카메라를 열어보니 비어 있었어. 고장 난 건지, 아니면 누가 가져간 것인지는 밝혀지지 않았어. 주인 김희진이 실종 상태니까."

"좋습니다. 세 번째 실종도 거리는 좀 있지만 연관성은 있다고 봅니다. 일단 대략 1, 2주일이라는 시간 격차를 두고 연쇄적으로 사라졌으니까요. 그리고 연고가 거의 없거나 아니면 가족들이 거취에 그다지 신경을 쓰지 않는 여성들이고 박민숙이 25세라는 것만 제외하고는 고희정과 김희진 32세, 40세로 중년입니다. 사진 좀 볼 수 있을까요?"

오영식이 실종자 공개수배 전단지를 내밀었다. 박민숙은 키 157센티미터에 몸무게 50킬로그램 정도로 하얀 얼굴에 작은 눈과 오밀조밀한 코와 입이 귀여운 느낌을 주었다. 고희정은 날카로운 눈매가 시원하게 뻗어 나갔고, 기름한 하얀 얼굴에 높은 코와 짙은 화장이 인상적이었다. 고희정이 무속인이라는 프로필을 알고 봐서 그럴지는 몰라도 세속적으로 무당 같다는 느낌이 들었다. 마지막 실종자 김희진은 40세 나이보다는 젊어 보였고, 긴 펌 염색 머리에 제법 예쁜 인상으로 쌍꺼풀 진 눈매와 두툼한 입술이 독특해 보였다. 약간 성형수술을 한 것 같은 느낌도 들었다.

"혹시 보험 관계 서류도 확인해보셨습니까?"

강대수가 고개를 저으며 답해주었다.

"셋 다 큰 액수의 보험을 최근에 들었다던가 하는 움직임은 없었어. 그리고 보험 수령자도 고희정은 남편이 기르는 자녀에게, 김희진은 미국에 있는 친정 부모더라구. 연관성이 적어 보여. 단서는 일단 고희정이 굿을 벌일 예정으로 받아놓은 2천만 원 현찰 정도지. 그게 아직 발견이 안 되었다고 하니까. 그리고 펜션 여주인도 수중에 돈은 좀 있었겠지. 박민숙은 일단 20대라는 것이 표적이 되기가 쉽고 말이야. 운림산방에 잘 놀러가는 주민이나 관광객 중에 박민숙을 점찍어두었다가 수작을 건 사람도 생각해볼 수 있겠지."

성호는 고개를 저었다.

"낯선 관광객보다는 접근하기 용이한 사람일 확률이 높습니다. 자신의 기분을 맘껏 드러내더라도 통제가 가능한 사람을 고르고, 시간대, 장소를 면밀히 파악하고 미리 계산해두었을 겁니다. 납치하였다면 감금 장소는 자기 집, 창고, 집 근처에 위치한 버려진 폐가, 혹은 산속 등도 되겠지요. 실종 기간이 긴 것으로 보아 일단은 사망했을 확률도 높습니다. 만약에 이 사건들이 연관성 있는 실종사건이라면 범행 장소와 지근거리에 사는 삼보섬에 사는 사람의 소행일 게 분명합니다."

"그게 우리도 이상하다는 거야. 여기는 관광철 빼고는 타지 사람 보기 힘들어. 자네들도 얼른 서울 사람인 게 티가 나지. 한 집 건너 서로들 다 알고 있지. 게다가 잘 봐서 알겠지만 이곳 주민은 40대도 드물어. 모두 어르신들이야, 60 이상 되시는. 그들을 제외하면 용의자 수도 확 줄어들지만 그렇다고 섬의 2, 30대 남자들을 모두 용의선상에 올려놓고 탐문할 수는 없단 말이야. 여기가 워낙 좁은 곳이라서 누가 용의자라고 조금만 얘기가 새나가도 큰일 나."

잠깐의 휴식이 주어졌고, 그 사이 여도윤은 필적 감정서를 사람 수에 맞게 준비를 해왔다.

"자, 이건 10월 20일 삼보섬경찰서에 도착한 편지 원본을 카피한 것입니다."

"먼저 이 편지의 경위를 말씀해주시죠."

성호의 요구에 오영식이 일어나 설명을 하였다.

"10월 20일, 그러니까 10월 8일에 김희진 씨가 사라지고 나서 10여 일 후에 이 편지가 날아왔습니다. 이 괴편지에 관해서는 방송사에도 정보 제공을 안 해서 경찰 관계자들 말고는 모릅니다. 현재 국과수에서는 지문과 DNA가 검출 안 되었다고 결과를 냈고요. 필적 감정을 위해 서울대 안창순 교수님께 부탁해서 감정 위촉을 했고 그 결과는 여도윤 학예사가 여기 가져와서 지금 열어보는 겁니다. 겉봉투에 보내는 사람은 'H'라고 적혀 있고, 소인은 서울 중구 우체국에서 찍은 것이고요. 소인을 확인하니 중구 충무로 2가 우체국에서 보낸 것이지만 우체통을 비추는 CCTV가 없어서 보낸 자는 확인불가입니다. 보낸 시기는 10월 17, 18일 즈음으로 추정됩니다. 받는 곳은 삼보성경찰서 강력팀이었습니다. 전남 삼보섬군 삼보섬읍 남산 2길 33이라는 상세주소도 적혀 있었죠. 겉봉투의 주소 글씨와 속 편지지의 글씨는 일치한 것으로 판명되었습니다. 그럼 편지 내용을 읽어보겠습니다."

오영식은 편지 복사본을 들고 차분하게 읽어나갔다.

> 안녕, 나는 H야.
> 난 당신을 정말 존경하는 사람이야. 그리고 당신을 잘 알고 있는 사람이야.
> 네가 나를 잡을 수 없다는 걸 잘 알아. 그리고 기회만 되면 다시 여자를 잡아다 혼내주고 이 세상에서 사라지게 만들 수 있지.
> 나를 잡으러 오겠다고? 하지만 경찰관이 나에게 다가와서 말을 걸었을 때도 그는 전혀 눈치 채지 못했어.
> 내가 왜 그런 일을 한 걸까? 젊은 여자는 혼자서 다니지 말아야 돼. 그리고 남녀가 뒤섞여서 일하고 장난치면 안 되거든. 마지막으로 이런 일을 피하려면 안방으로 손님을 들이지 말아야 돼.
> 내가 정말 나쁜 사람일까? 하지만 너도 정말 나쁜 사람이었어. 나를 체포할 수는 없을 거야. 네가 나를 잡으러 온다 해도 내가 한발 먼저 움직일 테니까.
>
> H가 K에게

오영식이 편지를 읽고 나서 자신의 의견을 피력하였다.

"우리는 이렇게 추정했습니다. 이게 정말 범인이 쓴 편지라면 H라는 이니셜이 들어간 범인이 K라는 형사에게 보낸 편지인데, K는 혹시 강대수 팀장님이 아닌지 말입니다."

강대수가 짐짓 심각한 표정을 지어 보였다. 오영식이 이어 말하였다.

"그리고 '경찰관이 나에게 다가와서 말을 걸었을 때도 그는 전혀 눈치 채지 못했어.' 이 구절에서 혹시 삼보섬에 사는 누군가가 강대수 팀장님이 말을 걸고도 그냥 지나쳐서 이런 표현을 한 것이 아닌가 싶습니다. 그리고 '하지만 너도 정말 나쁜 사람이었어.' 이 부분에서는 강대수 팀장님이 과거에 잡은 범인이 풀려나서 복수를 하고 있는 것이 아닌가 하는 생각도 해보았습니다."

강대수가 끼어들었다.

"짚이는 범죄자는 없고, 이 구절에서 혹시 '너'를 단순히 공권력이라고 지칭한다고 가정해보았지. 민주화운동 피해자처럼 권력에 피해를 입은 사람이 아닐까 유추도 해봤어. 그래서 삼보섬 군민 중에 남자들을 추려서 민주화운동 피해자 리스트를 만들어 조사를 해보았지. 그런데 최소 60세가 되더라는 거야."

성호가 필적 감정서를 읽어보다 여도윤을 보고 물었다.

"필적 감정에 관한 부분을 설명해주시죠."

여도윤이 안경을 깊게 들여 쓰고는 감정서를 들어서 살폈다.
"네, 쉽게 풀어서 설명해드릴게요. 먼저 편지 원본은 지문 채취나 DNA 채취로 국과수에 보내졌기 때문에 교수님께서는 정밀하게 복사된 편지와 사진 자료로 감정하셔서 확실한 감정은 아니라고 단서를 다셨습니다. 외관검사로 1994년이나 1993년 정도에 제작된 편지지가 아닐까 추정하셨습니다. 먼저 문자검사로 들어가보면 오탈자나 교정교열 부분에서 틀린 게 조금 있는 수준입니다. 일정 수준의 교육을 받은 사람이구요. 필적에 따라 범인의 심리가 추측되는데, 필기 시에 의식적으로 신중하게 썼으며, 자음과 모음의 획을 분리하여 공들여 작성했다는 점에서 필자의 숙련성과 침착함을 보여줍니다. 호칭이 두 번째 문장에서 '당신'이라고 하였다가 그 다음 문장에서 '네'라고 바꾸고 마지막 즈음 문장에서 '너'라고 바뀝니다. '당신'이라는 존경하는 호칭에서 '네', '너' 등으로 상당히 격하가 되죠. 그 간격에서 편지를 받는 당사자에 대한 심리가 느껴진다고 합니다. 객관적 '당신'에서 점차 격하되어 부릅니다. 그리고 '너'를 조롱하면서 자신을 잡을 수 없다고 합니다. 이 점에서 특정 경찰을 지칭할 확률이 높다고 하셨죠. 게다가 말하는 스타일이 변화된 것은 어떤 사건이 떠올라 심리적인 변화를 겪었을 확률이 높다고 하십니다."

강대수가 한숨을 쉬었다.

"정말 나와 관련된 사람이 보낸 건가?"

여도윤이 이어 말하였다.

"문장들 사이에 차이점이 있어서 혹시 다른 사람이 문장을 나눠 썼을 가능성도 따져봤습니다. 하지만 '네', '난', '나' 등의 문자에서 'ㄴ'을 각이 진 부분을 약간 왼쪽으로 삐지게 하여 굴리는 방법은 동일합니다. 한 사람이 침착하게 공들여 썼으며,

종필 방향 등이 오른쪽으로 갈수록 약간씩 위로 미세하게 올라가는 것으로 보아 꽤 확신적이고 자신감에 찬, 신체가 건강한 3, 40대 남자라고 판단하셨습니다. 편지의 내용은 진실성이 있으며 아울러 자신감에 찬 문투나 머뭇거린 양상이 없는 것으로 보아서 계획범일 확률이 높다고 판단하셨습니다."

여도윤이 말을 마치자 성호가 반박했다.

"이 편지에는 필적으로 진실성이 엿보인다지만 사건의 시제나, 순서 그리고 대상자에 대한 언급이 전혀 없습니다. 사건과 무관할 수도 있죠. 진술 분석할 때 생각과 다르게 내용을 진술할 때 수박 효과라고 부릅니다. 겉과 속이 다르다는 겁니다. 편지의 함축성이 사건을 지칭하지 않을 수 있습니다. 범인이 아닌 자가 다른 사건을 진술하고 있는지도 모릅니다."

강대수와 오영식이 깜짝 놀라 성호를 보았다. 여도윤은 필적 감정서류를 챙기고 있었다.

"먼저 방송사에서 시사 프로그램을 내보낸 것은 언제죠?"

"10월 16일입니다."

오영식이 서류를 뒤적여 보고 말했다.

"그렇다면 이 편지를 보낸 사람은 그 프로그램을 보고서 삼보섬에서 사건이 있다는 것을 알고 이 편지를 보냈을 가능성도 있습니다."

"하지만 그런 장난을 누가 치겠어?"

강대수의 대꾸에 성호는 단호히 말했다.

"세상에 별 사람들이 다 있습니다. 1981년 해결된 영국 요크셔 지방 연쇄살인사건은 사건 수사 중에 형사에게 범인의 목소리가 담긴 녹음테이프와 편지가 도착했죠. 그런데 나중에 퇴직 경찰이 사건을 조작하기 위하여 직접 녹음하고, 작성한 편지라는 것이 밝혀졌습니다. 범인하고는 상관없었습니다. 퇴직경찰은 담당 형사에 개인적 원한이 있었습니다."

"하지만 이건 국내사건이라고. 그런 놈은 외국에나 있을 법한 미친놈이지. 근데 말이지, 편지가 꼭 친한 친구한테 하는 말 같거든. 안 그래?"

"저도 그 생각이 들었어요. 그리고 안 잡힐 거라는 상당히 자신감이 있어요. 편지를 받는 누군가에게 우월감을 느끼는 것처럼 여겨지구요."

오영식에 이어 성호가 뭔가 생각났다는 듯 물었다.

"이 부분 말입니다. '내가 왜 그런 일을 한 걸까? 젊은 여자는 혼자서 다니지 말아야 돼, 그리고 남녀가 뒤섞여서 일하고 장난치면 안 되거든. 마지막으로 이런 일을 피하려면 안방으로 손님을 들이지 말아야 돼.' 이 문장들은 대체 무슨 뜻일까요? 혹시 알아내셨나요?"

강대수가 답하였다.

"짐작하기로는 여자들이 방종하고 외부활동에 적극적으로 참여한다는 것에 원한이 있는 게 아닐까? 혹은 여자들에게 성적으로 열등감 있는 놈일 수 있고 말이야."

"이 문장들이 어디선가 인용된 문장일 수 있다는 느낌이 듭니다. 문장들이 여성의 행동을 지적하는 등 내용이 일관성 있게 이어집니다."

성호가 잠시 심호흡을 한 다음에 운을 떼었다.

"첫 번째 가정, 만약에 이 편지를 보낸 사람이 범인이라면 실종자들은 사망했을 것입니다. '기회만 되면 다시 여자를 잡아다 혼내주고 이 세상에서 사라지게 만들 수 있지.' 이 부분에서 사라진다는 것이 죽었다는 것을 의미합니다. '다시'라는 단어에서는 연쇄 납치가 은연중에 드러나 있습니다. 두 번째, 강대수 팀장님이거나 다른 경찰 누군가에게 사건 발발 암시를 은연중에 비치고 있으므로 추가 범행이 언제라도 일어날 수 있습니다. 세 번째, 이 편지가 단순히 장난을 목적으로 서울에 사는 누군가가 보냈다 하더라도 사건과 관련하여 무언가 알고 있는 자일 가능성도 있습니다. 범인을 돕거나, 교류하는 다른 제삼자의 가능성도 배제 못 합니다."

"좋았어. 하여간 편지에 대해서는 수사를 더 진행하기로 하고 이 사건을 종합적으로 판단하건대 연쇄실종이 거의 확실하고, 실종된 지 100일이 넘었으니 실종자의 안위를 장담 못 하는 상황이야. 내 경험상 비추어보면."

강대수의 말에 성호가 고개를 끄덕이며 말을 이어나갔다.

"실제로 매년 실종 여성의 98퍼센트가 자진 귀가를 하거나 소재가 파악이 되죠. 하지만 나머지 2퍼센트의 여성은 장기 실종이나 타살된 것으로 추정됩니다. 이 편지가 이상한 것은 수사기관에 편지를 보낸다고 하면 존댓말로 시작하는 게 보통 상식인데 반해, 반말로 편하게 이야기 하는 것, 그리고 각 문장들이 당신이 나를 알고 있고, 잡을 수 없다는 것을 직접적으로 설명해주고 있습니다. 한마디로 자신의 정보를 은연중에 슬쩍 던지면서 은근하게 따라와주기를 바라고 있습니다. 편지는 좀 더 생각해보기로 하고, 먼저 박민숙이 근무하던 운림산방에 방문하여 직원들을 탐문하고, 그리고 김희진이 운영하던 펜션도 가봤으면 합니다. 첫 번째 실종자 고희정의 주변 무속인도 탐문하고요. 일정은 오영식 형사님이 짜주시기 바랍니다."

오영식이 고개를 끄덕이며 메모를 끝내고 수첩을 덮었다.

"자자, 이제 점심들 좀 먹고 하자구. 이러다 일 시작하기 전에 쓰러지겠어."

강대수가 과열된 열기를 식히면서 휴식을 제안하였다.

"팀장님, 박흥복이라는 사람을 만나보고 싶습니다. 편의점이 근처에 있지 않나요? 경찰서 찾아오다 길을 물었습니다만."

성호가 부탁했다.

"가만있자, 편의점 나왔을 시간이야. 점심 먹고 들러."

"아, 필요한 것들 좀 사야겠다. 면도기도 안 갖고 왔어요. 먹을 물도 펜션에 없고."

여도윤이 티셔츠로 뿔테 안경을 닦아내면서 말했다.

오영식이 파일들을 정리하면서 제안했다.

"점심은 중화요리 어떠세요? 맛있게 하는 데 있는데 가시죠."

점심을 간단하게 자장면으로 마치고 나서 성호와 여도윤은 편의점에 가보겠다고 하였다.

"나도 따라갈까? 참고인 조사 가는 것 아니야?"

"아닙니다, 팀장님. 박홍복은 그냥 얼굴 좀 보려고요. 저희들만 가겠습니다."

강대수가 고개를 끄덕이고 오영식과 함께 차에 올라 경찰서로 향하였다. 편의점은 경찰서에서 걸어서 20분 정도 거리였다.

사거리 횡단보도를 건너 편의점에 들어가려는데 여도윤이 성호의 어깨를 툭 치더니 손가락으로 어딘가를 가리켰다. 백구 새끼들이 들어 있는 개장 앞에 한 덩치 하는 남자가 쭈그리고 앉아서 소시지를 주고 있었다. 박홍복이었다.

"박홍복 씨?"

성호가 나직한 목소리로 불렀다. 박홍복이 일어나서 성호의 앞으로 다가왔다. 생각보다 덩치가 훨씬 컸다. 넙대대한 얼굴에 가득한 여드름이 불타는 것처럼 보였다.

"누군데 남의 이름을 함부로 불러요? 아, 씨."

말끝에 욕설을 살짝 붙일락 말락 하는 투가 꽤나 귀찮아하는 눈치였다. 여드름이 가득한 얼굴 아래로 떡 벌어진 어깨가 다부져 보였다. 체구에 안 어울리게 선명한 연두색 파커를 입었고 그 밑으로는 딱 달라붙는 베이지색 면바지를 입었다. 덩치는 산 만했지만 그 속은 어린애처럼 덜 익어 보였다. 여도윤은 약간 움찔하면서 뒤로 물러났다. 성호는 앞으로 바짝 다가서서 박홍복의 눈을 직시했다.

"경찰입니다. 박민숙 씨 실종사건과 관련하여 물어보고 싶은 것이 있습니다."

박홍복이 어리둥절한 표정으로 되물었다.

"민숙이 누나 서울 올라간 거 아니에요? 사라지기 전에 이틀 전인가 그런 말 들었어요. 누나하고 술 빨다가."

박홍복은 서울 말씨로 묻는 성호에게 애써 사투리를 없애고 표준말로 딱딱하게 대답하였다.

"연락이 두절되었고, 아직 수사 중입니다."

"아! 어제 서울서 오셨다고 하던 경찰들이네요?"

박홍복이 얼굴이 터져라 환한 미소를 지어 보였고 말투도 약간 부드러워졌다. 성호가 고개를 끄덕이며 제안하였다.

"편의점 들어가서 이야기 합시다."

"잠깐만요, 우리 강술이, 남술이 밥 좀 마저 주고요."

박홍복은 뒤돌아서 손에 남아 있던 소시지를 던지듯이 개장 안으로 쑤셔 넣었다.

박홍복이 앞장서 편의점으로 향했다. 성호는 여도윤이 생수와 간식거리를 고르는 모습을 보다 물었다.

"박민숙 씨 실종 당일 27일에 편의점에서 근무하셨다고요? 몇 시부터 몇 시까지 근무하셨죠?"

"또 그 얘기하시네. 경찰서에서 엄청 묻던데요. 또 말씀 드려요?"

박홍복이 귀찮아하는 얼굴로 인상을 썼다. 성호는 진지한 표정으로 고개를 살짝 끄덕였다.

"알았어요. 그날은 주간 근무라 오전 9시부터 저녁 6시까지 근무했어요. 집에서는 8시에 나왔고요. 내 친구 성민이가 증명해줬어요. 정 못 믿겠다면 폰 번호 가르쳐줄 테니 알아보실래요?"

"알겠습니다. 박민숙 씨를 평소에도 자주 보았습니까?"

"한 달에 한 번 정도 제가 누나 근무하는 운림산방 놀러가고는 했죠. 가끔은 호프집에 가서 술도 먹고요."

"두 분 어떤 사이였습니까? 사귀는 사이였습니까?"

박홍복이 얼굴에 해당화처럼 화사한 웃음꽃을 피웠다.

"그러면 좋게요? 근데 누나가 저 귀찮아했어요."

성호는 대답이 술술 잘 나올 때 단도직입으로 묻기로 했다.

"사귀는 게 아니었으면 좋아했나요?"

"민숙이 누나요? 아하. 그건 아니고 누나가 좀 근자감이 있어요. 히히, 우리끼리 하는 말인데, 근거 없는 자신감, 그런 거죠. 뭐 날씬한 거는 인정. 하지만 그렇다고 연예인급은 아닌데 자기 혼자 이런 데 있을 사람이 아니다, 서울 가서 모델도 하고 연예인할 거다 말은 많았죠. 그냥, 조금 좋아했어요. 별거 아니에요."

"술은 둘이서만 마셨나요? 아니면 누가 더 있나요?"

"성민이도 껴서 같이 마시고 했죠. 돌아다니셔서 아실 거예요. 여기, 젊은 사람 드물어요. 모두 서울 가서 초등학교 선후배도 별로 없는데 우리끼리 뭉쳐야죠."

박홍복은 여도윤이 물건들을 계산대에 올리자 손가락 부분이 없는 운동용 장갑을 끼고 물건 바코드를 하나하나 찍었다.

"저도 경찰이 꿈이었어요. 시험공부가 하도 어려워서 지금은 쉬고 있지만. 형사님들 정말 서울에서 오신 분이세요? 서울지방경찰청 뭐 그런 데서 오셨어요?"

"경찰청에서 왔습니다."

"야, 정말 죽인다! 삼보섬에서 나가서 나도 그런 데서 일하고 싶은데. 근데 민숙 누나 정말 실종된 거예요? 이상하다. 분명 서울 갔는데."

성호가 날카롭게 물었다.

"분명 서울 갔다뇨?"

"아, 아뇨. 그냥 그 누나가 서울 가고 싶다고, 그런 말을 자주 해서요."

박홍복과의 대화는 더 이상 진전되지 않았다. 성호의 판단으로는 절반 정도는 진실을 이야기 하고 있었고 거기에 약간의 거짓과, 어느 정도의 모호한 사실이 있었다. 인텔리보다는 사고방식이 단순한 사람 쪽이 거짓을 말하는지 분간하기 어려울 때가 있다.

지성인은 확고한 양심을 지닌 사람과 화이트칼라 사기꾼형으로 나뉜다고 본다면, 전자는 거짓을 말할 때 안색이 변한다.

화이트칼라 사기꾼은 천연덕스럽게 앞뒤를 잘 짜 맞추어서 포장한다.

그에 반하여 단순하게 생각하는 부류들은 상황을 모면하기 쉬운 쪽으로 허언을 한다. 앞뒤가 맞지 않아도 박박 우겨대면서 거짓을 말하는 것이다. 박홍복은 이런 경우에 해당되었다. 조금의 모순을 발견하면 계속 우겨댈 타입. 하지만 오래 가지는 못할 터였다.

"잘 알겠습니다. 혹시 박민숙 씨에게서 전화 오면 삼보섬경찰서로 알려주세요."

성호는 그 정도로 질문을 끝내고 편의점을 나왔다. 여도윤이 먼저 나와 있었다. 개장 안에 손을 넣어서 강아지들을 쓰다듬고 있었다.

"갑시다."

여도윤이 비닐봉투를 들고서 앞장서 가는 성호 옆으로 바짝 다가갔다.

"경사님. 뭐 알아내신 거 있어요?"

"글쎄요."

"저 녀석이 의심 가지는 않고요?"

"아직은 잘 모르겠습니다."

"경찰들은 눈만 마주쳐도 범인인지 아닌지 직감 같은 게 있지 않나요?"

"그런 게 있다면 미제사건도 없고, 이렇게 맨땅에 헤딩하면서 돌아다니지 않을 겁니다."

천천히 걸어서 경찰서로 들어가자 오영식 형사가 평일 낮이니 운림산방을 방문하고 나서 저녁에 세방낙조 근처 세방 펜션을 가보자고 하였다. 고희정 측근 무속인은 따로 약속을 잡기로 하였다고 했다.

오후 3시, 강대수 팀장은 일이 있어 빠지고 오영식이 운전하는 경찰차를 타고 여도윤과 성호는 운림산방으로 향했다. 경찰서에서 성내리로 빠지는 길을 지나서 동외리로 나왔다. 한적한 농가가 간간이 보이다가 멀리 숙박용 펜션으로 지은 건물들이 여럿 서 있는 게 눈에 들어왔다. 지붕은 기와로 덮었지만 3, 4층이 넘는 신축 건물들이었다. 운림예술촌이라는 이정표가 붙은 삼거리로 들어섰다.

"성수기에는 운림예술촌에서 숙박하는 관광객이 넘쳐나죠. 바로 코앞에 쌍계사, 운림산방, 소치기념관이 있고 삼보섬 시내하고도 가까우니까 숙소로는 적격이거든요."

"소치라면 허련 선생 말하는 겁니까?"

성호가 물었다. 여도윤이 뒤를 이어 답했다.

"그렇죠. 조선후기 남화의 대가인 소치 허련 선생이 말년에 거처하면서 그림을 그렸던 집이에요. 제자들도 와서 그림을 배웠고, 훗날 허씨 일가가 이어지면서 동양화의 한 산맥이 이루어졌어요. 운림산방에서 시작되어서 지파를 형성한 거죠."

성호가 물었다.

"그렇다면 동양화 연구하시는 분들이나 화가는 많이들 찾아오시겠네요."

"그런 편이죠."

이번에는 오영식에게 질문을 던졌다.

"박민숙 씨가 실종된 9월에 손님들이 많이 찾아오나요?"

"그날은 추석 전주라 추석 연휴와 연계해서 쉬러 온 관광객도 꽤 있었죠."

"그럼, 목포나 여수 등지 같은 가까운 전남 지역에서만 주로 옵니까?"

"아뇨, 서울 사시는 분이 고향이 전남 지역이면 들렀다가 고향에 가기도 하겠죠."

경찰차가 운림산방 주차장에 멈췄다. 먼저 매표소와 이웃하고 있는 관리사무소에 들렀다. 남녀 직원 두 명이 동태찌개와 밑반찬들을 차려놓고 늦은 점심 식사를 하고 있었다.

여도윤은 주변을 둘러보느라 관리사무소에 들어가지 않았다.

"조사차 나왔습니다."

"박민숙 씨 일로 오셨나요?"

남자 직원이 묻자 오영식이 맞은편에 앉으며 대답을 짧게 하고 덧붙였다.

"이분은 서울경찰청에서 공조수사 나오신 김성호 경사님입니다. 질문에 답해주시면 됩니다."

성호는 정중하게 인사를 하고 질문을 하였다.

"박민숙 씨가 26일까지 근무하고 그다음 날부터 통보 없이 안 나왔다고 했는데 짐작되는 이유가 있을까요?"

"글쎄요. 정말 모르겠어요. 하여튼 저희도 좀 놀랐죠. 계약직이었지만 여덟 달 동안은 꼬박 꼬박 빠지는 날 없이 나왔거든요. 그런데 갑자기 안 나와서 놀랐어요. 부랴부랴 다른 직원을 구했지만요."

"박민숙 씨한테 사귀는 사람이 있다거나 사무소에 찾아오는 특정한 사람이 있었습니까?"

남직원은 고개를 저었다.

"아뇨. 거의 없었죠. 가족들도 올 일이 없고요. 가끔 덩치 큰 후배인가 하는 애가 오기는 했는데. 초등학교 후배라고 들었습니다."

성호는 고개를 끄덕였다. 박흥복일 터였다.

"여기 산방 안을 둘러보려고 합니다, 봐도 되겠습니까?"

"네, 둘러보시고 의문점 나시면 다시 들러주세요."

오영식과 성호가 나가자 직원들은 식사를 하기 시작하였다. 오영식이 화장실에 간 사이, 성호는 정원을 둘러보던 여도윤과 함께 소치기념관으로 들어갔다.

허련의 가계도 벽화를 지나 안내판 뒤쪽 벽에 걸린 서예작품이 눈에 들어왔다.

"저 글귀는 뜻이 어떻게 됩니까? 변속팔조(變俗八條), 소부독행(少婦獨行)?"

성호가 심각한 표정으로 물었다.

"아, 소치 선생이 남긴 풍습 시정에 관한 글귀네요. 저도 어디선가 읽은 기억이 납니다."

여도윤이 안경알을 세우고 서예작품을 자세히 들여다보았다.

"글은 소전 선생이 썼고, 풍속을 바로잡는 8개의 조항을 써서 향중, 그러니까 마을 일을 보던 관공서에 건의를 하였다고 나오네요. 소부독행은 젊은 여자는 혼자 다니지 말라는 의도가 있습니다."

성호의 뒷덜미가 차디찬 손이 잡아끄는 것처럼 시려왔다.

"그래서 물어보는 겁니다. 그 뒤도 해석해주세요."

"교불수렴(轎不垂簾), 신부의 가마에 주렴을 치라는 말입니다. 그러니까 얼굴을 가리라는 뜻이죠. 여전타고(轝前打鼓), 상여 앞에서 북 치지 말고 조용히 보내라는 뜻이고요. 남녀잡운(男女雜耘), 남녀가 뒤섞이는 것을 경계하라는 뜻입니다. 봉두가상(蓬頭街上), 머리를 풀고 거리를 다니지 말라네요."

여도윤이 5조까지 해석해주자 성호가 다급히 재촉했다.

"그 뒤의 부정야희(婦丁野戲), 요객내실(邀客內室), 부녀입사(婦女入寺)는 무슨 뜻입니까?"

"부정야희는 남녀가 들놀이를 하면서 장난치는 것을 경계하는 것입니다. 당시 윤리관으로 남녀가 농을 치는 것은 용납할 수 없죠. 요객내실은 안방으로 손님을 들이지 말라는 겁니다. 그리고 부녀입사는 부녀자들을 절에 보내지 말라는 것인데, 그 당시 여인네들이 절에 가서 불미스러운 일이 있었다고 하니까, 충분히 금하려고 했을 겁니다."

"아까 그 괴편지에서 나오는 문장들과 뜻이 거의 같아요! '젊은 여자는 혼자서 다니지 말아야 돼, 그리고 남녀가 뒤섞여서 일하고 장난치면 안 되거든. 마지막으로 이런 일을 피하려면 안방으로 손님을 들이지 말아야 돼.'"

"우와, 기억력 좋으시네요. 그 문장을 다 외우셨어요?"

여도윤의 감탄을 무시하고 성호가 외쳤다.

"편지를 보낸 사람은 삼보섬 운림산방에 와본 적이 있을 겁니다. 혹시 인터넷이나 기타 자료를 통하여 소치 허련의 8조항을 알아낼 수도 있나요?"

"논문을 통해 알 수도 있지만 일반 사람이 접근하기는 좀 쉽지 않죠. 하지만 저 서예작품을 봤다면 알 수도 있지요."

"한자만으로 문장 전체를 해석하기는 쉽지 않잖아요."

여도윤이 서예작품 아래의 안내 문구를 가까이 가서 들여다보았다.

"여기 8조항 해석들이 나와 있는데요? 진짜 여기에 왔던 사람인가 봐요."

"여기를 샅샅이 살펴봐야겠어요. 그리고 CCTV 확보도 시급합니다."

성호는 변속팔조에 관한 안내문과 서예작품을 공들여서 사진 찍어두었다.

성호와 여도윤이 기념관을 나와보니 연못에 돌멩이를 던지며 어슬렁거리는 오영식이 보였다. 여러 번 와본 모양인지 지루해했다.

"오 형사님, 경찰서로 온 편지에 쓰여 있는 구절이 소치 선생이 남긴 변속팔조 구절과 거의 같습니다. 이곳을 방문한 사람 중에 박민숙과 접촉하여 꾀어낸 사람이 있을 것 같습니다."

"역시 그 편지는 범인이 보냈을 가능성이 높군요?"

"확실하지는 않지만요. 운림산방을 찍은 CCTV 녹화자료를 관리사무소에서 얻어다주세요. 사건 전 일주일 이상 되는 자료였으면 합니다. 저희는 여기 운림산방과 쌍계사를 마저 둘러보겠습니다."

"네, 알겠습니다. 저희도 자료 얻어다가 1차 판독을 하긴 했지만 놓친 부분이 있을 겁니다."

오영식은 사냥감을 쫓는 사냥개처럼 재빠르게 관리사무소로 뛰어갔다. 성호는 주변을 둘러보다가 운림산방 기와집 앞에서 연못을 잠시 내려다보았다.

"그리 깊어 보이지 않는데요?"

여도윤의 말에 성호가 고개를 끄덕였다.

"아마 이곳에 시신 유기를 해도 금방 떠올랐을 겁니다. 저기는 어딥니까?"

여도윤이 왼손으로 안경테를 올리며 답하였다.

"쌍계사라고, 오래된 절이죠."

운림산방 기와집과 쌍계사 사이에는 담장이 쳐져 있고 공사 안내판이 세워져 있었다. '소치 생가 서까래 보수공사'라는 공사명과 들어갈 수 없다고 안내되어 있었다.

"안쪽으로 한번 들어가봐야겠는데요."

성호는 담장 철판이 연결된 사이를 벌려보았다. 10센티미터 이상으로는 틈을 벌릴 수가 없었다. 약간 뒤로 물러난 다음 뛰어 올라 담장에 두 팔을 디디고 허리를 걸쳤다.

"좀 도와주십시오."

여도윤이 성호의 다리를 들어 올려주었다. 간신히 2미터 높이의 담장을 넘어갈 수 있었다.

"저는 관리사무소로 돌아가 오영식 형사님과 같이 있을게요."

담장 바깥쪽에서 여도윤의 목소리가 들렸다. 성호는 쌍계사와 운림산방 연못을 낀 정원 사이에 있는 공사장을 둘러보았다. 안쪽으로 초가지붕을 머리에 인 아담한 초가집이 있었고 그 앞에 공사 자재들이 쌓여 있었다. 뒤쪽으로는 산속으로 이어지는 길이 보였고, 색 바랜 대나무가 빽빽하게 들어서 있었다. 솨솨하는 바람 소리가 대나무 숲을 통과하여 성호의 귀에까지 들렸다.

초가집 뒤쪽으로 폐자재들을 쌓아놓은 더미가 있었다. 그 위로는 천막 비닐이 덮여 있었다. 성호는 천천히 구석으로 가서 비닐을 치웠다. 나뭇더미, 목재, 기와 따위가 뒤엉켜 있었다. 살짝 목재들을 들춰 보다가 천막 비닐을 다시 씌우고 뒤돌아섰다. 순간 대나무 가지를 밟는 소리가 빠드득 났다. 산길 쪽이었다. 성호가 귀를 쫑긋 세우고 뒤를 돌아보았다.

누군가 산을 타는 소리가 저벅저벅 났다. 성호도 산길로 접어들어 따라 올라가보았다. 저만치 검은색 등산복을 입고 모자까지 눌러 쓴 남자가 산길 중턱까지 단걸음에 올라갔다.

"저기! 여보세요!"

성호가 목소리를 높여 불렀지만 남자는 이미 산등성이를 넘어가는 위치에 접어들었다. 성호가 따라잡으려고 올라가려 하였으나 도리어 산 중턱 진창에 미끄러져 넘어졌다.

"어이쿠."

웅덩이처럼 파인 진창에 발목까지 푹 빠졌다. 기분이 좋지 않았다.

어느새 등산객은 보이지 않았다. 성호는 얼른 산을 내려왔다.

초가집 담장을 돌아서 나왔다. 쌍계사로 통하는 담장의 작은 틈을 빠져 나와 경내로 들어선 성호는 곧장 운림산방 관리사무소로 향하였다. 사무소 직원의 말대로 주차장에 서 있는 차에 오영식과 여도윤이 이미 타고 있었다.

"CCTV 자료는 얻었습니다. 어? 어떻게 된 일이세요? 괜찮으세요?"

오영식이 성호의 발목 부분이 진흙으로 뒤덮인 것을 보고 물었다. 성호는 여도윤이 건넨 물티슈로 진흙을 털어내었다. 여러 장을 써서 신발 바닥도 털어내었지만 진흙은 그대로 축축하게 달라붙어 있었다. 기분이 좋지 않았다. 강박적으로 티슈를 세게 문질러 털어냈다. 바지자락의 얼룩이 신경 쓰였다.

"젠장, 괜찮아요, 어서 돌아갑시다. 근데 생가 뒷산으로 등산하는 분이 있던데요?"

오영식이 의아하다는 듯이 대답하였다.

"그래요? 거기는 등산길은 아닌데요?"

별거 아니라는 오영식의 대답에 성호는 손톱을 세워서 진흙을 마저 털어냈다. 차가 진입로를 빠져나가 해안도로로 향하는 길로 접어들었다. 20여 분 지나 경찰서에 도착하였다.

운림산방에서 수거해온 CCTV 자료를 실종 당일부터 일주일 전까지 빠른 속도로 돌려보았다. 가족 단위의 관광객들이 오갈 뿐, 남자 혼자서 오는 경우는 극히 드물었다. 게다가 박민숙은 매표소에 앉아서 거의 나오지 않았다. 그녀가 마주하는 사람들은 입장권을 끊으러 온 손님들이 거의 대부분이었다.

경찰서 사무실에 와 있던 강대수가 성호가 내미는 휴대폰 화면을 유심히 들여다보았다.

"그러니까, 소치 선생이 쓴 변속팔조의 해석 문구가 괴편지와 일치하는 것으로 보아 분명 운림산방에 왔던 사람이 이 편지를 보냈다는 거지? 그가 박민숙을 접촉하였고, 그리고 범인일 확률이 높다는 것이지?"

성호가 심각한 표정으로 답하였다.

"일단 그렇게 추정하고 있습니다."

강대수가 편지를 들어 다시 읽어보았다.

"'젊은 여자는 혼자서 다니지 말아야 돼, 그리고 남녀가 뒤섞여서 일하고 장난치면 안 되거든. 마지막으로 이런 일을 피하려면 안방으로 손님을 들이지 말아야 돼.' 이 부분이 해석과 비슷하다 이 말이지?"

"사실은 그런 반사회적 인격을 가진 자가 여자에 배신을 당했다. 여자들은 나를 멸시한다 하는 피해망상적인 편집증과 결부되면 불특정 다수 여자에게 공격을 가할 수도 있습니다. 계획적으로 범행을 저지르는 연쇄살인범이 대다수 그런 식의 과정을 겪습니다."

성호의 말에 강대수가 고개를 끄덕였다.

"하지만 카메라 자료에는 남자가 접촉하는 게 당최 잡히지 않아. 대체 박민숙과 어떤 경로로 접촉한 거야? 접촉한 경로를 우리가 짐작해낸다면 범위를 아주 좁힐 수 있겠어. 범인의 연령대 추정이나 교육 수준 정도, 키는 어느 정도 되고 어떤 직업에 종사하는지 추정할 수 있는 거 아냐? 이 정도 자료를 보았으면."

성호는 고개를 저었다.

"아뇨, 가장 위험한 것이 선입견입니다. 프로파일링에 대한 전문지식을 가진 제가 범인을 20대로 한정시켜버리면 3, 40대의 용의자를 그냥 놓쳐버립니다. 일단 펜션을 둘러보고 말씀드리겠습니다."

"알겠네."

강대수가 풀 죽어 답했다.

"조금이라도 해가 있을 때, 세방낙조 펜션을 둘러보시는 게 나을 것 같습니다."

오영식의 말에 성호가 고개를 끄덕였다. 사건 현장은 해가 떠 있을 때 보는 것이 나았다. 성호가 운전하기로 하였다. 세방 낙조 부근 펜션을 둘러보고 나서 오영식과 강대수를 집 근처에 내려주고 펜션으로 돌아가기로 하였다. 오영식이 보조석에 강 대수는 뒷좌석에 여도윤과 올라탔다.

차가 송호리로 빠지는 해안도로를 시원스레 달렸다. '일몰이 아름다운 곳', '세방낙조' 등의 이정표가 중간 중간 나타났다.

"새 차라 그런지 경찰차보다 훨씬 빠르고 안락하네요."

보조석에 앉은 오영식이 감탄을 하고 나서 해안도로를 가리 켰다.

"세방낙조는 아마 전 세계에서 일몰이 가장 아름다운 곳 중 에 하나일 것입니다. 여기 해안가 드라이브 코스는 시닉드라이 브 코스(Scenic Drive Course)라고 불리는데 캘리포니아 해안에 비교해도 손색없죠."

오영식의 말에 강대수가 고개 저으며 강하게 부정했다.

"뭔 소리야? 어따 대고 캘리포니아에 비교해. 여기 삼보섬 세방낙조 해안을 보라고. 이렇게 쓸쓸하고 고적한 데가 어디 또 있어?"

일몰 직전의 해안이 바람에 흐느적흐느적 움직이는 갈대 사이사이로 보였다. 멀리 머리끝만 살짝 드러낸 작은 섬들이 안개 속에 잠겨 있었다. 잿빛 푸름이 가득한 바닷물은 잔잔하게 흔들렸다. 안개가 걷히는가 싶으면 잔물결이 보였고, 안개가 가리는가 싶으면 갈대 머리만이 보였다. 관광객도 10여 명에 불과하였다. 고적함, 쓸쓸함, 외딴 느낌이라고 가져다 붙이면 되는 것일까.

"해가 지려고 하네요."

붉은 태양이 수평선 위로 살짝 걸려 있었다.

아름답다.

성호의 머릿속에 이 단어 밖에 떠오르지 않았다. 해가 아직도 바다 물결 위로 걸려 있는 것을 보면서 세방낙조 전망대를 지나쳐서 언덕길로 접어들었다. 아담한 2층짜리 펜션이 눈에 들어왔다. 붉은 벽돌 펜션은 네 개의 독채가 하나의 건물에 붙어 있는 형태였고, 1층 오른쪽 방이 펜션 관리인이자 주인 김희진이 살던 곳이라고 하였다.

이렇게 외딴곳에 괴한이 침입하기라도 한다면 속수무책일 거라는 생각이 먼저 들었다.

"벌써 해가 져서 좀 그러네요."

오영식이 미안한 표정으로 무덤덤하게 서 있는 성호를 보았다. 그리고 그 뒤에 묵묵히 서 있는 여도윤을 보았다. 두터운 안경알 너머로 날카로운 눈빛이 보였다. 갈색 펌 머리가 해안을 떠도는 바람에 날리고 있었다.

"여기 이리로 와봐! 이게 혹시 그 팻말이 아닌감? 가만있자……"

커다란 드럼통 안에서 타다가 만 종이 쪼가리를 들고 강대수가 유심히 들여다보고 있었다.

'당분간 개인사정으로……'라고 적혀 있었다.

"이거 주인이 쓴 건지 감식해볼까? 지문 나올까?"

"그럴 가능성도 있지만, 불에 탔고 비 맞은 흔적도 있어서 지문은 검출 안 될 것 같네요."

오영식이 답하였다.

"어이, 필적 전문가 양반. 우리한테 날라든 편지하고 비교해보면 글씨가 어때?"

"가져가서 자세히 비교해보고 싶습니다."

성호는 종이 쪼가리를 건네려는 강대수를 말렸다.

"잠깐만요! 기다리십시오."

성호는 차로 돌아가 비닐봉투 하나를 찾아들어서 종이 쪼가리를 집어넣고 여도윤에게 건넸다. 종이 외에 발견된 단서는 없었다. 성호는 강대수를 보고 냉정하게 말했다.

"사건 현장 관리를 어떻게 하는 겁니까? 누가 썼을지 모를 안내문을 저렇게 버려두고 가니 누군가 다시 돌아와서 불태운 게 아닙니까? 증거물 관리가 엉망입니다."

성호의 말에 오영식이 보다 못해 발끈하였다.

"어어, 팀장님께 너무 무례하신 게 아닙니까? 아무리 서울 본청에서 내려왔다고는 하지만, 말을 너무 막는 거 아닙니까?"

오영식이 강하게 반발하면서, 성호의 앞을 가로막았다. 강대수가 사태가 심상치 않음을 판단하고 특유의 어깨를 슬쩍 올리는 제스처로 둘 사이를 가로막고 섰다.

"왜들 그래? 현장을 좀 더 살펴보자구. 펜션은 잠가져 있지만 뒤에 있는 창고도 산길도 둘러봐야지."

성호는 강대수가 안내하는 대로 펜션 건물 뒤로 올라가 둘러보았다. 낡은 창고 하나가 보였다. 성호는 창고 문을 슬쩍 잡아당겨보았다. 의자, 침대 매트리스 등 가구들이 가득 쟁여 있는 것이 보였다. 성호는 펜션과 진입로를 내려다보았다.

"펜션으로 진입하는 길은 하나입니다. 김희진 씨 눈으로 보았을 겁니다. 손님이겠거니 하고서 무방비로 맞을 수도 있겠죠. 미리 계획된 공격이었을 겁니다. 이미 김희진 씨가 혼자서 펜션을 운영한다는 것을 알고 있었을 확률이 높습니다. 피해자를 강제로 제압하여 자동차로 납치해서 데리고 갔을 겁니다. 이곳 펜션이나 창고에 가두기에는 혹시 찾아올 손님을 감안한다면 위험도가 높아집니다. 현장을 어지럽히지 않고 깔끔하게 해두고 갈 수 있다는 것은 꽤나 계획적인 범행이라는 것을 보여줍니다. 잡기가 더 힘들죠."

강대수가 물었다.

"지금은 냉각기라면서, 그렇다면 언제 또 범행을 저지를까? 추정이 가능한가?"

"아뇨, 그 마음속으로 들어가보지 않고는 모르죠. 하지만 신상정보보다는 성향을 추정해보자면 전과가 있고, 평균 이상의 지능에 고등학교 졸업을 했을 겁니다. 여성과 관계 맺기가 어려운 독신일 확률이 높고, 도덕성이 결여되었으며 성격이 불같고 충동적이지만 한편으로 권위에 도전하고, 자신의 계획을 잘 실행할 행동력은 있을 겁니다. 서울에 갔다 돌아온 이곳 토박이 혹은 타 지역에서 이곳으로 흘러들어와 몇 년간은 정착한 사람일 확률도 높습니다. 직업은 휴일이 일정치 않고, 자기 맘대로 시간을 뺄 수 있는 자유직일 확률이 높고, 기술전문직보다는 비숙련 직업에 종사하는 사람일 확률이 높습니다."

"그렇다면 말이지, 흘러들어온 뜨내기거나, 아니면 서울 나갔다 온 사람 내지는 여기저기 돌아다니면서 이것저것 일하는 잡부일 확률도 있다는 말이지? 교육은 좀 받은 편이고 성격이 불같고, 충동적인 사람이라."

중얼거리면서 창고를 같이 둘러보던 강대수가 제안하였다.

"이 근처 낙지회 끝내주게 하는 데가 있는데, 어때? 거기서 이야기를 좀 더 해보자구."

펜션 주변을 마저 둘러보고 나와 근처 자그마한 횟집에서 저녁 식사를 들었다. 성호의 프로파일링에 대하여 열띤 토론이 이어졌다.

산낙지를 추가 주문시킨 강대수가 넉살좋게 오영식과 성호를 곁에 앉히고 술을 건네면서 분위기를 풀었다. 오영식은 약간 불쾌한 얼굴로 머리를 득득 긁으며 비로소 입가에 웃음을 띠웠다.

"아까는 죄송했습니다. 사건에 대한 집중력은 저희보다 더대단한 것 같습니다. 본받고 싶습니다."

성호는 말없이 잔을 받아놓고 입에만 댄 채 마시지는 않았다. 싸한 분위기가 어느 정도 풀리자, 강대수가 운을 떼었다.

"참으로 질기단 말이야. 이렇게 꼬리가 안 잡히는 사건도 드물단 말이지. 벌써 4개월이 지났어. 이미 임진년에서 계사년으로 년도도 바뀌었고, 그런데 아무리 파도 진척이 없어."

"펜션을 여자 혼자 관리한다는 게 쉽지는 않을 것 같은데 말입니다. 김희진 씨에 대한 이야기 좀 자세히 해주시죠."

화제를 돌린 성호의 말에 오영식이 답해주었다.

"그게 또, 그런 분들도 종종 계시니까요. 3, 40대의 젊으신분들이 그러시는데, 대단하세요."

"요는 말이죠. 고양이를 죽이면 일은 더 힘들어진다는 것이죠?"

여도윤이 낙지볶음을 젓가락으로 헤집으면서 말을 툭 던졌다.

"고양이를 죽이다니?"

강대수가 낙지볶음 양념으로 붉게 물든 입술을 하고 의아한얼굴로 물었다.

"불가에서 내려오는 이야기 중에 이런 게 있죠. 남전 화상이라는 분이 수행승들이 두 파로 갈리어 밤낮으로 싸움하는 걸 지켜보다가 마침 절에 뛰어든 고양이 한 마리를 잡아들고 외칩니다. '한마디 말을 할 수 있다면 고양이를 살려주겠지만 말할 수 없다면 베어버리겠다.' 그러고는 조용한 수행승들을 보고 있다가 고양이를 칼로 베어버리죠. 그런데 그날 밤 외출 갔다가 돌아온 조주라는 스님이 그 이야기를 듣고 신발을 벗어 머리에 쓰고 밖으로 나가버렸죠. 그걸 보고 남전 화상이 '아, 만일 조주가 그 자리에 있었다면 고양이를 구할 수 있었을 텐데.' 하고 탄식하더랍니다."

'뭔 소리야?' 하는 표정으로 강대수와 오영식이 동시에 여도윤을 쳐다보았다.

"그 당시에 절에서는 고양이를 기를 수 없었는데, 쥐를 잡기 위해 고양이를 기르자고 수행승들이 파벌로 갈리어 불같이 싸워서 벌어진 일이죠. 이것뿐 아니라 각종 망상과 욕심으로 수행승들이 매일 싸우는 것을 보다 못한 남전 화상이 살생을 직접 실행한 것이었습니다. 조주 스님이 신발을 머리에 얹은 것은 여러 설이 분분한데 결론적으로 말하자면 본말이 전도되어 수행은 안 하고 이익에 겨워 싸우는 것은 신발이 머리에 올라간 것처럼 모순된 상황이라는 것을 비유적으로 표현한 겁니다. 이 설화에서 고양이는 누군가의 깨달음으로 목숨을 구할 수 있다는 것을 말해줍니다. 불가에서 고양이는 깨달음을 상징적으로 표현한다고 합니다."

오영식은 그런가 하는 얼굴로 고개를 돌려 낙지 반찬에 손을 대었다. 강대수는 "역시 유식해."라며 두 마디를 던지고, 소주 한 잔을 입안에 털어 넣었다.

저녁 식사 후에 가로등 불빛 한 점 없는 해안가 도로를 헤드 라이트 빛에 의지하여 한참이나 돌다가 구불구불 이어지는 길로 접어들어 한적한 농가에 도착하였다. 이미 오영식은 부모님과 사는 아파트에 내려다주었다. 폐가를 연상케 하는 흉물스런 집으로 강대수 형사가 반쯤 불콰해진 얼굴로 걸어갔다.

"이봐, 이래봬도 내부는 꽤 그럴듯하게 꾸며놨어. 내가 경찰들 우글거리는 숙소는 답답해서 이 집을 손보고 들어왔지. 2년 임대에 100만 원도 안 주고 들어왔다니까. 어때? 멋지지?"

비틀거리는 강대수를 성호와 여도윤이 부축하여 방에 들어갔다. 백열등 하나 켜지는 방 안에는 책 몇 권, 벽에 걸린 옷가지들, 작은 TV, 낡은 라디오, 키 작은 냉장고, 구석에 자리한 선풍기 그리고 매실주 두 병이 세간의 전부였다. 가족과 떨어져 사는 남자의 외로움을 잘 보여주는 풍경이었다. 도통 집에서 밥을 해 먹고 살지 않는 듯했다.

"걱정 마, 이래봬도 살림 잘해. 밥 잘 챙겨먹는다고."

강대수가 믹스 커피를 뜯어 컵에 붓고 커피포트로 물을 부어 성호에게 내밀었다.

"자자, 여기 와서 이래저래 고생 많지? 우리도 첨부터 이런

건 아니야. 나도 한창때는 매섭게 수사했다고. 그런데 사건 없는 곳에 내려와 자꾸 감 떨어지니까, 이렇게 헛발질해서 자네한테 혼나는 게지. 어떻게 그렇게 범인들 자백 잘 받아? 그것도 기술이지?"

"상대방의 심리를 파악해서 답을 유도해내려고 애씁니다."

"아하, 비위 맞춰주기? 참 그거 알아? 범죄자나 경찰이나 다 같은 팔자야. 사주가 비슷하다고, 격만 다를 뿐이지. 위로는 판사, 검사 양반들이 중간에 경찰이, 그 아래로 범죄자가 있지. 다들 강력사건이 터지면 묘하게 손에 땀을 쥐면서 흥분해. 하수인 범죄자들이 사고 치면 그걸 경찰이 잡고 검사가 판사에게 형량 제시하고, 변호사가 대변해주지. 다 한통속이라고. 범죄자 없으면 우리가 뭔 소용이야. 다 한 밥 먹고 사는 식구들이라고. 허허."

성호는 말없이 커피를 마셨다. 강대수의 말이 이어졌다.

"나도 예전에 서울에서 근무했지. 한창 잘 나가던 시절에 대형 강력사건 범인 세 놈 잡아다놓으니까, 서울경찰서에서 부르대. 그런데 과학수사 들어오는 시점에 그거 받아들이지 못하고 감만 믿고 수사하다 밀려난 거야. 범인 몇 번 놓치고, 사건 현장 오염시키고, 초동수사 엉망으로 만들었다 소리 몇 번 들으니까 여기 섬까지 밀려 오대. 권여일은 반대로 과학수사에 목을 매더니만 지금은 경찰청에 떡하니 자릴 꿰차고 있고 말이야. 근데 나도 왕년에 핏불테리어로 왈왈 잘 짖고 다니던 강력

형사였다, 이 말이지. 왈! 왈! 끄응응."

성호는 술주정이려니 하고 신음을 내며 눕는 강대수에게 이불을 덮어주었다.

"한번은 말이야, 여일이 혼자 익사 시신 지키게 하고 동료들하고 술 먹으러 간 적이 있는데 말이야. 권여일이 혼자 시체 지키면서 타살 혼적 찾아내고 해서 크게 한방 해결한 거 알아? 난 육안으로 봐서 자살이라고 판단하고 술이나 퍼먹으러 갔는데 그때 정신 차렸어야 했는데. 어이구, 아고야, 허리야. 나 죽네. 강대수 죽것네, 옴마야……, 끄응."

성호는 강대수가 자는 것을 확인하고 불을 끈 후 문단속을 했다. 그러고 나서 차에 올랐다.

"저 형사님은 살아가는 낙이 뭘까요?"

보조석의 여도윤의 질문에 성호는 묵묵부답이었다. 여도윤이 이어 말하였다.

"범인 잡는 일 말고는 생각할 일도 없겠죠? 부럽기도 하고, 측은해 보이기도 하고 그러네요. 아무튼 시간은 잘 가겠네요. 범인 잡느라."

펜션에 도착하니 밤 11시가 지나 있었다. 또다시 삼보섬에 밤이 찾아왔다. 샤워를 마친 성호는 강대수와 여도윤이 챙겨준 자료들과 편지에 대한 필적 감정서 등을 다시 읽어보다가 덮었다.

생수를 넣고 끓이던 주전자 뚜껑이 들썩들썩거렸다. 커피를 한 잔 타서 마시고 식탁 의자에 앉아서 잠깐 휴식을 취했다. 슬슬 피로가 몰려왔다. 현장 조사 결과와 사건 요약 그리고 사건에 대한 의견을 보고서 형식으로 만들어나갔다. USB에 저장해온 운림산방에서 받은 CCTV 파일도 훑어보았다. 박민숙과 접촉한 사람들을 유심히 보았다. 한창 일을 하다 보니 삼보섬 사건 관련하여 공문서를 이메일로 보내는 일을 깜빡했다는 것을 깨달았다. 성호는 이메일을 보내고 다시 침대에 누웠다. 바람이 거세게 부는 것 같았다. 펜션 베란다 옆으로 난 자그마한 문이 덜거덕거렸다.

문이 열린 걸까?

성호는 일어나서 베란다 옆 쪽문으로 향했다. 문이 열려 있었다. 자물쇠를 한참이고 맞추어 돌리면서 간신히 잠갔다. 자물쇠가 고장 나서 제대로 잠기지 않은 것 같았다. 어제도 오늘도 문을 연 채로 자고 나다녔던 것일까? 하지만 상관없었다. 귀중품도 없고 이곳에는 접근할 사람은 더더욱 없었다. 그러나 기분이 찝찝했다. 생각을 떨쳐내려 애썼다. 다른 생각이라도 하려고 하였다.

고양이는 깨달음으로 죽이지 않을 수 있다.

저녁식사 자리에서 여도윤이 했던 말이 생각났다.

고양이라는 단어를 접하거나 집 근처 길고양이를 볼 때마다 연상되는 단어가 있었다.

안타까움.

고양이에 대한 연상 단어였다. 초등학교 5학년 때 지독하게 못되게 굴던 남자아이와 같은 반이었다. 이름이 홍태기, 영원히 못 잊는 이름이다.

태기는 학교 근처 공터에 아이들을 자주 불러 모았다. 모닥불을 피우고 그 주위로 돌멩이들을 쌓아서 화톳불로 키운 후, 아이들을 일렬로 세워놓았다. 공터에 심심찮게 버려져 있던 꽁초들을 모아서 불을 붙이고 싫다는 아이들에게 억지로 물렸다. 엄마와 떨어져 살고 있다던 태기는 잔인한 본성을 곧잘 보여주었다. 남의 집에 몰래 들어가 마당에 있던 개를 가위로 위협하고 귀를 찢어놓거나, 뒷산에 불을 놓아서 소방차가 출동하게 만든 적도 있었다.

한번은 이런 일도 있었다. 그날도 태기가 불러 성호는 공터로 나갔다. 반 아이들이 둘러선 가운데에는 고양이 한 마리가 배가 갈려서 죽어가고 있었다. 열린 뱃가죽 사이로 붉은 내장이 보였다. 끔찍하였다.

누가 이렇게 만들었는지 짐작이 가고도 남았다. 하지만 태기는 이렇게 말했다.

"새끼들아, 내가 너희들 왜 불렀는지 알아? 이 고양이 내가 키우던 건데 누가 이렇게 죽여놔서 범인 잡을려고!"

거짓말이었다. 감히 이런 짓을 저지를 아이는 달리 없었다.

"그런데, 범인이 누군지 알고도 남을 것 같단 말이야. 한가한 남자, 한남기! 너 이리 나왓!"

한가한 남자, 남기의 별명이었다. 남기는 또래보다 키가 작았지만 살집은 꽤 있었다. 항상 조용한 아이였다. 맨 앞에 앉아 하루 종일 말 한마디 하지 않던 아이. 남기는 태기의 껌 같은 상대였다. 가장 만만하고 때리기 좋고, 왕따 만들기 쉬운 아이였다. 별명도 태기가 붙여준 것이었다.

"야, 한남기. 너지? 니가 죽였지? 너 이리 안 나와?"

태기는 못이 박혀 있는 각목을 들어서 끝에 불을 붙였다. 연기가 피어오르는 각목을 든 태기의 모습은 아이가 아니었다. 어른이었다. 아니, 얼굴은 악마 그 자체였다. 남기가 비죽비죽거리면서 다리를 옴짝달싹하였다. 남기 말고도 다섯 명이나 일렬로 서 있었으나 그 누구도 말을 꺼낼 수 없었다.

"한남기, 어서 나오라니까!"

"내, 내가 안 죽였어⋯⋯."

"뭐라고!"

부정은 분노를 불러일으킬 뿐이었다.

"너, 이 새끼야!"

홍태기가 각목을 들어 남기를 내리쳤다. 남기가 쓰러졌다. 이마에서 피가 흘러나왔다. 고양이 옆에 쓰러진 남기의 발목을 태기가 발로 거세게 밟았다.

"야, 안 때리고 뭐해?"

남자아이들이 둘러서서 남기를 때렸다.

"이 새끼. 바지 벗겨!"

남자애들이 머뭇거렸다. 화가 난 태기가 버럭 고함을 쳤다.

"어서 벗겨!"

이러면 안 된다는 것을 잘 알고 있었지만 아이들은 태기가 무서웠다. 한 아이가 엎드려서 남기의 바지를 억지로 벗겨냈다. 그 순간, 호루라기 소리가 크게 들렸다.

"야, 경찰이다. 뛰엇!"

멀리서 연기를 보고 순찰 돌던 경찰이 주의를 준 것이었다. 모두들 도망을 쳤고, 성호는 뛰어가다 뒤를 돌아 남기가 무엇을 하고 있나 보았다. 남기는 그대로 바닥에 엎드린 채로 손가락을 뻗어서 죽어가는 고양이를 쓰다듬어주고 있었다.

소름이 끼쳤다.

안타까움, 훗날 죽어가던 고양이를 떠올릴 때마다 그 단어가 연상되었다. 그리고 연달아 홍태기의 악마 같은 눈동자, 한남기의 한없이 슬픈 표정이 떠올랐다. 재개발촌 판잣집 동네의 아이들 대부분이 부모 중 한 명은 없었고, 낮 시간에 부모들은 모두 일하러 나갔다. 보살핌을 받지 못하고 거칠어질 대로 거칠어진 아이들은 엄청난 학교폭력을 저지르고도 법적으로 나쁜 일이라는 게 명확하게 규정되지 않던 시절이라 그저 철없는 장난으로 치부된 채 모든 게 흑막에 가려졌다. 하지만 분명 한남기는 자신이 당한 폭력을 기억하고 있을 것이다.

똑똑, 노크 소리가 들렸다.

"누구세요?"

"저 옆방 여도윤입니다. 벨 누르면 너무 시끄러울까봐서요."

벨소리를 듣고 민원 넣을 누군가도 없지 않은가?

성호는 문을 열어주었다. 간편한 트레이닝복을 입은 여도윤은 세방 펜션에서 가져온 비닐봉투에 든 타다만 종이 쪼가리를 보여주었다.

"대략적인 필적 감정을 해봤는데 괴편지 쓴 사람과는 전혀 다른 사람이에요. 먼저 편지에는 'ㅇ' 부분이 오른쪽에서 왼쪽으로 돌리는 방식으로 썼는데, 이 종이에는 그 반대 방향으로 쓰여 있구요. 동그라미 크기도 전혀 다르고, 편지의 'ㅇ'은 찌그러진 데 반해, 종이 쪼가리는 무척이나 둥그렇죠. 다른 사람 필적입니다. 이외에도 'ㅅ'이나 'ㅈ'이 다른 방식으로 쓰여 있어요."

성호는 편지와 종이 쪼가리를 비교하다 수긍하는 표정으로 입을 열었다.

"좋습니다. 그렇다면 이 종이는 김희진이 써놓고 어디론가 잠적하였다고 칩시다. 하지만 강제로 작성했을 수도 있고, 무엇보다 누가 이것을 드럼통 속에 넣고 불을 질렀나가 궁금해집니다."

"그건 저도 잘 모르겠어요. 형사님들이 조사하다 보시면 나오겠죠. 뭐, 친척 중 하나가 내려와서 정리하고 돌아갔을지도 모르고요."

"그럴 수 있겠죠."

여도윤이 방 안을 훑어보고 물었다.

"담배 안 피시나 봐요? 하긴 제 앞에서도 한 번도 안 태우시니. 형사들은 술과 담배를 입에 붙이고 산다는 것도 옛말이죠? 술을 자주 마시면 알코올성 치매, 뭐 그딴 병에 걸린다잖아요. 그래도 가끔은 사건이 안 풀리면 드시고 싶지 않나요?"

성호는 여도윤이 주절거리는 의미 없는 말이 약간 부담된다고 여겨졌지만, 이 외딴곳에 말 걸어주는 사람은 그밖에 없다고 생각하니 잠깐 상대나 해줘야겠다고 생각했다.

"그렇기도 하죠."

"참, 김성호 경사님은 어릴 때 꿈이 뭐였나요? 경찰이었나요?"

글쎄, 기억이 나지 않았다.

"생각이 잘 안 나는데요?"

"아까 낮에 괴편지의 변속팔조 해석 구절을 그대로 기억해내는 걸로 보아 기억력이 굉장히 좋다고 생각했는데, 의외네요?"

성호는 고개를 저었다.

"단기기억은 괜찮아요. 경찰 시험 치를 때도 시험과목 책들을 줄줄이 외웠죠. 하지만 어릴 때 머리를 사고로 다쳤고, 그때 이전 기억을 많이 잃었어요. 단편적으로 떠오르는 것은 있는데, 그 이외는 카메라 사진 원 샷 투 샷 찍은 것처럼 거의 한 장의 단편 이미지만 있고 아무것도 없어요. 하지만 가끔은……못 잊고 사는 것도 있죠."

말을 마치면서 고양이의 죽음, 잔인한 홍태기, 불쌍한 한남기 그리고 안타까움이라는 단어가 떠올랐다.

"아, 그러세요? 근데 어릴 때 왜 다쳤어요?"

"글쎄요. 그것도 잘⋯⋯."

어디에선가 떨어졌던 것 같기는 한데 기억이 나지 않았다. 사고를 당한 장소는 어렴풋이 짐작되기는 한다. 머리에 붕대를 감고 깨어난 곳은 하얀 벽지가 발라진 병실이었고, 엄마가 슬픈 표정으로 지켜보며 이름을 불렀다. 성호는 엄마를 보면서 까마득한 잠 속으로 빠져들었다. 그리고 다시 깨어났을 때에는 엄마와 아빠가 다정하게 성호의 손을 한쪽씩 붙잡고 있었다.

"머리가 다치셔서 그 이전 기억이 많이 사라지셨나 보다. 왜, 두부외상에 의해서 기억이 상실될 수도 있죠. 제가 예전에 의학에 관심 있어서 공부를 좀 했었는데, 기억장애는 의식장애가 있는 시점부터 과거로 거슬러 올라가며 기억이 안 떠오르는 역행기억상실이 있어요. 혹은 의식장애 시점부터 회복 시간까지의 기억이 없어지는 전향기억상실이 있죠. 김성호 경사님은 아마 역행기억상실이었던가 보네요. 그리고 별개로 심인성 기억상실이라고, 특별히 겪은 공포 때문에 기억의 문이 닫히는 경우도 있죠."

여도윤은 이 말을 하면서 성호를 빤히 쳐다보았다. 성호는 그의 시선을 피하면서 입을 열었다.

"저 이런 얘기하고 싶지 않네요."

성호는 은근슬쩍 기분 나쁘다는 투로 말했다. 여도윤이 두 손을 저었다.

"죄송해요. 그냥 말이 길어지다 보니까 그랬네요. 증거는 두고 갈게요."

성호는 비닐에 든 종이 쪼가리를 내려다보고는 문을 잠근 후에 침대에 누웠다.

"역행기억상실이라."

여도윤이 했던 말을 되짚어 보았다.

항상 궁금했다. 왜 머리가 다친 이유를 기억하지 못하는 걸까? 장소는 학교 옥상이었던 것 같은데 왜 옥상에 올라갔는지 도통 기억이 나지 않았다. 그 사고 이후로 오랜 동안 심리치료를 받았다.

정신과 놀이치료실에 데리고 가던 어머니는 치료를 받는 이유를 말씀 안 해주었다. 다만 머리 상처를 낫게 하는 과정이라고 하였다. 놀이치료에 들어간 성호는 찰흙으로 부모님 얼굴을 표현하였고, 화나는 감정을 있는 그대로 솔직하게 말하였다. 그리고 그림으로 마음속에 든 상상을 표현해나갔다.

사고 이후 달라진 것이 있었다. 성호는 이사를 가게 되었고, 영원히 홍태기, 한남기를 볼 수 없었다. 병원에도 그들은 찾아오지 않았고, 겨울방학 중이라 만나지도 못한 채로 헤어진 셈이었다. 다행이라면 다행일까. 그들과 헤어진 것은 인생의 새로운 전환점이 되었다. 좋은 학군으로 이전한 후 면학 분위기가 되었고, 성적도 올랐다. 집안 분위기도 나아졌다. 모든 게 새롭게 시작되었고, 전학 전의 음울하고 구질구질했던 가난한 동네와 초라한 학교 건물을 잊었다. 그리고 끔찍하였던 그 공터, 텁텁한 담배꽁초 맛은 다시는 겪지 않아도 되었다.

몸을 일으켜 침대 가에 발을 내리고 한숨을 내쉬었다. 사고 이전의 기억을 떠올리려고 노력할 때마다 끔찍한 편두통이 시작되었다. 그 후부터는 기억을 애써 떠올리지 않았고 사고 자체를 잊었다. 그런데 그 일들이 여기 삼보섬에 와서 외롭고 쓸쓸한 밤을 맞으면 새삼 떠올랐다.

한편으로 후련한 감정도 들었다. 홍태기와 한남기가 등장하는 그 공터에서의 일은 꿈속에서만 등장하니까. 현실의 일은 아니니까.

달도 모습을 감춘 밤이었다. 검은 등산복을 입고 후드 모자까지 깊게 눌러쓴 남자가 바닷가 갯벌 사이의 방파제 뒤쪽에서 모습을 드러냈다. 남자는 희미한 가로등 불빛 하나에 의지해 눈을 크게 뜨고 맞은편을 확인하려 하였다. 저만치 사람이 천천히 걸어오는 실루엣에 남자는 모자를 벗고 씩 웃어 보였다.

"리얼러브 님, 반갑습니다."

남자가 내미는 오른손을 상대방 남자 리얼러브는 모른 척하였다. 남자는 오른손을 바지에 쓰윽 닦아 주머니에 넣었다.

"이거 오프라인에서 보면 영 어색한 게 사실이거든요."

두 남자는 가로등을 등지고 갯벌을 지나 조개와 불가사리 잔해, 모래와 자갈이 뒤엉킨 거친 모래사장 길을 쭉 따라 걸었다.

"편지를 보내주신 것은 정말 오래도록 감사하게 생각합니다."

리얼러브는 남자의 감사한 표정과 치사에 관심이 없다는 듯 하늘을 보았다.

"들키지는 않을까요?"

남자가 우려를 담아 물었다.

"증거가 드러나지 않는다면 괜찮습니다. 어디에 두었나요?"

등산복 남자는 헛헛거리며 웃다 리얼러브를 보고 얼굴에 주름을 지어가며 애써 미소 지었다.

"땅입니다."

"파묻었습니까?"

"아뇨, 논밭에 그냥 있죠."

"그럼 살아 있다는 말씀입니까?"

"글쎄요, 히히. 내게는 그 여자들은 이것과 같습니다."

등산복 남자는 모래사장에서 모습을 반쯤 드러낸 커다란 굴 껍질을 납작 바위 위에 올려놓았다. 그리고 발을 높게 들어 콱 짓이겼다. 굴 껍질이 뽀득 소리를 내며 산산조각이 났다.

"사실은 그래서 말인데, 좀 보여드리고 싶은 게 있습니다. 내일 시간 되십니까? 히히. 자랑하려는 것은 아니고요."

리얼러브는 사내의 물음에 답이 없이 그냥 걷고만 있었다.

"근데 리얼러브 님은 왜 나를 돕는 거죠?"

등산복 남자가 잠시 멈춰 서서 리얼러브를 살피며 질문을 던졌다.

리얼러브는 눈빛에 결연한 마음을 담고 대답하였다.

"저는 정의실현을 위해 이 일을 합니다."

등산복 남자는 알겠다는 듯 고개를 약간 끄덕이면서 리얼러
브와 함께 모래사장 끝까지 걸어갔다. 구름 속에 가려진 달이
희끗한 빛을 드러내면서 모래를 비추었다. 잔잔한 파도 소리와
함께 밀려들었다가 빠지는 바닷물이 달빛을 받아 선연한 검푸
른색을 발산하고 있었다.

6. 어둠의 발현
(1월 16일 수요일)

잠에서 깨어난 성호는 휴대폰 시간을 확인하였다. 6시 30분이었다. 어제도 그럭저럭 잠을 잘 수 있었다. 맑은 공기 덕분인가. 숙면한 덕분에 기분이 상쾌했다. 창을 열고 베란다로 나가서 바다를 보았다. 뿌연 안개가 해상 위로 가득하였다. 수평선이 는개로 뒤덮여 있었다.

아무도 거닐지 않는 바닷길.

성호는 간단하게 세수를 하고 운동복 차림으로 펜션을 나서 바다로 향하였다. 해안가로 이어지는 돌계단을 찾아 나섰다. 제법 경사가 급한 비탈길에 위치한 돌계단을 천천히 디디면서 내려갔다. 자갈과 조개껍질이 가득한 길을 걸어서 바다로 나갔다. 운무가 시야를 어지럽혔다. 사람이라고는 아무도 볼 수 없었다. 바다, 자갈, 안개와 바람 그리고 성호뿐이었다. 저 멀리 돌섬처럼 보이는 것이 안개 속에서 가끔씩 머리를 드러냈다. 천천히 바다로 걸었다. 얕게 흘러내려가는 바닷물이 다시 성호의 발치에 다가와 머물렀다. 안개는 짙었다. 삼보섬에서 벌어진 모든 사건들도 이 안개 속에 들어앉으면 절대로 드러나지 않을 것처럼 여겨졌다. 성호는 발부리에 차이는 돌을 주워들었다. 굴 껍질이 다닥다닥 달라붙은 돌이었다.

"경사님."

안개를 가르고 사람의 목소리가 들렸다. 고개를 들어보니 여도윤이 야상 점퍼를 걸치고 나와 있었다. 수염을 깎지 않은 까칠한 얼굴이 안경 밑으로 보였다.

"잠 잘 주무셨어요?"

"네."

"삼보섬은 안개가 참 짙네요."

성호는 여도윤과 나란히 서서 잠시 바다를 바라보았다.

"들어가요. 춥네요."

성호의 제안에 여도윤이 고개를 끄덕였다.

"오늘 저는 경찰서에 안 나가봐도 되죠? 미술관 자료 조사 일 좀 하려구요. 이따가 삼보섬군청에 태워다만 주세요. 그 옆에 소전미술관 가려고요."

"알겠습니다."

여도윤과 성호는 펜션으로 향하는 비탈길에 난 돌계단을 천천히 올라갔다.

　강남경찰서 수사과는 보이스 피싱과 관련하여 용의자들을
여럿 검거하여 조사 중이었다. 수사과 사무실에 20대 초반으
로 보이는 여성이 들어섰다. 조사를 받던 피의자들, 수사과 경
찰들 시선이 일시에 늘씬하고 스타일 좋아 보이는 여성에게 쏠
아졌다. 무스탕 점퍼에 레깅스, 발목까지 오는 검정 부츠를 신
었지만 온몸에서 섹시한 느낌이 흘러나왔다. 허리까지 오는 검
은색 생머리가 인상적이었다.

　"저어, 여기 사이버수사팀 이주영 순경님 자리가 어디예요?"

　경찰 제복을 갖춰 입은 의경이 두 볼이 붉어져서는 손가락으
로 정중하게 가리키며 앞장을 섰다.

　"이주영 순경님, 안녕하세요. 강예모입니다."

　사무실 남자들의 시선을 확 끌어 모은 여성은 이주영의 안내
로 진술실로 향했다. 진술실에서 이주영은 강예모에게 커피를
건넸다.

　"감사합니다."

　"저는 주간파 운영자라면 당연히 남자분인 줄 알았어요."

　지난해 11월경 하나리의 고소로 경찰서에 회원정보를 알려
주려 온 사람은 주간파 사이트 운영 회사의 직원이었다. 이번
에 이주영은 주간파 운영자에게 경찰 신분과 소속을 밝히고 면
담을 요청하는 이메일을 보내서 강예모와 직접 만나게 된 것이

었다.

"많이들 그렇게 알고 계시죠. 사실은 제가 여자라는 것은 주간파 운영 지원해주는 직원들만 아는 비밀이에요."

"나이가 무척 어려 보이는데요?"

강예모는 고개를 저었다.

"겉만 이렇지 속은 늙었어요."

"여기 오시라고 한 이유는 하나리, 이준희 사건과 연관하여 관련 글이나 댓글을 단 모든 주간파 회원들의 신원을 파악해야 되겠어서 특별히 협조를 부탁 드리려는 겁니다. 특히 김성호 경사님 신상을 해킹해서 가장 먼저 올린 회원은 특별 조사 들어가려 합니다."

강예모는 입매를 찌그리고 머리를 뒤흔들었다. 눈에는 안타까운 느낌이 들어 있었다.

"죄송해요. 그럴 수는 없어요. 주간파는 익명으로 글을 올릴 수 있다는 것이 큰 장점으로 작용하고 있어요. 휴대폰 번호 실명 확인만 거친 이름으로 쉽게 가입할 수 있지만, 신원은 저희가 비밀 유지를 해주죠. 예전에는 저희가 뭘 몰라서 신원을 경찰에 건넸지만 이제는 변호사 자문도 받았어요. 영장을 주시지 않으면 거절할 수밖에 없어요."

이주영이 난감한 표정으로 말했다.

"지금 김성호 경사님이 신원이 털려서 불이익을 보고 계세요. 이준희가 자살 미수로 의식이 없어서 장기미제사건이 될 염려가 있구요. 제2의 사건도 일어날 수 있습니다. 우리는 이준희 사건과 관련 글을 올린 사람들의 신원을 모조리 파악하여 그 중에서 용의자를 새롭게 추릴 예정입니다. 김성호 경사님 신원정보를 해킹한 회원과 하나리 살인사건 범인과 연관성도 염두하고 있고요."

강예모가 잠깐 고개를 들고 얼굴을 찌푸리며 생각하다 두 손을 꽉 쥐었다.

"우리 측도 이번 사건으로 피해를 많이 봤어요. 이번 일로 광고도 떨어졌다고요. 웹사이트 광고는 등록한 회원 수에 따라서 단가가 정해지는데, 신원정보를 경찰 측에 넘기는 바람에 수천 명의 회원들이 탈퇴를 했어요. 앞으로는 법적인 공식절차를 밟아주세요."

이주영이 도저히 이해할 수 없다는 듯이 따졌다.

"돈 때문이라면 상업적 이유로 공익에 위반하는 일을 하시고 있는 겁니다."

"저희 주간파는 처음에는 인터넷 쇼핑몰로 시작을 했죠. 유니섹스 남녀공용 의류를 팔았는데, 자유게시판에 몇몇 정치적인 성향을 담은 글들이 인터넷 여기저기 SNS로 퍼지면서 인기를 끌었죠. 초창기에는 고생 좀 했죠. 밤새워서 운영팀들이 서버를 점검하고 음란성 글들은 지워버리고 있지만 자발적인 정보와 자료들이 자율적으로 돌아가면서 또 다른 권력이 형성됐어요. 게시판 이용자들이 갑이 된 거죠. 그들이 정보를 올리고,

퍼나르고 하면서 정치적 의견의 한 흐름을 형성해요. 아무리 제가 운영자라고 해도 이제 개인이 판단해서 함부로 회원들 정보를 넘길 수 없어요."

이주영이 단호하게 말했다.

"하나리 살인사건과 유사한 제2, 제3의 사건이 일어나면요? 그때도 같은 말을 하실 건가요?"

강예모는 결심이 선 눈빛을 보내며 답했다.

"주간파 회원 중에 그런 범인이 있다는 증거도 없잖아요. 모두 추정에 불과하잖아요."

이주영이 화를 냈다.

"이봐요, 강예모 대표님. 그 판단을 누가 하는 건데요. 하나리 사건을 보고도 그런 말씀하십니까? 주간파 회원들이 하나리 씨 얼굴을 비난하고 심지어 살인까지 일어났어요. 강예모 씨도 그런 비난이나 신상 털기에서 자유로울 수 있나요?"

강예모는 코웃음을 치고 말을 이어나갔다.

"나는 트위터나 페이스북, 블로그를 절대 하지 않으니까요. 걱정 마세요. 험한 사회에서 살아남고 싶으면 인터넷에서 모든 정보를 지우고 회원 가입도 하지 말아야죠. 저 같은 개념 있는 운영자가 아니라면 경찰에 회원 정보 털어주고 말겠죠. 그러면 장난 글 하나 올린 정도로도 누구나 살인 용의자로 몰릴 수 있어요."

이주영이 작게 숨을 내셨다. 강예모의 말은 틀린 게 하나도 없었다.

"수많은 사람들이 주간파 사이트를 손가락질하죠. 저도 제가 운영자라는 것을 가족에게도 밝히지 않았어요. 하지만 저희는 인터넷상의 힐링 역할을 담당하고 있다고 자부해요. 사회 쓰레기들 분리수거하면 주간파 하는 애들이 제일 먼저 가득 찰 거라고 하는데, 누구도 우리가 쓰레기인지 아닌지 함부로 판단할 수 없어요."

"좋아요. 회원 신상정보는 우리 나름대로 알아보도록 하죠. 하지만 김성호 경사님에 관한 글은 삭제 부탁 드립니다. 그렇지 않으면 수사진행하도록 하겠습니다. 명예훼손과 신원정보 도용, 공무집행 방해혐의로요."

이주영의 강한 어조에 강예모는 싸늘한 표정으로 답하였다.

"그 정도는 제가 알아서 할게요. 할 말 끝나셨으면 이만 저도 출근해야 돼서요. 경찰이 인터넷 검열하는 시대는 지났잖아요?"

강예모는 흡사 여전사처럼 하고 싶은 말을 다 쏟아내고 나서 진술실을 나갔다. 이주영은 강예모의 뒷모습을 지켜보기만 하였다.

이주영은 입을 꽉 깨물었다. 경찰직을 수행하면서 이렇게 수모를 당하기는 처음이었다. 일단 주간파 회원들의 신원을 요구하는 영장 청구를 하여야겠지만, 개인 정보에 관한 새로운 법률이 통과되어 정보를 캐내는 일이 무척 엄격해졌다. 법원에서 단시간 내에 허가를 받아내기가 쉽지는 않을 것 같았다.

경찰들만 물먹는구나.

모든 일에 영장을 받아내야 하느라 수사가 더디게 진행되는 일이 허다했다. 반면 심부름센터는 택배회사 직원을 매수해 회원들의 휴대폰 번호, 실주소 거주지 같은 개인정보를 쉽게 알아낸다. 게다가 사이트를 해킹해서 회원 정보 리스트를 지니고 있는 불법 업체에 돈을 주고 정보를 사기도 하였다.

경찰이 민간업체에 돈을 주고 신원정보를 알아내는 시대가 온 것일지도 몰랐다. 수사 방향을 약간 바꿔야겠지만 일단 김성호 경사에게 돌아가는 상황을 메일로 보고를 하는 게 좋겠다는 생각이 들었다.

성호는 펜션에서 출발 직전에 노트북으로 이메일을 확인하고 나서 이주영에게 전화를 걸었다.

"이주영 순경님. 저 김성호입니다. 보내주신 메일 잘 보았습니다."

"일단 수사를 좀 더 진행해봐야겠지만 저희도 나름대로 주간파 회원들의 신상정보를 알아보려고요. 비슷한 아이디를 찾아내서 페이스북이나 네이버 등에 아이디가 있는지 알아보고 주간파와 포털사이트 양쪽에 정보 요청하는 영장을 청구할 예정입니다. 그리고 주간파 동향은 계속 확인해보고 다시 연락 드릴게요. 다행히 김성호 경사님에 관한 글은 많이 줄어들었어요. 회원들의 관심은 일주일을 넘기지 못하는 성향이 있으니까요. 운영자에게는 관련 글을 삭제하도록 부탁했습니다."

"감사합니다. 저도 여기 사건 일 마치는 대로 서울 가서 도움 드리겠습니다."

성호는 간단하게 통화를 마치고 샤워를 하였다. 면도를 하면서 화장실 창문으로 뒷산을 보았다. 낮고 길쭉하게 옆으로 난 창문으로 겨울산 풍경이 눈에 들어왔다. 죽은 풀들과 낙엽 그리고 낮게 뻗은 나뭇가지들이 황량한 겨울 느낌을 물씬 풍겼다. 안개는 어느새 걷혀 있었다. 안개와 미스터리 그리고 외로움이 가득한 섬에 와 있다는 느낌이 들었다.

준비를 마치고 차가 서 있는 곳으로 가니 이미 여도윤이 나갈 채비를 한 채 서 있었다. 체크무늬 셔츠에 패딩 조끼, 청바지를 간편하게 걸친 차림새였다. 작은 배낭 하나를 어깨에 메고 있었다.

"갈까요?"

성호는 시동을 걸며 내비게이션을 소전미술관으로 맞추어 놓았다.

"안내를 시작하겠습니다."

낯익은 내비게이션 기계음이 흘러나왔다. 히터가 차 안 냉기를 덥히자, 성호는 차를 돌려서 해안도로로 향했다. 차가 빠르게 달려 나갔다. 겨울산, 바다의 풍광을 뒤로 하고 삼보섬군청 인근 미술관 방향으로 향하였다. 중간 중간 농가가 하나둘 보였고, 십자가를 머리에 인 교회 건물도 보였다. 농사를 지으러 나온 농부들 모습도 가끔 보였다.

"공기가 정말 시원하죠?"

여도윤이 창문을 열고 물었다. 성호는 말없이 운전에 집중하였다.

"외롭지만 않다면 여기도 괜찮겠는데요, 살기에는."

성호는 잠깐 횡단보도 앞에 멈춰 섰다. 여도윤의 말이 이어졌다.

"밤에 무섭지 않으셨어요?"

"네?"

"아, 아니에요. 그냥 제 헛소리라고 여기세요. 펜션이 너무 외딴 데 있는 것 같아서 밤에 무섭더라고요. 달가닥거리는 소리도 나고."

"바다 바람 소리겠죠."

"그야 그렇겠죠. 자기 전에 케이블 TV에서 너무 무서운 이야기를 봐서 그런가 봐요. 한 중년 여자가 밤마다 귀신을 보면서 내림굿도 받고 그러는 재현 프로그램인데 민속학 연구하는 입장이지만 너무 연출을 무섭게 해서 솔직히 깜짝 놀랐어요. 글쎄 침대 밑에서 귀신 얼굴이 튀어 나오더라니까요."

성호는 풋 웃었다. 밝은 아침에는 웃을 수 있는 이야기지만 밤에 자신도 그 프로그램을 보았다면 어떨지 장담을 못 했다. 그것도 이런 낯선 곳, 사람 한 명 볼 수 없는 곳이라면 더더욱 어떨지는 몰랐다.

경찰은 공포를 모른다고 일반인들은 오해를 많이 한다. 실제로 시신을 접하고 죽은 자의 사진을 들여다보니까. 하지만 인간은 누구나 똑같다. 예외가 없다. 죽음, 그리고 신령한 것에 대한 외경심과 두려움은 누구에게나 있다.

"그냥 그렇다고요."

여도윤은 거기서 입을 다물었다. 차는 어느덧 해안도로를 시원하게 빠져나가서 시내로 향하는 좁은 도로로 접어들었다. 성호는 여도윤을 삼보섬군청 옆에 위치한 소전미술관에 내려주었다. 삼보섬에서는 보기 드문 멋진 건물이었다. 하얀 대리석 기둥과 천연벽돌로 이뤄진 건물로 앞뜰에 정원이 널찍하게 자리 잡고 있었다.

"이따가는 저 혼자 숙소로 돌아갈게요. 걱정 마세요. 저번에 펜션에 픽업 오셨던 택시기사분 명함 받아두었거든요."

"네, 알겠습니다."

성호는 차를 돌려서 경찰서로 향하였다. 백미러로 소전미술관에 들어가는 여도윤의 뒷모습이 보였다.

경찰서 사무실에 오영식과 강대수, 성호가 모여 앉아서 토론을 벌였다.

"먼저 여도윤 학예사가 간략한 필적 감정을 하였는데 어제 펜션에서 발견된 타다만 종이에 적힌 글씨는 의문의 편지와는 다르다 했습니다. 궁금한 것은 왜 누가 거기까지 가서 종이들을 드럼통에 넣고 불을 붙였느냐는 것입니다."

오영식이 밝은 표정으로 답했다.

"아, 그 부분. 저도 오늘 이른 아침에 갑자기 궁금해서 전화로 김희진 씨의 가족에게 물어보니 친척 오빠 되시는 분이 목포에 내려올 일이 있어 들렀다가 쓸데없는 것들은 태우고 가셨대요."

"좋습니다. 이번에는 두 번째 안건, 어떻게 운림산방에서 가져온 폐쇄회로 화면에 쓸 만한 증거가 나왔습니까? 제가 어제 살펴본 바로는 뚜렷한 것은 없었습니다."

오영식이 수첩을 열고 말하였다.

"실종사건 일주일 전부터 자세히 보았는데, 박민숙 씨는 거의 대부분 매표소에 있었고요. 간혹 화장실 가려고 나오고 식사 시간 정도에 나오고 했습니다. 단체 손님들 표를 끊어주려고 주차장으로 나갔던 때도 있습니다. 그런 일 외에 밖으로 나온 정황은 없습니다."

강대수가 무릎을 탁 쳤다.

"가만있자, 혹시 버스 운전기사나 뭐 그런 사람 아냐? 그러니까 자꾸 밖에서 만나게 되고, 왜냐면 그런 사람이라면 주차장에 오래 머물 테니, 박민숙이 그리로 갈 거고 말이야."

"그렇다면 목포에서 관광 오는 대절버스를 조사해볼까요? 주차창 CCTV 자료도 수거해 왔는데 밤을 새워서라도 다 보겠습니다."

오영식의 말에 강대수가 난감한 표정을 지었다.

"그게 서울서도 버스 대절해서 많이들 올 거 아니야? 참, 운림산방에 물어봐서 실종 당일 날과 가까운 날에 왔던 대절버스나 관광회사를 조회해봐."

성호가 고개를 저었다.

"저는 서울이나 타 지역보다는 삼보섬에 근거지를 둔 사람이 관련되어 있을 거라고 추정합니다. 제가 판단하기에는 만일 실종사건이 한 인물에 의한 범행이라면 이 범인은 계획을 철저하게 세우고, 증거도 안 남기고 CCTV에도 잡히지 않았고, 피해자들과 휴대폰으로 연락도 주고받지 않았습니다. 면식범이거나 쉽게 접근 가능한 사람입니다."

"그건 맞아. 우리가 세 명 다 조사를 했는데 별다르게 수사망에 잡히는 수상한 남자, 특히나 겹치는 남자는 없었어. 통화기록 조회에서도 가족이나 고객 외에는 없었고 말이야."

강대수가 응수하였다.

"좋습니다. 그리고 지금까지 4개월이 지났는데 시신도 흔적도 행적도 없습니다. 가족에게도 연락이 없었습니다. 만약 이들이 타살되었더라면 범죄자는 시신을 흔적도 없이 처리한 것입니다. 이런 일이 어떻게 가능할까요?"

"바다에 버린 것은 아닐까요?"

"그 가능성도 있죠. 하지만 파도의 특성상 다시 육지로 떠내려와 발각될 염려도 있습니다."

성호는 가운데 손가락으로 책상을 반복적으로 두드리면서 입을 열었다.

"그런데 가장 이상한 점은 왜 그딴 식의 괴이한 편지를 우리에게 보냈는가 하는 점입니다. 범인은 자신이 노출되는 것을 극도로 꺼리고 잡히지 않으려고 노력했습니다. 시신의 처리도 깔끔하게 하였고요. 그런데 왜, 우리에게 접근을 하는지 그 점이 수상합니다. 혹시 다른 사람이 아닐까 싶지만, 분명 편지를 보낸 이는 운림산방에 들렀다는 게 변속팔조 문구에 의해 드러났죠. 범인이거나 공범이 확실합니다."

오영식이 고개를 갸우뚱하면서 의견을 내놓았다.

"조금 엉뚱한 추정일지 모르지만, 괴편지를 쓴 남자가 경찰 중 누군가를 통한다면 혹시 팀장님이 권여일 계장님한테 사람을 보내달라고 요청한다는 것도 알 수 있을지 모릅니다. 그렇다면 편지의 '너'는 김성호 경사님을 가리킬지도 모릅니다. 게다가 김성호 경사님은 알게 모르게 유명하세요. 신문에서 인터뷰 한 것도 본 기억이 납니다."

몇 번 안 되었지만 그럼에도 언론의 영향력은 무척 강력하였다. 인터뷰 신문 기사가 여러 번 SNS를 통하여 재생산되었고, 경찰이 꿈이라는 학생의 블로그에까지 옮겨지기도 했다.

"그렇다면 김성호 경사님도 자유롭지 못한 게 아닐까요? 이렇게나 꼼꼼하게 계획을 세우는 놈이라면요."

성호는 심각한 표정을 지었다. 강대수가 한숨을 푹 내쉬었다가 두 손을 깍지 끼고 의자 등받이에 몸을 깊숙이 기대었다. 그때 사무실 전화가 울렸다.

"어? 112 콜센터 연결 전화인데요?"

오영식이 전화를 받았다.

"네, 삼보섬경찰서 강력범죄수사팀입니다. 네, 네."

오영식이 전화를 끊고 다급하게 말했다.

"신고 들어왔습니다. 편의점 있는 사거리에, 철창에 있던 백구 새끼 두 마리가 사라졌대요."

"뭐야? 지금 우리보고 개새끼 없어진 거 잡아달래는 거야, 뭐야?"

화가 난 강대수가 헌팅캡 모자를 확 벗어젖히며 말했다.

"집 근처 공터 주위를 찾아봤는데, 두 마리가 잔인하게 죽어 있더랍니다."

"어서 가봅시다."

오영식의 말에 성호가 제안하였다.

"좋아. 가보자구."

강대수가 운전대를 잡은 차는 10분도 채 지나지 않아서 편의점 사거리 인근에 위치한 공터에 들어섰다. 저 멀리 남자 세 명이 모여서 무언가를 지켜보는 모습이 시야에 들어왔다. 강대수가 먼저 뛰쳐나갔고, 성호와 오영식이 그 뒤를 따라갔다. 사람들을 비집고 들어가자 검게 탄 무언가가 눈에 띄었다.

"쯔쯔, 얼마나 아팠을꼬. 뭔 짓이야. 진돗개 새끼들한티. 썩어 자빠질 놈들."

"무슨 일입니까?"

강대수의 물음과 동시에 성호가 쭈그리고 앉아서 검게 탄 동물 시체 두 마리를 헤집어 보았다. 박홍복이 강술이, 남술이라고 부르며 소시지를 주었던 바로 그 강아지들이었다. 몸서리가 쳐졌다. 그동안 현장에 숱하게 다녀보았지만 인간의 잔인함과 마주치면 늘 오한이 났고 등덜미가 서늘해졌다. 성호가 시체를 뒤적이다가 시너가 든 200밀리리터 병을 찾아냈다. 성호는 조심스럽게 나뭇가지를 꺾어 와서 시너 병을 집어 들고는 오영식이 건네는 비닐봉투에 집어넣었다. 그리고 또다시 뒤적이다가 검게 탄 운동용 장갑을 발견하였다.

"아, 그거 어디선가 본 장갑인데."

오영식의 외침에 성호가 벌떡 일어났다.

"편의점 직원 장갑입니다."

성호, 강대수, 오영식이 빠르게 편의점으로 달렸다. 편의점 문을 열고 들어가는데 박홍복이 물건을 계산하고 있었다.

"무, 무슨 일인데요?"

박홍복이 말을 더듬자 강대수가 버럭 소리를 질렀다.

"너 이 녀석! 개들한테 무슨 짓을 한 거야? 박민숙도 니가 죽였지?"

"네?"

강대수가 달려들자 박홍복이 갑자기 와다다 뛰어나가 강대수를 밀치고 음료수 냉장고 뒤쪽에 난 쪽문을 열고 도망쳤다.

"공터 쪽으로 연결돼 있습니다!"

오영식이 외쳤고 성호는 편의점 정문으로 뛰어나갔다. 공터로 달려 나가는 박홍복이 보였다. 뒤뚱대며 달리다 공터 구석에 세워져 있던 125CC 스쿠터에 올라타 시동을 걸었다. 오영식이 쪽문으로 나와 뒤따르면서 외쳤다.

"경사님! 어서 차로 오세요!"

강대수가 편의점에서 나와 오영식이 운전하는 차에 올라탔고 성호도 뒤따라 올랐다. 경광등을 켜고서 빠른 속도로 뒤따랐다. 거대한 덩치를 실은 스쿠터가 아슬아슬하게 달렸다. 스쿠터는 개천가로 향하는 비탈길로 내달렸다. 경찰차가 뒤따랐지만 가파른 비탈길에서 돌부리에 걸려서 위태롭게 멈췄다.

"더 이상은 무리입니다."

오영식이 차를 세우고 핸드브레이크를 잡아당기면서 말했다. 강대수가 튀어나갔고, 성호도 뒤따랐다. 스쿠터가 개천으로 가다가 중간에 돌에 걸려서 콰르르릉 하는 굉음을 내며 멈췄다. 스쿠터가 넘어졌고, 헛바퀴가 돌았다. 박홍복은 땅바닥에 철퍼덕 넘어졌다가 바로 일어나 뛰었다. 강대수가 그런 박홍복을 뒤따랐다.

냅다 뛴 박홍복 앞에는 개천 물이 얕게 흐르고 있었다. 발을 내디디려다 멈칫하였다. 추운 겨울날 발을 적시기는 싫은 모양이었다.

"야, 임마, 안 잡아! 이리 돌아와."

"형사님, 저 아무도 안 죽였어요. 왜들 그러세욧? 네?"

"야, 너 진돗개 새끼는 죽인 거 맞지? 신고 들어왔어. 잠깐 조사하고 훈방해줄게."

"아니에요. 강술이, 남술이 말이에요? 제가 걔네들 얼마나 예뻐했는데. 아시잖아요? 매일 소시지 주고. 제가 왜 죽여요?"

박홍복은 성호를 보고 외쳤다.

"서울 형사님, 아시죠? 제가 그럴 리 없다는 거. 증인 좀 서주세요."

"박민숙 씨 서울 간 거 확실하게 안다고 했죠? 지난번 이야기 좀 합시다."

성호가 안정감을 실어서 차근차근하게 말을 걸었다.

"저 몰라요. 저는 그날 편의점 근무를 했다구요."

"그 증인, 성민이라는 친구 다시 불러 조사해보고 싶어요. 진짜 작년 9월 27일 편의점 근무를 했는지."

"왜들 그러세요. 오지 마요! 오지 마! 아, 씨발, 내가 안 죽였다니까!"

박홍복이 얼굴에 인상을 쓰고 버럭 소리를 질렀다. 성호가 강대수를 보았다.

"팀장님, 작년 9월 성민이라는 사람의 증언으로 박홍복이 알리바이가 확실하다고 하셨는데 CCTV는 조사하셨습니까?"

강대수가 약간 난처한 기색으로 답하였다.

"박홍복은 용의자 선상에 있지 않아서 관련자 증언으로 대체했는데."

"제가 어젯밤에 이메일로 서울에 있는 편의점 본사에 문의했습니다. 삼보섬 편의점 CCTV 자료를 받을 겁니다."

강대수가 멋쩍은 얼굴로 고개를 끄덕하였다.

"알았어. 야, 박홍복! 어서 이리로 와! 다 들었지?"

"저리 가, 저리! 난 아냐. 난 아무도 죽이지 않았어!"

박홍복이 외치면서 성호 쪽으로 와락 달려들었다. 성호가 뒤로 주춤거렸다. 박홍복은 성호를 넘어뜨리고 도망가려 했다. 이때 강대수가 박홍복을 덮쳐 손목을 꺾었다.

"으아악. 이거 놔! 놓으란 말이야! 아, 씨발!"

오영식의 도움으로 수갑을 채우고 완력으로 간신히 경찰차에 태울 수 있었다. 성호는 바지에 묻은 흙을 털면서 간신히 일어났다.

"괜찮은가?"

성호는 난감한 표정을 지으며 인상을 찡그렸다. 두 손으로 얼굴을 감싸고 한껏 인상을 썼다. 창피한 감정이 들었다. 불쾌한 마음과 동시에 등과 엉덩이 부분이 쑤셔왔다.

"그러게 그 체격으로 현장 근무는 무리겠어."

강대수가 측은한 표정으로 성호를 보다가 보조석에 올라탔다. 성호가 운전을 하였고, 오영식이 수갑을 찬 박홍복을 제압하며 뒷좌석에 올라탔다.

기분이 찜찜하였다. 경찰연수원에서 체력 훈련과 무술 수련을 받았지만 역시나 체력적으로는 무리였다. 범인과 일대일로 격투한다면 밀리는 부분이 많을 터였다. 자괴감이 느껴졌다. 일선 형사들 앞에서 체력이 달려 망신을 당하기는 처음이었다. 오영식이 성호를 살피면서 피식 웃는 모습이 백미러로 보였다. 기분이 더러웠다.

"우스워요?"

성호가 핏기 가신 얼굴로 무표정하게 물었다.

"네?"

오영식이 되물었다. 성호는 차창을 팔꿈치로 세게 치고 고개를 창에 기대면서 싸늘한 어조로 되물었다.

"지금 상황이 웃기냐고요?"

"어, 아, 아닙니다. 죄송합니다."

당황한 오영식이 다급하게 사과했다. 성호는 왼손바닥으로 입을 쓸어내리면서 억지로 감정을 풀었다. 오영식이 꼬리를 내리는 모습은 묘한 희열감을 주었다. 성호는 마음을 다잡으면서 박홍복에게 어떻게 진술을 끌어낼까 고심하였다.

오영식은 경찰서에 도착하여 박홍복에게 물과 부탁하는 담배를 건네면서 달랬다. 진술실에 수갑 찬 채로 들어앉은 박홍복은 난처한 표정으로 고개를 도리질 쳤다.

"아니에요. 저 형사님들과 이야기 안 해요. 서울서 오신 형사님하고만 말할래요."

박홍복의 요청에 강대수와 오영식은 나가고 성호만 진술실에 남게 되었다. 진술과 자백받는 일이라면 심리학적 지식과 경험을 이용하여 누구보다도 자신 있었다.

　"어떻게 된 거죠? 나한테 분명 박민숙 씨 서울 간 거라고 말했죠. 그 부분이 영 이상했어요. 뭐 알고 있는 거 있죠?"

　"저 정말 믿어주세요. 강술이, 남술이 정말 안 죽였어요."

　박홍복은 수갑 찬 손을 들어 시위하듯이 말했다.

　"믿을게요."

　일단 신뢰감을 주는 게 시급하였다. 성호는 차분하게 재차 물었다.

　"진돗개 새끼들은 다른 범인을 찾아보도록 할게요. 박민숙 씨에 대해서 물어보죠. CCTV 자료 살펴보니까, 그날 편의점에는 성민인가 하는 그 친구가 근무하고 있었어요. 왜 거짓 진술을 한 거죠?"

　CCTV 자료가 내려오지 않았지만 일단 박홍복을 압박하기 위해 약간의 진실 조작을 하였다. 박홍복은 숨을 거칠게 내쉬다가 고개를 떨구어 내렸다. 그런 후 두 손을 바르르 떨었다. 성호는 박민숙 사진을 크게 출력한 것을 박홍복 앞에 들이밀었다. 피해자 사진을 보면 죄책감에 못 이겨 진술을 하는 용의자들도 있었다. 심약하거나 나이가 어리거나 초범일 경우 그 확률은 좀 더 높았다.

　"아, 누나 사진 좀 치워요. 정말 찜찜해요. 실종됐다고 생각하니까. 그날 사실은 누나를 목포터미널에서 봤어요."

"27일 말하는 겁니까?"

"네, 수요일이요."

"목요일입니다."

"하여간에요. 그날 추석 전주잖아요. 그래서 기억해요. 다른 날보다 가게에 좀 더 사람 많았지만 서울 갈 일이 있어서 성민이한테 맡기고 갔어요."

"서울 갈 일이라는 것부터 말해보죠. 왜 그날 서울에 가야만 했죠?"

"저 사실은……."

박흥복이 말을 더듬기 시작했다. 이 부분을 실마리를 잘 풀면 사건의 자초지종을 캐낼 수 있었다. 성호는 잠자코 커피 한 잔을 내밀었다. 박흥복이 한 모금 마시다 입을 열었다.

"여, 여자를 만나기로 했거든요. 민숙 누나는 항상 줄 것처럼 내 앞에서 술 취하고 헛말하고 그랬지만 완전 개짜증나게 굴었어요. 나쁜 년. 서울서 연예인이나 내레이터 모델 하고 싶다고 말만 씨부려 쌌고, 정말 개 같은 년이라니까요. 성민이랑은 그렇고 그런 적도 있는 것 같은데 나는 완전 개무시라니까."

"자, 차근차근 말해봐요. 서울은 왜 가게 된 거죠? 민숙 씨와 단둘이 가려고 한 건가요?"

박흥복이 두 손을 내밀어 강하게 부정하였다.

"아뇨. 누나가 미치지 않고 저랑 갈 일 절대 없어요. 저어기 이런 말해도 되나?"

박홍복이 벌겋게 탄 얼굴로 슬그머니 시선을 아래로 떨어뜨렸다. 성호는 진지한 눈빛으로 응시하면서 신뢰감을 주려고 했다. 박홍복이 배시시 입가에 미소를 띠우고 대답을 이어나갔다.

"저어기, 사실은 프리랜덤 채팅이라는 사이트가 있는데 거기에서 우연히 서울 여대생을 알게 됐는데요. 이히. 아, 얼굴은 제시카 알바에 몸매는 37-24-34에 G컵이라고 하는데 몸무게는 45킬로인가 그러고요. 하여간 스펙이 죽이잖아요. 이러저러 이빨 까다가 걔가 자기 얼굴 사진도 보내고, 가슴 사진도 휴대폰으로 보내고 해서 약속 잡고 추석 전주 27일에 서울 강남 고속버스터미널에서 만나기로 한 거예요. 근데 그년이 사실은 남자더라고요. 아, 씨발. 진짜 어찌나 열받던지 완전 낚였어요. 개새끼가 여자인 척 사기를 쳐서 지대로 물먹었어요. 만나지도 못하고 화만 나고 삥이치고, 목포버스터미널로 내려가서 삼보 섬으로 다시 돌아왔어요."

박홍복에게는 이런 일이 한두 번이 아닌 듯해 보였다.

"완전 지 사진도 아니고, 인터넷에 떠도는 사진을 보내서 여자인 척한 게 알고 보니 남자 고등학생이라고 솔직하게 문자 보내고 딱 연락 끊더라고요. 그나마 이 새끼는 남자라고 알려주기라도 했지 지난번에는 5시간이나 기다리다 삥이치고 왔다니깐요."

"좋습니다. 박민숙 씨는 내려오는 길에 터미널에서 봤나요?

아니면 올라가는 길에 봤나요?"

"올라가는 길에 봤어요. 누나 봐서 완전 깜놀했죠. 저는 10시 차를 타고 서울로 가려던 길이었는데, 버스 차창에서 누나가 누군가를 찾는 것처럼 어슬렁어슬렁거리던데요."

"버스를 타려고 하던가요?"

"그게 그런 것 같기도 하던데……. 갑자기 몸을 돌려서 터미널 건물로 들어가는데 그냥 쌩깠죠."

"좋아요. 그러면 왜 내려서라도 아는 척 안 했죠?"

"버스 떠나면 어떡해요? 시간이 10시 다 됐는데. 그리고 서울 여자 만나러 간다고 뭣 하러 이야기 해요? 누나한테 미안하게. 매일 사랑한다 문자 보내고 지랄쳤는데 여자 만나러 간다 해봐요."

어처구니없는 답변에 성호는 웃음이 나오려 했지만 참았다. 뭔가 생각하다 질문을 이어 던졌다.

"그런데 왜 사실대로 말하지 않았죠? 말하지 않은 특별한 이유가 있나요?"

"성매매는 모두 법으로 처벌받는다던데요? 제가 남자 고등학생이 사기 친 게 열받아서 그 새끼한테 카톡 문자로 경찰에 신고 한다니까, 성매매하려고 하면 그것도 처벌된다고 해서 입 다물고 그랬어요."

"그럼 서울 가려고 한 것도 돈을 주고 성매매하려던 그런 마음이었나요?"

183

박홍복은 손을 내저었다.

"아니에요. 그냥 여대생인줄 알았는데 걔가 형편이 너무 어렵다고 해서 10만 원만 먼저 부쳐달라고 해서 그냥 그렇게…… . 돈만 날렸죠, 뭐. 아 씨, 열받아."

박홍복은 말을 얼버무렸다.

"모든 건 법적 처벌을 받지 않도록 힘써줄 테니까 앞으로도 묻는 말에는 진실만 이야기 하도록 하세요. 알겠죠?"

성호는 박홍복의 손을 부드럽게 잡으면서 달래주었다.

"저기, 서울 형사님. 수갑 좀 풀어주시면 안 돼요? 저 믿으시잖아요. 갑갑하고 아파요. 아야야."

성호는 잠시 망설였다. 신뢰감을 형성하려면 용의자 부탁을 들어주는 일이 필요하였다. 하지만 박홍복은 일대일로 상대하기에 너무나 벅찬 상대였다. 성호는 생각 끝에 오영식을 호출하여 수갑을 풀어줄 것을 부탁하였다.

"괜찮으시겠어요?"

"네, 풀어주세요."

오영식이 수갑을 풀어주고 나가고 박홍복은 얼굴에 밝은 기색을 띠웠다.

"정말 미드 CSI 같은 그런 일하시는 형사님이세요?"

성호는 웃음을 띠웠다.

"저 정말 믿으시는 거죠? 그게 다예요. 민숙 누나 그 이후로 본 적 없다고요. 저는 없어졌다기에 서울 가서 내레이터 모델인가 뭐 그런 거 하는 줄 알았어요. 나중에 TV에 연예인 돼서 나오는 줄 알았다니까요."

"강술이 남술이 정말 안 죽였나요?"

성호의 뇌리에 불탄 강아지들의 잔상이 들어왔다. 방화로 동물을 살해할 정도의 간담이라면 누군가를 죽이는 일도 할 수 있는 잔인한 근성이 있을 터였다. 불타다 남은 운동 장갑이 생각이 나서 재차 물었다.

"아 씨, 정말. 내가 왜 죽여요!"

박홍복이 거세게 반항했다. 성호가 약간 움찔하였지만 겉으로 내색하지 않고 바로 몰아붙였다.

"박홍복 씨 장갑이 근처에 있었어요."

"그 장갑 편의점에서 일하는 알바면 누구나 낀다고요. 같은 게 몇 개씩 편의점 입구 책상 위에 있어요. 다들 거기다 두고 다녀요. 정말 몰라요. 서울 형사님, 진짜루 너무하시네! 지금 나를 의심하는 거예요, 뭐예요! 이거 강압수사 아니에요? 네? 이 씨!"

박홍복이 책상을 두 주먹으로 치면서 벌떡 일어났다. 거구의 덩치가 시야를 가렸다. 압박을 느꼈지만 성호는 침착했다. 완력 싸움이 일어나서 좋을 것은 하나도 없었다. 심리적으로 박홍복을 밀어붙이는 게 급선무였다.

"자리에 어서 앉아! 수갑 다시 채워놓기 전에. 너 같은 건 손가락 하나로 당장 구속시킬 수 있어! 앉아."

성호는 박홍복을 강하게 날카로운 시선으로 누르면서 압력 행사를 하였다. 그리고 강렬한 눈빛으로 쏘아보았다. 박홍복은 성호와 눈을 마주치자 화들짝 놀라며 고개를 숙여 씩씩거렸다. 그러다 갑자기 풀이 죽어서 자리에 털썩 앉았다. 거의 울 것 같은 얼굴로 부탁을 하였다.

"제발 풀어주세요. 우리 할머니 놀래 죽어요, 나 여기 와 있다는 거 알면. 학교 다닐 때도 지독하게 말썽 피워부렀당께요."

표준말로 따박따박 답하던 박홍복의 입에서 사투리가 자연스레 나왔다.

"형사님, 정말 이건 아니지라. 잘못헌 게 없는데, 왜 그런당가요. 어흐흑."

박홍복이 기어이 눈물을 터뜨렸다. 성호는 마음을 평정시키고, 잠시 숨을 고르면서 물었다.

"알겠어요. 진돗개 방화사건은 다시 조사하도록 하고, 일단 박민숙 씨에 관해서는 진술 번복하는 자술서를 다시 쓰도록 합시다."

박홍복은 자포자기하여 고개를 숙인 채 가만히 있었다.

성호가 진술실을 나왔고 강대수가 앞을 가로막아 다급하게 물었다.

"어떻게 됐어? 자백 받았어?"

"방화사건은 자기가 한 게 아니랍니다. 장갑은 누구나 낄 수 있게 편의점에 놔둔대요. 손님도 가져갈 수 있는 거죠. 직원들이 계산하다 한눈판 상태라면."

"그거 말고 박민숙 사건 말이야."

"27일 서울에 여자 만나러 올라가려던 중에 목포터미널에서 10시 전에 보았답니다. 터미널에 연락해서 CCTV 자료 확보해 주세요."

성호의 말에 강대수가 발 빠르게 전화기로 달려갔다. 성호는 약간 짜증이 밀려왔다. 박민숙이 서울에 갔다고 추정했다면 기차역이나 터미널, 삼보섬대교 근방의 폐쇄회로 자료를 얻어서 조사를 해야 마땅한 법이다. 이런 기초조사도 제대로 하지 않고 실종사건을 수사했다는 것이 못내 못마땅하였다. 성호는 얼굴 표정을 굳히고 강한 어조로 오영식에게 말하였다.

"초동수사조차 프로파일러가 챙겨줘야 하는 법은 없죠."

"죄송합니다. 얼른 자료 수거해 오겠습니다."

"도대체 뭣들 하고 계셨던 겁니까?"

성호가 내지른 말에 강대수가 성호를 쏘아보았다. 싸해진 분위기를 뒤로하고 성호는 사무실을 잠시 나왔다. 삼보섬 경찰서 앞마당을 서성이며 경찰서 건물 뒤로 황량한 겨울산을 바라보았다. 신경이 날카로웠다. 삼보섬에 내려와서 홍태기에 대한 기억이 떠오르는 게 무척이나 괴로웠다.

잊고 싶었던 기억이 떠올라서 이러는 것일까?

성호는 서울에서처럼 감정을 드러내지 않고, 차분하게 일을 처리해나가고 싶었다. 마음을 다잡으며 건물 뒷마당을 둘러보고 산책하다 경찰서 사무실로 복귀하였다.

그날 오후, 박홍복은 자술서를 쓰고 방면되었고, 오영식은 CCTV 자료를 받으러 목포터미널로 외근을 나갔다.

저녁에 오영식이 들고 온 자료를 성호는 밤늦게까지 경찰서에서 확인했다.

27일 오전 10시 전후의 터미널 안 구역을 세세하게 나눠서 찍은 CCTV 화면을 일일이 살펴보았다. 버스가 멈추는 플랫폼, 화장실 근처, 터미널 정문 근처, 입장권 발매하는 곳을 모두 이 잡듯이 뒤졌다. 박홍복이 표를 끊는 모습이 9시 30분에, 그리고 버스를 타러 나가는 모습이 9시 45분에 각각 잡혔다. 박홍복 진술대로 9시 50분에 플랫폼에서 서성이는 박민숙의 모습이 잡혔다.

그리고 이전으로 돌려보았다.

오영식이 볼펜으로 가리키며 외쳤다.

"여, 여기요. 잠깐이지만 여기 이거 박민숙이에요. 구석에 박민숙이 서성이는 모습이 들어왔어요."

"앞으로 돌려봅시다."

박민숙이 잠깐 멈칫하다가 매표소로 걸어갔다. 표를 끊으려고 다가가다가 잠시 머뭇대는 모습이 잡혔다. 박민숙이 공중전화 박스로 걸어가는 모습도 잡혔다. 9시 40분 상황이었다.

"이것 봐요. 휴대폰을 두고 가서 공중전화로 누군가에게 전화 걸고 있어요."

"전화국에 요청해서 그날 공중전화를 건 상대를 찾아내야 합니다. 관련 자료를 요청하려면 영장이 필요한데요."

강대수가 안심하라는 듯 말했다.

"빨리 처리해야지. 걱정 마. 그래도 삼보섬은 결제 라인은 서울만큼 오래 걸리지는 않아. 목포지방법원에 통신기록요구영장을 신청해야 돼. 박민숙 휴대폰도 같이 신청해야겠어. 문자지워진 것도 복원할 수 있게. 모든 가능성 열어놔야 해. 늦어도 하루 이틀 정도 정도면 알아낼 수 있어."

오영식은 영장 청구서류 작성을 하기 위해 책상으로 돌아갔다. CCTV 자료를 돌려보던 강대수가 소리 질렀다.

"여기 봐! 결국에는 터미널 정문을 빠져나가. 표도 안 끊고 플랫폼에서 버스를 타지 않았어. 10시 정각 상황이야. 서울로 올라간 게 아니라 누군가를 만나러 왔다가 만나지 못하고 다시 나간 거야. 공중전화로 누군가에게서 연락받고 약속 장소를 바꾼 것일 수 있어."

"처음엔 버스로 가자고 했다가 자가용을 타고 가자고 말을 바꾼 걸 수도 있다는 의미도 됩니다."

성호의 말에 강대수는 고개를 강하게 끄덕였다.

"어, 알았어. 통화기록 조회해보고, 수사진행해보자구. 준비해놓을 테니."

성호는 사건을 수사하면서 통화기록도 조회해보지 않았다는 것이 조금 의문스럽고 신경 쓰였다. 강대수의 말에 의하면 실종사건으로 수사하는 것을 삼보섬군청과 경찰 상부에서 반대하였고, 무엇보다 박민숙은 휴대폰을 두고 갔기 때문에 휴대폰 전화목록만 검사해봤지만 별다른 게 나오지 않았다는 것이었다.

강대수가 성호의 생각을 어림짐작으로 읽었는지 볼멘 표정으로 답했다.

"너무 초동수사 탓하지 마. 긴장 좀 풀고. 고희정, 김희진은 휴대폰 사용기록을 조회했지만 박민숙은 집에 휴대폰을 두고 가서 그냥 그 휴대폰을 열어서 사용기록과 문자를 알아봤어. 우리도 안일하게 생각하다가 방송사에서 먼저 터뜨리는 바람에 뒤늦게 부랴부랴 달리고 있고. 그리고 이렇게 서울경찰청에다가 수사 지원도 해서 자네가 내려왔으니까. 하여간 믿네."

성호는 고개를 끄덕이며 수긍하는 눈빛을 보냈다. 서로 탓만 하면 해결되는 일은 하나도 없었다.

경찰서에서 퇴근한 성호는 펜션으로 향하였다. 고적한 삼보섬의 밤은 안개 속에 검은 하늘과 잿빛 바닷물이 철렁대는 소리만이 존재하고 있었다. 펜션에 도착하였다. 아직 여도윤의 방 불은 켜져 있지 않았다.

그날 밤, 성호는 억지로 잠을 들려고 했지만 이상하게 잠이 오지 않았다. 머릿속에 잔인하게 죽은 강아지들 잔상이 떠나지 않았다. 낑낑대며 울던 모습이 자꾸 떠올랐다. 삼보섬에 온 첫날, 편의점 근처 철창 속에서 잠시 보았던 새끼들이었다.

박홍복이 죽이지 않았다면 그 강아지들을 누가 죽인 걸까?

어릴 때 기억이 떠올랐다. 죽은 개의 모습. 뇌리를 비집고 들어오는 영상이 있었다. 성호가 기르던 개도 누군가에게 잔인하게 죽음을 당했다. 아버지는 그 개를 마당 화단에 묻어주었다.

개를 죽인 사람은 대체 누구일까? 충동장애를 이기지 못한 것일까?

도박, 마약, 성행위, 강간, 살인 등을 충동조절장애와 연결시킨다면 그 행위에 쉽게 빠져드는 것도 이해 못할 것은 아니다.

우울증에 빠진 주부는 다 큰 자식들과 남편에게서 외면 받는 자신의 존재에 불안감을 느끼게 되고 홈쇼핑 중독에 빠진다. 망설이고 망설이다가 밤을 꼬박 새우고는 새벽녘 전화기를 붙들고 주문을 한다. 24시 온라인 전화에는 대기하던 상담원이 친절하게 전화를 받아준다. 주문을 여러 개 하고 나면 마음이 편해지고 불안이 가라앉는다. 전형적인 충동조절장애다. 만약 불안이 가라앉지 않는다면 충동조절장애가 아니다. 그럴 경우에는 다른 정신질환으로 분류된다.

생각에 빠져 있는 동안 베란다로 난 쪽문이 덜커덩거렸다. 성호는 일어나서 문고리를 잡았다. 문이 열렸다. 이상했다. 분명 간밤에 자물쇠를 몇 번이고 돌려서 문을 잠가두었다. 바람에 그냥 열릴 정도로 고장이 난 걸까? 주인에게 말해줘야겠다는 생각이 들었다.

문이 또 한 번 덜컹거렸다. 다시 확인해보았지만 잠겨 있었

다. 고개를 뒤흔들었다. 외로움과 낯설음에 쓸데없는 잡생각이
나는 것 같았다.

성호는 문득 권여일에게 상황보고를 해야겠다는 생각이 들
었다. 서울 상황이 바빠 돌아가는지 그동안 전화 한 통화가 없
었다. 권여일에게 삼보섬 사건의 상황보고를 이메일로 간단하
게나마 보내놓고 침대에 누웠다. 눈이 스르르 감겼다.

쾅! 쾅! 문을 잡아채는 소리에 눈이 떠졌다. 휴대폰을 찾아
시간을 확인해보니 새벽 2시였다. 성호는 침대에서 몸을 일으
켰다. 어디선가 바람 소리가 휘잉 휘잉 들렸다. 귀를 기울였다.

잘못 들은 것인가.

쾅! 쾅! 문을 잡아채는 소리가 또다시 들렸다. 일어나서 베
란다 옆으로 난 쪽문을 열어보았다. 다행히 잠겨 있었다. 정문
으로 향했다. 천천히 식탁을 지나 화장실을 지나 문을 열어보
려고 그 앞에 멈칫 섰다. 아무 소리도 나지 않았다. 꺼림칙한
기분이 들었다. 돌아서려던 순간 이상한 기분에 문고리에 손을
댔다.

오른손으로 문고리를 잡았다. 쇠고리가 단단하게 손안에 잡
혔다. 오른쪽으로 돌려서 내렸다. 문이 삐걱거리며 천천히 열
렸다. 바람 소리가 쉿쉿대는 것 외에는 아무것도 보이지 않았
다. 바깥 날씨를 살피니 칠흑 같은 어둠 속에 꺼물꺼물거리는
것이 겨울비라도 올 것처럼 보였다. 성호가 문을 닫으려는 찰나
문고리를 강하게 붙잡는 힘이 느껴졌다. 소스라치게 놀랐다.

"안 자고 있었네요?"

여도윤의 염색한 펌 머리가 불쑥 문틈으로 들어왔다. 성호는 뒤로 물러났다. 기분이 나빠지면서 소름이 주르르 끼쳤다.

"자려고 해도 잠도 안 오고, 그래서 논문이나 쓰려고 노트북을 열어봐도 지지부진한데, 순간 너무 무서워서요. 경찰은 담력이 남다를 거라 생각하고 두드렸어요. 실례한 셈이 되나요? 하지만 우리 펜션에서 한 번도 뒤풀이 못 했잖아요. 여기도 이를테면 여행 온 건데."

여도윤을 방에 들이기는 하였으나 성호는 못마땅한 얼굴로 대꾸하였다.

"놀러온 거 아닙니다. 그리고 왜 문고리를 잡아채요?"

"놀라게 했다면 미안해요."

여도윤이 식탁 의자에 앉으면서 야상 점퍼 안에서 와인 한 병을 꺼냈다.

"같이 마셔요. 잠 안 오면 한 잔씩 하려고 한 건데, 그럭저럭 어제까지는 잠이 와서요. 오늘이 문제네요."

점퍼를 벗는 여도윤은 편한 파자마 차림에 위에는 감색 라운드넥 티셔츠를 입고 있었다. 뿔테 안경 뒤쪽으로 보이는 번쩍이는 눈빛이 어두침침한 달빛에서는 잘 보이지 않았다. 성호는 거실의 스탠드 불빛을 켜고는 식탁 맞은편에 걸터앉았다.

"한 잔 마시고 어서 가요. 난 술 잘 안 마셔요."

"잠깐만요. 분위기 잡으려면 오르골이 제격이죠."

여도윤은 휴대폰을 주머니에서 꺼내서 잔잔한 오르골 음악을 찾아 틀었다. 그리고 와인 병을 붙들고 와인 따개의 회전갈고리를 천천히 코르크 입구에 넣었다. 끼릭끼릭거리는 소리가 들리면서 갈고리가 깊숙이 들어갔다. 와인을 연 후 싱크대 장을 뒤져서 유리잔을 두 개 꺼내서 반쯤 따랐다.

"어서 들어요. 싫으면 제가 두 잔 다 마시고 갈게요."

성호는 짐짓 포기하는 시늉으로 와인 잔을 들고 입을 슬쩍 댔다.

"삼보섬에 와서 하는 말인데 씻김굿에 대해 들어봤어요?"

성호는 대답 없이 와인만 천천히 마셨다.

"죽은 사람이 극락에 가도록 인도하는 굿이죠. 억울하게 죽은 자를 위하여 저승으로 가는 길을 깨끗하게 닦아주는데, 그 방법이 고풀이라고 해요. 씻김굿이 절정에 이르면 고를 기둥에 묶어서 매듭을 하나하나 풀어주면서 잘 가도록 빌죠. 왜 굿판에서 흰 천 나풀나풀거리는 것 본 적 있죠? 그게 고라는 거예요. 그리고 또, 이슬 털기라고 망자의 옷을 멍석에 말아서 빗자루에 물을 묻혀 씻어내는 게 있는데……."

성호는 여도윤의 말을 잘랐다.

"굿판을 많이 쫓아다녔나 보죠?"

"일이니까요. 녹음 뜨고 카메라 뜨고, 그대로 기록해서 논문에 싣고. 뭐 민속학의 하이라이트가 굿이라고 해도 되죠. 굿 관련 장구들도 사들여서 박물관 수장고에 가져다 두고 나중에 전시하기도 하고 그런 식으로 연구를 해요. 하여간 씻김굿의 가장 큰 핵심은 죄를 씻어준다는 것이죠."

여도윤은 와인 잔을 비우고 나서 물었다.

"김성호 경사님은 죄 지은 적 없어요?"

"네?"

성호가 의아해 묻자 여도윤은 시선을 내리깔고 말을 이어나갔다.

"그냥 궁금해서요. 저처럼 숙맥 같은 연구자도 사람을 죽일 수 있나 싶은 거죠. 민속학이 워낙 잡학들이 모여서 이루어진 학문이라 이것저것 궁금한 것도 많아요. 범죄학적인 관점을 듣고 싶은데요? 살인과 죄와 씻김이라는 의례에 관해서."

"그렇게 어려운 것은 모르겠고, 죄를 짓게 되는 데에는 여러 이유가 있습니다. 우발적으로, 원한 관계로 혹은 치정에 의해서 그리고 술로 인해 의식이 희미해진 상태에서 저지르는 심신미약 살인도 있을 수 있죠. 이른바 묻지마, 무동기 살인이라고 부르는 것은 오래도록 사회와 단절된 상태에서 정신분열로 인해 칼을 붙잡고 휘두르는 범죄죠."

"그보다 사이코패스라고 불리는 극악한 범죄자들은 우리와 다른가요? 예전에 듣기로 생태학자는 인간 자체가 사이코패스라며 생태학과 연결하더라구요. 인간이 극도의 이기심으로 자연환경을 파괴하고, 생태계를 교란하여 지구를 엉망진창으로 만들고 동물을 멸종으로 몰았다는 거지요. 저는 민속학과 이

주제를 접목시켜 논문으로 써보려구요."

여도윤이 심각한 표정으로 말했다.

"그 부분은 명쾌하게 정리된 게 아니에요. 끝없이 연구가 될 겁니다. 어린 시절 전두엽 부분의 부상으로 감정을 처리하는 기능이 상실되어서 죄의식이 희박한 경우도 있다고 합니다. 아동 시절의 학대받은 경험이 범죄자를 만들어내기도 하지만, 그렇다고 학대받은 모든 아동이 커서 범죄자가 되지는 않습니다."

여도윤은 잔잔한 미소를 지으며 와인을 한 번에 마셨다. 성호는 말을 이어나갔다.

"생태학적 관점이라, 시골에서 개 길러보신 분이라면 알 거예요. 개들이 이유 없이 닭을 물어 죽입니다. 어찌 보면 인간의 본성은 동물과 같습니다. 약한 것을 보면 가차 없이 물어뜯죠. 인간의 이기심이 극대화되어, 돈을 횡령하고 사기를 치고 그러죠. 그런 종류를 화이트칼라 사이코패스라고 합니다. 심지어 사회복지사, 은행원 중에도 이런 사람이 있습니다. 대담한 성격에 양심의 가책이 없고 자신의 이익을 위해 남을 희생시키는 사람입니다. 두려움 없고 집중력이 높다는 것도 그들의 특징이죠."

여도윤이 휘파람을 불며 답하였다.

"우와, 부러운 성격이네요. 어떤 사람들은 평생 과거 기억 때문에 괴로워하는데, 그 정도 성격이면 단시간 안에 성공하겠는데요. 미국 인류학자 나폴리언 섀그넌이 아마존의 원시부족 야

노마뫼 족을 평생 동안 연구한 결과는 이래요. 그들은 살인을 한 경험이 있는 남성을 '우노카이'라고 합니다. 우노카이는 그들 중에서 세력을 형성하여, 부인도 여럿 있고, 자녀도 5명 정도 낳았죠. 그에 반하여 살인을 하지 않은 남성은 부인이 없을 수도 있고 자녀 수도 적죠. 즉 원시부족 사회에서는 살인이 죄가 되지 않고 세력을 형성하는 자연스런 과정인 것이죠. 어찌 보면 잔인한 공격성은 인간의 본성이라고 볼 수도 있겠어요."

여도윤은 말을 마치자마자 두 잔째 와인을 비우고 비틀거리며 일어났다.

"저는 들어가서 잘게요. 덕분에 좋은 공부가 됐어요. 언젠가 관련 논문을 진행하게 되면 깊게 연구해봐야겠어요. 참, 아침에 저는 알아서 일 보러 갈게요."

여도윤은 반쯤 남은 와인 병을 품에 안고 현관문으로 나갔다. 성호는 문을 꽉 닫아걸고는 걸쇠도 단단히 채우고 나서 침대로 향했다. 취기가 올랐는지 머리가 멍멍한 것이 피곤이 극도에 달했다. 시계를 보니 3시가 넘어 있었다. 눈을 감자 잠이 몰려들었다. 오늘도 숙면을 취할 수 있을 것 같았다. 기분이 좋았다. 몽롱한 정신이 점차 가물가물해지면서 이내 잠에 빠져들었다.

등산복을 입고 후드 모자를 깊게 눌러쓴 남자가 리얼러브를 차에서 내리게 하였다.

"히히, 내리십시오. 제가 사는 곳입니다. 그리고 제가 아끼는 물건을 보여드리고 싶습니다."

리얼러브는 고개를 저었다.

"소장품을 보고 싶지 않습니다."

남자가 당황한 얼굴로 물었다.

"정말요? 저는 정말로 아끼는 것들인데요?"

리얼러브가 진지한 표정으로 말하였다.

"보여주신다는 것만 확인해보고 가겠습니다."

"아, 실체를 보고 싶으신 거구나, 히히?"

등산복 남자는 앞장서서 논두렁 깊숙이 들어갔다. 가로등도 없는 시골길에서 리얼러브는 헛발질을 하고 두렁 밑으로 발이 빠졌다. 등산복 남자는 시원하게 앞장서 갔다. 리얼러브가 얼른 뒤따라갔다.

"여깁니다. 여기에요. 어서 오세요"

"여기에 있습니까?"

"네, 내가 하나씩 집을 주어 가두어놨죠."

등산복 남자는 비굴한 얼굴로 리얼러브를 쳐다보고 물었다.

"이제 정보를 주십시오. 내일 경찰들은 어디에 가서 수사를 하게 되나요?"

리얼러브는 잠시 뜸을 들이다가 입을 열었다.

"내일은 죄를 씻어내는 날이 될 겁니다. 정의실현을 위해서 커다란 굿판을 벌이는 날이 될 겁니다."

"히히히, 굿판이라. 그거 재밌겠는데요? 나는 굿이나 보고 떡이나 먹고. 이거 정말 감사합니다."

등산복 남자가 입이 귀까지 걸리게 웃고는 약간 걱정이 됐는지 불안한 표정으로 리얼러브를 살폈다.

"저어, 근데 너무나 손이 근질근질거리는데, 지금 일을 벌이는 것은……."

리얼러브가 무표정한 얼굴을 와락 구겨버리며 큰소리를 냈다.

"제 일을 망치신다면 모든 것을 발설하겠습니다."

등산복 남자가 두 손을 내저으며 고개를 굽신거렸다.

"아, 아닙니다. 안 그래요! 절대 그럴 일 없어요. 리얼러브 님의 지시에 따르겠습니다. 저도 정의를 실현하는 일에 동참하겠습니다. 선서, 정의를 실천한다. 히히히!"

리얼러브가 몸을 돌려서 논길을 빠져나가려는데 등산복 남자가 우스갯소리처럼 말하였다.

"전 말이죠. 여자들이 하도 설쳐대서 맛 좀 보여준 거라니까요. 저도 나름대로 정의를 실천한 겁니다. 히히히!"

리얼러브가 돌아보았다.

"우리가 만난 사실은 아무도 몰라야 합니다. 우리 중 누구라도 먼저 잡혀서 상대방의 죄를 입 밖으로 털어내면 그 죄까지 뒤집어쓰게 됩니다."

"아, 압니다. 저는 절대로 발설하지 않겠습니다."

등산복 남자가 리얼러브 앞에 서서 입을 지퍼로 잠가버리는 시늉을 하였다.

남자의 간드러지는 웃음소리가 어두운 논밭에 작게 울렸다.

구. 섬, 그리고 짓
(1월 17일 목요일)

경찰서에 도착하니 통신기록조회 및 열람에 관한 영장이 떨어
졌고, 오영식이 전화국에 요청한 자료가 팩스로 왔다. 생각보
다 발 빠른 조치에 형사들의 노고가 느껴졌다. 먼저 박민숙의
휴대폰 기록을 보면 최근 운림산방 관리사무소와 가족들을 제
외한 전화번호 외에는 이렇다 할 게 없었다. 그리고 27일 오전
10시 직전 목포종합버스터미널 내의 공중전화로 건 전화는 자
신의 휴대폰 사서함의 음성메시지를 확인한 것이었다. 음성메
시지는 남겨져 있지 않았다.

　"잠깐만요, 그렇다면 누군가와 연락을 하려고는 했지만 사서
함에는 아무것도 없었다는 말이네요."

　"휴대폰도 없고 남겨진 메시지도 없다면, 오영식 형사님 같

으면 어떻게 하시겠어요?"

"주위를 두리번거리겠죠. 약속한 사람이 나왔나 하고요."

"좋습니다. CCTV 다시 한 번 조회해볼까요?"

"본 걸 또 본다구요?"

"네."

성호는 단호하게 말했다. 가끔은 갯벌을 캐고 또 캐내서라도 진주를 찾아내야 될 필요가 있었다. 한마디로 수사 자체가 뻘짓하는 것과 다를 바 없었다. 그러나 하나하나 단서를 잡다 보면 범인의 윤곽을 그려나갈 수 있는 것이었다. 오영식이 목포 터미널에서 받아온 CCTV를 컴퓨터 화면에 띄웠다. 마우스를 움직이면서 2012년 9월 27일 오전 9시부터 천천히 검색해나갔다. 오영식이 화면을 뚫어져라 들여다보면서 질문을 던졌다.

"여도윤 학예사는 일 보러 갔습니까?"

성호가 고개를 끄덕였다. 강대수가 사무실 문을 열고 들어섰다.

"이회남 씨한테서 연락이 왔어. 계속 고희정 무속인이 꿈에 나타나서 자기는 죽었으니 씻김굿을 해달라고 그랬다는데. 오늘 오후에 연락줄 테니까 와달래. 내가 결재 들어갈지 모르니까, 오 형사한테 연락 주라고 했어."

"그 양반, 약속도 차일피일 미루고. 우리 가는 것도 달갑게 여기지 않았잖아요?"

"혹시 알아? 고희정이 무당 몸에 실려서 우리한테 수사 관련

202

정보라도 알아내줄지."

오영식은 코웃음을 쳤지만 강대수는 짐짓 심각해 보였다.

"지금 실 한 오라기라도 잡아채야 돼."

"어? 잠깐만요, 김 경사님. 여기 공중전화 건 후에 약간 부자연스러워 보이지 않아요?"

오영식은 박민숙이 공중전화 박스에서 나와서 주위를 두리번거리다 멈칫하는 장면에서 화면을 멈췄다. 오전 9시 43분의 상황이었다.

"누군가를 본 거야!"

강대수가 고개를 들이밀고 큰소리로 외쳤다.

"좋아요, 이번에는 터미널 정문을 찍은 장면을 확대해서 봅시다."

성호의 제안에 9시 40분을 전후하여 터미널 정문을 찍은 화면을 확대하였다. 터미널 정문에 검은 등산복 점퍼를 걸쳐 입은 남자가 후드 모자를 푹 눌러쓰고 걸어오는 게 보였다. 남자는 터미널 정문 앞에 섰다가 다시 돌아섰다. 이어 박민숙이 터미널 정문 유리문 앞으로 다가가 멈춰서는 모습이 터미널 건물 안쪽 CCTV에 잠깐 잡혔다. 박민숙은 찾던 남자가 아니었는지 돌아섰다.

"박민숙이 비슷한 남자를 찾았다가 허탕치고 돌아서는 거야. 그렇다면 말이지, 박민숙은 10시 직전에 플랫폼에 나가 누군가를 기다리다가 박홍복 눈에까지 띄게 된 거지. 그리고 10시를 지나서는 터미널을 정문을 통해 완전히 빠져나가."

강대수가 이어 말했다.

"검은 등산복 입은 누군가를 기다리고 있었다. 그렇다면 어떻게 연락을 받고 밖으로 나간 거지? 분명 음성사서함에는 아무런 메시지도 남겨져 있지 않았는데? 휴대폰도 집에 두고 갔고 말이야."

강대수의 질문에 성호가 답했다.

"패턴입니다. 같은 패턴으로 만난 적이 있으면 당연히 그렇게 만나러 갔을 겁니다. 예전에도 검은 등산복을 갖춰 입은 남자와 터미널에서 만나 어디론가 갔을 겁니다."

"그렇다면 몇 번은 만난 사람이다 이거지? 하지만 이곳은 워낙 좁아서 만나는 사람이 뻔해. 관리사무소에서도 사귀는 사람 없다고 했잖아."

"운림산방은 관광객들이 드나들어서 누가 찾아와도 길게 만나지 않으면 잘 못 알아챌 수도 있습니다."

"분명 휴대폰에도 눈에 띄는 기록이 없는데, 터미널에서 예전에 만났던 장소로 가서 만나는 것으로 보면 쉽게 친해질 수 있는 사람이고 믿을 만한 사람이 맞는데. 분명 일하던 직장에서 만난 사람이나 관광업에 종사하는 사람일 가능성이 커."

"다시 운림산방 직원들을 탐문하는 것도 한 방법입니다."

"일단 오늘은 고희정 씻김굿을 한다니 가봐야지. 점심을 그 근처에서 때우자고. 참, 오 형사. 강술이 남술인가 개들 방화

수사 어떻게 됐어?"

"일단 시너 200밀리리터 병이 편의점에서 판매된 것은 아니고요. 공사장 다니는 페인트 공은 이것보다 큰 용제를 사용한다고 합니다. 물어보니 그건 가정용 용제인데요, 페인트 도료를 희석하는 데 쓰이는 거랍니다. 서울 가면 대형마트에서도 구할 수 있고요."

"그것 말고, 최근에 슈퍼나 페인트 가게에서 산 사람이 있을 것 아니야?"

"그게 문제인데, 이게 좀 오래된 브랜드인가 봐요. 1995년 이후에는 안 나오는 오래전에 단종된 것이고요. 어느 집 다락이나 지하실 구석에 처박혀 있던 게 굴러 나온 것 같은데, 워낙 그 편의점 사거리 공터에 쓰레기들이 많으니까 거기서 나온 것일 수도 있고요. 아직 구입처는 못 알아냈습니다. 현재 지문이 검출되기는 했는데, 잠재지문이고 부분지문이라 국과수에 보내서 정확한 지문 감식을 부탁했습니다. 곧 복원한 지문 파일이 내려올 겁니다."

"이거 정말. 어제도 개 주인한테서 왜 범인 못 잡느냐고 항의 전화 들어왔다고. 애지중지하던 개새끼들인가 본데 말이야. 혹시 편의점 어슬렁거리는 껄렁한 녀석들이 불던 시너 아니야?"

오영식은 단호한 눈빛을 보였다.

"홍복이는 좀 그만 건드려야 될 것 같은데요? 우리가 뒤쫓다가 오토바이에서 굴렀잖아요. 다쳤다고 홍복이 할머니가 전화

거시고 난리 났었어요. 경찰들 신고한다구요."

"뭐로 신고를 해? 과잉진압으로?"

"네. 하여간 막무가내로 구시는데 간신히 달랬습니다."

오영식은 성호의 눈치를 보고 슬쩍 말을 건넸다.

"특히나, 진술 받은 형사님이 가장 무섭다고 하더랍니다. 집에 와서 오줌도 지린대요. 그 덩치 녀석이 형사님 눈빛이 무섭다고 했다는데요……."

말꼬리를 흐리는 오영식을 보며 강대수가 피식거렸다.

"뭔 소리야? 우리 중에 김 경사가 가장 나긋나긋한 편이잖아. 하여간 알았어. 이회남 씨 언제 연락 주는 거야?"

"아, 지금 문자 왔습니다. 오후 2시에 굿판 벌어지니까 오랍니다. 그리고 경찰차 말고 다른 방법으로 와달래요. 마을사람들 본다고요."

"그렇다면 여기서 점심을 먹고 가야겠는데. 그럼 차 이동을 어떻게 한다?"

성호가 듣고 있다 끼어들었다.

"제가 모는 차 타세요."

"좋아. 그렇게 하자고."

간단히 점심을 마치고 성호가 운전석에 타자 보조석에는 강대수가 뒷좌석에는 오영식이 탔다.

"고희정이 살던 청룡리에서 한다니까 가보자구."

성호는 오영식이 불러주는 주소를 내비게이션에 입력했다.

차가 시내를 빠져나와서 해안가 도로로 접어들었다. 는개가 막을 형성하면서 바다가 뿌옇게 보였다.

"삼보섬에서는 안개가 흔한가 보죠?"

"아무래도 해안가라 그렇지."

성호의 질문에 강대수가 답했다.

"이곳이 잘 맞으시나요?"

강대수가 너털웃음을 터뜨렸다.

"경찰하다보면 지방으로 참 많이 도는데, 광주에서 3년, 목포에서 3년 그리고 지금 이곳까지 와서 2년 지냈어. 애들하고 집사람은 서울에 있고 말이지. 타지에서 홀로 떠돌다 보면 그냥 그런가 하는 거지. 뭐 낙이 따로 있나? 이 사건 해결하면, 이제 내 경력에 미제사건은 없는 거야. 그게 내 인생 최대의 자랑거리고 말이지."

"삼보섬에 강력사건은 많지 않잖습니까?"

"그렇지. 미제살인사건이나 연쇄살인사건은 거의 전무해."

"오늘 기대를 하셔도 좋을 것 같습니다. 만약 고희정 여인을 실종시킨 용의자가 가까운 거리에 산다면 말이죠."

"무슨 말이야?"

"방화범이 방화현장에 가장 먼저 나타난다는 말은 들어보셨죠?"

강대수가 성호의 운전하는 옆얼굴을 보고 심각한 표정을 지었다.

"그거야 범인은 범행 현장에 한 번은 와본다는 오래된 수사 법칙을 말하는 거 아니야?"

"살인의 종류 중에 영웅심리 살인이라는 게 있습니다. 자신이 저지른 방화현장에 가장 먼저 뛰어들어서는 자원봉사자를 자처하면서 피해자들을 돕고, 대피하게 합니다. 병원에 근무하는 직원이 이 종류의 범죄자라면 불특정 환자에게 강심제를 과다하게 투여해 부정맥 증상을 일으키고는 자신이 가장 먼저 달려가 상황의 심각성을 알리기도 하죠."

오영식이 뒤에 조용히 앉아 있다 질문을 던졌다.

"그렇다면 오늘 굿판에 용의자가 나와 앉아서 구경을 할지도 모른다는 말씀입니까?"

성호는 나직하게 대답하였다.

"그럴 수도 있죠."

내비게이션의 지시로는 청룡리 고희정의 집은 산을 넘어가야 했다. 어느덧 비는 그쳐 있었다. 유리창에 서리가 꼈다. 히터 설정 온도를 높이면서 차로 고개를 올라가는데 고개 중턱에 수확한 파를 싣는 1톤 트럭이 비스듬히 서 있었다. 농부 두어 명이 일을 하다가 성호가 모는 차가 트럭을 비켜 올라가는 것을 지켜보았다. 차가 올라가 고갯길을 넘어 가려는데, 경찰서장 이름으로 세운 팻말에 '이 길은 경사가 심하고 겨울철 눈과 비에 미끄러워 동절기 12월부터 2월까지 통행을 금한다'라고 적혀 있었다.

성호가 안타까운 얼굴로 차를 돌리기 위해 후진 기어를 넣었다.

"왜 농부들이 안 알려줬는지 모르겠네요?"

강대수가 피식 웃었다.

"당연하지. 우리가 묻지도 않았는데, 게다가 딱 봐도 외지에서 온 차량이면 서로 모르는 사람이잖아. 그나저나 우리가 모르는 금지문이 있었네."

"팀장님, 교통계 일이잖아요."

강대수의 말에 오영식이 심드렁하게 답했다.

차가 고갯길을 내려가면서 중턱에 세워놓은 트럭을 비켜 가자, 농부들이 웃는 표정으로 성호와 눈이 마주쳤다. 은근하게 기분이 나빴다.

"너무 고깝게 여기지 마. 여기 사람들은 도시사람 골탕 먹였다고 솔찬히 기뻐할지도 몰라."

"소심한 복수로군요. 자녀들을 빼앗아간 도시에 대한."

"그렇지, 그렇지. 허허."

강대수가 껄껄 웃었다. 고희정의 휴대폰 전화가 끊겼다는 금갑리를 지나서 청룡리로 접어들었다. 농가들이 한 채씩 띄엄띄엄 자리한 한적한 마을이었다. 번지수를 찾아 근처에 차를 세워두었다. 철 대문을 열고 들어서자 너른 마당에 굿거리 음식들이 한판 지게 차려져 있었다. 그 뒤로는 깔끔한 단층 한옥이 서 있었다. 머리에 갓을 쓰고 흰 두루마기를 차려입은 백발의 남자가 다가왔다. 50대로 보이는 외모였지만 피부는 팽

팽하였고, 잡티 한 점 없었다. 하지만 눈 밑의 검푸른 다크 서클이 하얀 얼굴색과 대조되어 더더욱 안색을 창백하게 보이게 하였다.

"강대수 형사님, 어서 오세요."

"여기 오영식 형사는 아실 것이고, 여기는 서울경찰청에서 지원 수사 나오신 김성호 경사님입니다."

성호가 고개를 숙여 보였다. 고희정과 살고 있었다던 박수무당 이회남이었다.

"꿈에도 나타났습지라. 몸에 무거운 것이 덧씌워져 있어서 하늘로 올라갈 수가 없대요. 씻김굿을 해달라 통사정합디다."

이회남은 마루에 걸터앉아서 그렇게 말문을 열었다. 온몸에 무언가 덧씌워져 괴로워하는 표정과 몸동작을 실감나게 해 보이면서 말을 이어나갔다.

"온몸에 무거운 것이 턱턱 걸려 있다고 사정을 하는데…….원, 어찌나 무섭던지. 캑캑대는 게 실감났습니다. 우리네들 팔자가 원래 이렇다지만 그래도 이건 너무 하지라. 너무 일찍 잡아갔지라."

"누가 잡아갔습니까?"

강대수가 물었다.

"그것일랑 원혼이지라. 인간의 사악한 마음에 깃든 혼이지라. 분명 나쁜 놈이 우리 연화를 데려가버렸습니다. 숭악한 무슨 짓인가를 하였고 온몸에 무얼 씌우고 결박하여 내다버렸당

께요."

'연화'는 고희정의 무격 이름인 모양이었다.

"바다에 있습니까? 아니면 산속에 파묻었습니까?"

강대수가 다급하게 물었다. 이회남은 고개를 저었다.

"아주 어두운 숲속에서 만났습니다. 안개가 가득 낀 숲, 그 속에 삿된 것에 이끌려 제가 갔더랬지요. 그런데 연화가 큰소리로 말했지라. 살려달라고. 모습은 보이지 않는데, 온몸에 결박이 채워져 있어서 한 발자국도 못 나가겠다고. 그 목소리가 얼매나 절절하던지 같은 꿈을 세 번째 꾸면서 오늘 굿판을 열었당께요. 부디 찾아주셔요. 연화 시신 찾아서 절에 모실 겁니다. 나무아미타불."

오영식이 뒤돌아서 몇 발자국 떨어져서 성호를 붙잡고 물었다.

"저 박수무당은 좀 어떻습니까? 자신의 범행을 반대로 이야기해서 수사 혼선을 빚으려는 것인지 의심 가기도 합니다."

성호는 모르겠다는 듯이 어깨를 으쓱하였다.

"잘 모르겠지만 그래도 진심으로 말하는 게 느껴지네요."

오영식이 뒤통수를 긁적였다.

"그렇긴 하지요?"

오영식이 잠시 주저하듯 말을 꺼냈다.

"저, 경사님. 경찰청 범죄행동과학계는 어떻게 가게 되신 겁니까? 인터뷰 기사를 보니 본래 심리학과를 나오셨다던데요."

"네, 특채로 들어왔습니다."

"저기, 저는 심리학 전공은 안 했지만 지방경찰청 소속으로 활동해보고 싶은 욕심도 있어 그런데, 그게 가능할까요?"

"일단 일선 형사 직분에서 경력을 쌓고 나서 관심분야로 한 발자국씩 나가시는 게 좋을 것 같습니다. 저희가 법무정신과 의사나 경찰, 경찰대 교수님, 범죄학 교수님들을 모시고 세미나와 학회를 종종 개최합니다. 참가 신청하시면 경력에 도움 되실 겁니다. 그리고 간혹 광역수사대나 지방경찰청에서 범죄행동 분석요원 특채 공고가 나오기도 하니까 관심 끄지 마시고요."

오영식이 환한 얼굴 표정으로 답했다.

"감사합니다."

그렇잖아도 의문의 괴편지 분석과 관련하여 오영식의 감이랄까, 심리분석적인 느낌이 일반 형사보다는 뛰어나다는 느낌이 들었다.

오영식과 대화를 하는 사이 굿판이 그럴듯하게 꾸려졌다. 너른 안방이 굿당으로 꾸며져서 과일을 비롯한 각종 제물이 차려졌고, 굿상 앞에 놓인 조그마한 상에는 제주인 정종과 막걸리, 그리고 무구인 신칼, 부채, 방울 등이 놓여 있었다. 굿당에 해금, 장구, 징을 둘러멘 악사들이 들어왔고 하얀 소복을 입은 이회남이 머리에 흰 띠를 두르고 들어왔다. 강대수, 오영식이 밖에서 들여다보다가 마당으로 걸어 들어왔다. 성호는 멀찍이 떨어져 있었다.

"아니, 이게 누구야?"

굿당 건넌방에서 여도윤이 비디오카메라를 어깨에 메고 나왔다.

"아, 오늘 연화라는 무당이 혹시 실종된 고희정 씨 됩니까? 그렇잖아도 혹시나 해서 전화 드리려고 했거든요."

"그럼 연구 때문에 카메라 녹화하시는 거예요?"

오영식이 묻자 여도윤은 비디오 전원 스위치를 점검하면서 대답했다.

"민속학 관련 연구에 굿은 하이라이트인데, 이런 걸 놓칠 수 없죠. 씻김굿이 열린다는 정보를 서울에 있는 무속학회를 통해 연락받고 새벽같이 달려와서 준비하는 과정도 일일이 녹화했어요."

"정말 잘됐네요. 사실은 오늘 용의자가 이곳에 방문해 굿을 지켜보지 않을까 해서 휴대폰으로 촬영하려고 했는데. 나중에 녹화자료 꼭 좀 보내주세요. 부탁 드려요."

"네, 알겠어요."

어느덧 준비가 끝났고, 굿당에서 굿이 시작되었다. 악사들이 연주하는 대금과 장구, 징에 맞춰 이회남은 무가를 구슬프게 불렀다.

"가자서라 가자서라, 씻기 영산을 가자서라. 구망신령 신망 신령 뒤따라 씻기 영산을 가자서라."

무가를 부르다 덩실덩실 춤추던 이회남은 대청마루로 나와서 크게 소리를 질렀다.

"어여 오너라, 우리 연화 보살, 어디로 갔는고? 큰 굿 앞두고 신령 따라 도 닦으러 갔는고? 아니면 입버릇처럼 말하던 서울 가서 무속일 정식으로 배우러 갔는고. 아니다 아니다, 만신되기 전에 저쪽부터 먼저 갔다. 어흑흑."

이때 하얀 소복을 단정하게 차려입은 여인이 마당 문을 열고 들어섰다. 가냘픈 체구에 머리를 하나로 묶어 가지런히 올린 갸름한 얼굴에 길게 찢어진 눈, 오뚝한 코, 그리고 작은 입술이 들어앉아 있었다. 하얀 얼굴 피부와 오밀조밀한 이목구비가 조화를 이루었다. 청초한 나리꽃처럼 은은하게 향기를 풍기는 인상이었다. 나이는 30대 초반 정도로 보였다.

"어이구, 연화 동생이라, 동생."

굿판 주위를 삼삼오오 에워싸고 치성을 드리는 동네 주민들이 하는 말을 들을 수 있었다.

이회남은 향불을 들어서 허공에 불씨를 틔우며 여인을 가운데 자리로 불러들였다. 어느덧 굿판은 마당으로 내려와서 진행되고 있었다. 악사들 왼편에 차려진 간단한 제상에는 과일과 무구가 놓여 있었다. 날이 시퍼런 신칼이 번쩍거렸다.

굿이 절정으로 치닫자 마당에서 고풀이가 진행되었다. 매듭이 여러 개인 하얀 천을 마당 가운데 나무 허리에 묶어놓고 연화 동생이라는 여인에게 잡아당기게 하면서 매듭을 푸는 것을 이회남이 시키고 있었다. 강대수가 오영식에게 슬쩍 물어보았다.

214

"알아봤어? 오늘 혼 받는 사람, 저 여자 대체 누구야?"

"여도윤 학예사가 말해줬는데요, 고희정 씨 사촌동생이라는 데 마침 목포에 내려왔다가 삼보섬까지 들렀대요."

"그럼 저 여자한테 혼이 실리는 거야, 뭐야? 좀 기기묘묘하게 생긴 것도 그렇고, 뭐하는 여자야?"

"그것까지는 모르겠습니다."

성호는 뒤로 멀찍이 물러나 팔짱을 끼고 대문 근처에 서 있었다. 심리학과 범죄학을 전공하고 다루는 사람으로서 이런 식의 굿판을 통하여 무언가 알아내려는 것은 영 석연치 않았다. 하지만 이런 시도가 일찍이 미국에서도 있었다. FBI 수사관조차 미제사건이나 실종사건에 영매를 통하여 범인과 시신 유기 장소를 알아내려고 애쓴 전례가 있었다.

"어이구, 영돈말이하네."

주민의 말을 들은 성호가 마침 곁으로 와서 주민들 표정을 찍던 여도윤에게 물었다.

"영돈말이가 뭡니까?"

"아, 죽은 자의 옷으로 매듭을 묶어서 세운 다음에 이제 이슬 털기라는 축귀의식을 할 겁니다. 빗자루에 물을 묻혀서 악한 기운을 털어내는 거죠. 그런데 오늘 씻김굿 완전히 접었습니다."

"네?"

"혼이 안 실리잖아요. 유족한테 혼이 실려야 고희정이 입을 빌려서 말을 하고 억울하고 원통한 심정을 얘기해주는데 지금 전혀 그렇지 않잖아요?"

여인의 이름은 고유리라고 하였다. 고희정의 사촌 여동생.

하지만 이회남이 아무리 어깨를 치고 방울과 소나무 가지를 쥐어줘도 고유리는 별 반응 없이 무표정으로 일관하였다. 이회남은 영돈말이를 하고 나서 제단에 놓여 있던 푸르뎅뎅하게 잘 벼려진 신칼을 잡아들고 한참 허공에 휘두르다가 고유리 손에 쥐어주었다. 이때 여인의 떨궈져 있던 고개가 쨍하는 것처럼 번쩍 들렸다. 주민들의 탄성이 들렸다. 칼을 든 손이 부르르르 떨렸다.

"실렸다. 들어왔다!"

그 순간, 성호가 서 있던 대문가로 검은색 등산복을 입고 모자를 푹 눌러 쓴 남자가 서성였다. 성호는 이상한 낌새에 남자를 살펴보려고 다가가려는데 갑자기 누군가 어깨를 꽉 눌렀다. 이회남이 고개를 저으며 굿판으로 들어오라는 몸짓을 하였다. 그리고 철 대문을 닫아걸었다. 성호는 알 수 없는 기분에 일단 시키는 대로 하였다.

고유리는 살기를 띤 눈동자를 하고 주민들과 무당들을 노려보다가 갑자기 목을 두 손으로 콱 쥐었다.

"하이고야, 하이고야, 누가 나를 이렇게 괴롭히는고. 숨이 턱턱 막히고. 아이고야, 그리고 이 온몸을 둘러싸고 밖으로 못 나가게 하는 것은 무엇인고? 하이고야, 누가 나를 옴짝달싹못하게 하는고."

강대수와 오영식이 슬금슬금 다가가서 고유리의 넋두리에 귀를 기울였다. 혹시나 단서를 잡을까, 때를 기다리는 사냥개의 표정이 강대수에게 비쳤다.

　핏불테리어라더니, 성호가 피식 웃는데 갑자기 고유리가 칼을 들고 성호에게 성큼성큼 다가왔다. 성호의 얼굴에서 웃음기가 사라졌다. 고유리가 칼날을 성호의 목에 들이대었다. 강대수가 다가가려는데 이회남이 제지를 하고 괜찮다는 눈빛을 보냈다.

　"네 이놈! 천하의 나쁜 놈, 이 악인아!"

　천하를 호령하는 쩌렁쩌렁한 소리가 가냘픈 여인의 몸에서 울려 퍼졌다. 오영식, 강대수가 깜짝 놀란 표정으로 쳐다보았다. 주민들은 수군거리며 이 광경을 지켜보았다. 여도윤은 카메라에 쉴 사이 없이 담고 있었다.

　"네? 무, 무슨 소릴……."

　성호가 얼결에 대답을 하였다.

　"이 천하의 나쁜 놈아! 네가 저지른 죄들을 모두 속죄해, 빌고 또 빌어도 모자라."

　"뭐, 뭐라고요?"

　더 이상 말이 나오지 않았다.

　"넌 죄인이야! 대죄를 저질렀어!"

　고유리의 카랑카랑한 목소리에 주민들이 수군댔다.

　"저놈이 대체 누구여? 육지사람 같당께. 혹시 저놈이 범인

아녀?"

"네놈은 대죄를 지었어. 그 죄를 니가 빌고 또 빌어도 모자
랄 판에 감히 남을 판단하고 벌을 주려고 쫓아다니고 있어? 이
천. 하. 의 대. 죄. 인. 놈. 아!"

음절 한 끝 한 끝마다 강조하며 부르짖는 고유리의 기세에
성호가 뒤로 주춤 물러났다. 너무도 무서웠다. 치켜 뜬 눈과 살
기등등한 표정 그리고 쩌렁쩌렁한 소리가 귓가를 곤두서게 하
였다. 고유리가 칼을 들어 허공에서 성호를 향하여 내리쳤다.
어깨에 닿았다. 둔탁한 느낌만 있을 뿐, 보기와는 달리 실제로
날이 선 칼은 아니었다. 하지만 성호는 외마디 비명을 지르며
눈을 감았다.

"아악!"

고유리가 실실 웃으며 뒤로 돌았다.

"후하하, 니가 니 죄를 알고 두려워하는 것이렷다."

고유리는 그렇게 말하고 눈을 희번덕이며 칼을 거두고 뒤돌
아섰다. 이회남이 건네주는 신장대를 들고 두 손을 파르르 떨
었다. 고유리가 공중을 향해 팡팡 뛰자 악사들이 신명나게 연
주를 하였다.

굿판에서 물러난 성호는 밖으로 나와 차가 주차된 곳으로 향
했다. 기분이 무척 나빴고 한편으로는 혼돈스러웠다. 천하의
죄인으로 몰아치는 여인의 시퍼런 눈길이 잊히질 않았다. 불길
하고, 섬뜩하였다.

느지막한 시간이 되었다. 어스름이 주위에 내려앉았다. 성호는 차에 타서 눈을 감고 있었다. 닫힌 차창 너머로 시끄럽던 무가가 들리지 않았다. 굿이 완전히 끝난 모양이었다. 차 문이 열렸다. 보조석에 여도윤이 타고, 강대수와 오영식이 뒷좌석에 올라탔다.

"거참, 괜히 왔어. 건진 게 없네."

강대수가 성호의 눈치를 슬슬 살피며 말을 내었다.

시동을 걸고 경찰서로 향하였다. 성호는 얼빠진 얼굴로 운전대를 잡고 있었다.

"김 경사님, 정말 괜찮겠어요?"

오영식의 물음에 성호가 침묵을 깨고 입을 열었다.

"괜찮습니다. 이거 좀 놔주세요."

성호는 호의의 표시로 어깨에 올린 오영식의 손을 매섭게 뿌리쳤다. 말없이 운전을 하면서 경찰서로 돌아갔다. 오영식과 강대수가 내렸고, 여도윤을 보조석에 태운 채 말없이 40여 분을 걸려서 펜션에 도착했다. 가던 길을 헤매고 빙 돌다가 간신히 펜션으로 돌아왔다. 내비게이션이 안내해주는데도 오히려 길이 더 헷갈렸다. 그만큼 성호의 얼이 빠져 있었고, 인상은 구겨져 있었다. 여도윤도 말없이 가만히 앉아 있기만 하였다. 가끔 눈을 감고 자는 것 같기도 하였다. 성호는 오는 내내 기분이 몹시도 나빴다.

도착하여 주차를 하고 시동을 끄고 각자 방으로 돌아가려는데 성호가 여도윤의 뒷덜미를 잡았다.

"저기, 지난번 와인 남아 있나요?"

"좀 있다 가져다드릴게요."

여도윤은 말을 남기고 방으로 들어갔다. 방에 들어선 성호는 무심코 TV를 틀었다. 적막감에 더욱 미칠 것 같았다. 15분 후, 여도윤이 와인을 가져다가 유리잔에 따라주었다.

"죄송하지만 혼자 마시고 싶은데, 안 될까요?"

성호의 부탁에 여도윤이 고개를 끄덕였다.

"알겠어요. 10분만 앉아 있다 갈게요."

"저, 정말 난감한 일을 겪어서, 황당하네요."

"만감이 교차하시겠어요? 어렸을 때 저지른 죄까지 다 떠올랐겠는데요?"

"네?"

여도윤이 피식 웃었다.

"아니에요, 그냥 농담이에요. 내일 뵈어요."

여도윤이 문을 열고 나가자 홀로 남겨진 성호는 와인 한 잔을 비우고 나서 다시 잔에 와인을 꾹꾹 눌러 담았다. 그리고 한 입에 털어놓고는 두 손으로 얼굴을 박박 문질렀다.

정말 할 말도 없고, 죽을 것 같이 더러운 기분이었다. 그대로 얼떨떨해지는 기분으로 옷도 벗지 않고 침대로 기어들어갔다. 잠이 밀려들었다. 이상하게 삼보섬에서는 숙면을 취할 수 있었다. 이곳저곳 낯선 곳을 다녀서 몸이 피로해서 그런 걸까 하는 생각도 잠시, 성호는 곧 깊은 수면에 빠져들었다.

여기가 어디지?

야옹야옹, 고양이 우는 소리가 슬피 들렸다. 성호는 두 손으로 구석에 몰려 있는 고양이를 집어 들어서 쓰다듬었다. 고양이가 그르렁거리면서 성호를 노려보았다. 성호의 두 손이 가늘고 작았다. 아이의 손가락이었다. 몸을 둘러보았다. 아이의 몸집처럼 자그마했다.

내가 지금 몇 살이지?

뒤에서 우악스럽게 고양이를 채가는 손길이 있었다. 검은 실루엣의 괴물, 눈빛은 형형하게 빛나면서 고양이를 뺏어서 마구 때렸다. 발로 차고, 주먹으로 때리고 몽둥이로 두드리고 괴롭혔다. 고양이가 사납게 대들었지만 그럴 때마다 꼬리를 잡아당겨 허공으로 던졌다.

"안 돼! 안 돼!"

성호는 두 팔 뻗어 저지하려 했지만 몸이 움직이지 않았다. 이윽고 괴물이 저벅저벅 걸어오더니 고양이 꼬리에 라이터로 불을 놓았다. 꼬리가 타들어가는 고양이가 성호의 얼굴을 향해 와락 뛰어들었다.

아악, 눈을 황급하게 감았다. 그리고 떴다. 한없이 불쌍한 눈빛이 성호를 마주보고 있었다. 남자아이였다. 멜빵을 두른 반바지를 입은 통통한 아이, 처진 어깨가 둥글어서 더 서글퍼 보이던 아이.

"남, 남기야."

성호가 손을 뻗자 남자아이는 뒤돌았다. 그리고 등만 보이고 천천히 어둠 속으로 걸어갔다. 성호가 뒤따라가다가 절벽이 나타났고 온몸이 절벽 아래로 떨어졌다. 한없는 저 밑으로 추락하는 기분에 온몸이 소스라쳤다. 끝없이 떨어졌다. 떨어지는 도중 여러 남자아이들의 비웃는 얼굴이 나타났다 사라졌다.

성호가 바닥에 떨어지는 순간, 바닥이 거울로 바뀌면서 한남기의 얼굴이 비쳤다. 성호가 고개를 뒤흔들자 한남기도 똑같이 따라하였다. 소름이 끼쳤다.

성호는 벌떡 일어났다. 몸이 땀으로 범벅이었다. 보일러가 너무 세게 틀어졌었다 보다.

한남기.

새삼 그 이름이 입가에 맴돌았다. 시계를 보니 새벽 3시였다.

땀범벅이 된 몸을 타월로 닦으니 문득 한기가 느껴졌다. 방문을 열고 열쇠로 잠군 후 미친 듯이 계단을 뛰어 내려갔다. 해변으로 향하는 돌계단을 두세 계단씩 뛰어 내려가 달빛 아래 고요한 바다를 보다 백사장을 마구 뛰어 횡단하였다. 신발에 모래가 가득 들어왔다.

불쌍한 고양이, 한남기의 달라붙는 끈적거리는 가련한 눈빛, 그리고 무엇보다 괴물의 사악한 몸짓과 잔인한 눈짓을 모두 떨쳐버리고 싶었다.

모래를 쓸어내리는 파도가 발목을 감싸자 그제야 정신이 퍼뜩 들어 뒤를 돌아보았다. 아무도 없는 해안가. 잠시 깜박거리는 가로등 불빛만 존재하였다. 무서울 정도로 외로웠다. 성호는 천천히 펜션으로 향하는 돌계단으로 올랐다. 열쇠는 다행히 주머니에 들어 있었다. 방문을 열려다가 여도윤 학예사가 머무는 방문을 한 번 보았다. 미동도 없이 고요했다. 문을 열고 바지 자락에 붙은 모래를 털고 들어가 침대에 털썩 주저앉았다. 베란다 창가에 어렴풋이 성호의 얼굴이 비쳤다. 지치고 피로해 보였다. 남은 와인을 병째로 들고 입 안에 들이부었다.

다시 침대에 드러누워 눈을 감아버렸다. 어둠을 응시하기가 미칠 듯이 두렵게 느껴졌다. 눈을 꼭 감고 얼굴을 베개에 파묻고는 베개 커버를 필사적으로 움켜쥐었다. 입에서는 끝없이 신음이 흘러나왔다. 웅얼거리는 혀를 느끼며 억지로 잠을 청했다.

8. 기억 속 인격살인자
(1월 18일 금요일)

휴대폰 벨소리가 요란하게 울렸다. 성호는 깨질 듯이 아픈 머리를 부여잡고 일어났다. 햇살이 커튼 사이로 비쳐 들어왔다. 휴대폰을 받으니 여성의 목소리가 들렸다. 성호는 정신을 가다듬고 쉰 목소리로 말하였다. 뭐라고 하는지 목소리가 잘 들리지 않았다.

"여, 여보세요. 말씀하세요. 김성호입니다."

"어디 아픈 거예요?"

"누, 누구시죠?"

"나, 심재연. 전화 받을 상황 아닌 거예요?"

성호의 정신이 퍼뜩 들었다.

"아, 아닙니다. 말씀하십시오."

"권 계장님 통해 상황 대충 파악됐는데, 내가 경찰청 지리적 프로파일링 프로그램에 실종자 세 명이 사는 장소, 실종지로 추정되는 장소를 함수에 넣고 돌려봤어요."

성호가 몸을 벌떡 일으켜 세웠다.

"네, 말씀하세요."

"고희정 씨가 살던 청룡리 마을과 실종된 금갑리 등의 1차 사건장소에서 휴대폰이 끊어진 금갑리를 기점으로 반경 3.8킬로미터 이내에 범인의 은신처가 있을 확률이 높다고 나왔어요. 인근 지역 만길리, 연주리, 거룡리 등지에 사는 사람을 대상으로 용의자 특정 짓는 게 어때요? 그것보다 세방 펜션, 그러니까 세 번째 실종지가 멀리 떨어져 있다는 게 걸리네. 주거지 근처에서 범행을 시도하고 성공한 다음, 거리를 넓혀서 주거지에서 먼 곳까지 진출해서 사건을 저지른 것으로 보이는데 이론과는 다르죠. 사실상 범죄 패턴은 주거지에서 먼 곳에서 성공하면 심리적 거리가 허물어져서 자신의 주거지에서 가까운 곳으로 옮기는 게 정석이죠. 하지만 지금은 다발적으로 일어난 금갑리 부근이 더 의심스러워요. 그리고 낮 시간에 범행이 이뤄진 것으로 보아 납치 쪽이 더 유력해요. 듣고 있어요?"

"네, 말씀하세요."

"만약 강간만 할 생각이었다면 밤이나 새벽을 골랐겠죠. 지금은 움직이지 않지만, 들키지 않았다는 자신감으로 분명히 손이 근질거릴 거예요. 바다와 가까운 곳에서 일을 벌이는 심리

225

적 경계선이 있고. 일단 금갑리, 만길리 주변을 제1 군집으로 삼고 성범죄 전과자나 독신남 등을 추려서 탐문해나가는 것도 방법이에요. 이런 범죄를 저지르는 사람은 마을에서 거짓말을 자주 한다거나, 도둑질을 했다거나, 서울에서 무슨 일을 저지르고 내려온 뜨내기거나 혹은 전과가 분명히 있을 거예요. 범죄 전력이 있는 사람이 범인일 확률이 높아요. 그리고 여자들의 직업이나 근무 시간대, 이동경로를 꿰고 있는 사람이고, 증거를 남기지 않는 것을 보면 상황을 통제하고 계획하는 사람, 그리고 시신을 감추는 데 조력자가 있을 확률도 있어요. 시신을 감쪽같이 숨긴 것과 증거를 남기지 않은 것만 봐도 그래요."

"네, 알겠습니다."

"심리적으로 힘들지는 않나요?"

성호는 눈을 꿈벅거리면서 잠깐 침묵을 지켰다.

"아, 아냐. 정리해서 이메일로 보내줄게요. 도와야 될 일 있으면 연락 줘요."

"네, 감사합니다."

심재연 경위의 전화는 그렇게 끊겼다. 성호는 부랴부랴 침대에서 일어났다.

대체 몇 시인 거지?

벌써 9시가 넘어 있었다. 게다가 어제 커튼을 닫지도 않고 잠을 잤나 싶었다. 베란다 너머로 너른 아침 바다가 보였다. 휴대폰을 들어 살펴보니 오영식과 여도윤에게서 한 통씩 부재중 전화가 와 있었다. 물을 끓여서 커피를 마셨다. 쓰디쓴 맛이 평소와 다르게 여겨졌다. 어제 와인을 너무 마셨다. 오랜만의 과음은 몸 여기저기를 쑤시게 만들었다. 머리가 끊어지게 아파왔다.

"아…… 아……."

식탁 의자에 축 늘어진 몸으로 걸터앉았다. 어서 샤워하고 경찰서에 나가야 했지만 쉽게 몸이 일으켜지지 않았다. 속이 답답하였다. 어제 일어났던 일들이 먼 옛날의 일처럼 느껴졌다. 가물거리는 기억 속에 고희정의 사촌 여동생 고유리와 주고받았던 대화들이 떠올랐다.

"이 천하의 나쁜 놈아! 네가 저지른 죄들을 모두 속죄해, 빌고 또 빌어도 모자라."

그 순간 뒤에 서 있던 이회남의 싸늘한 눈빛, 강대수의 찡그려지던 미간, 오영식의 의아해하는 호기심 어린 얼굴, 여도윤의 의중을 알 수 없는 안경 너머의 표정이 모두 세세하게 떠올랐다. 여도윤은 카메라를 든 손으로 성호의 얼굴을 자세히 찍고 있었다.

"죄라니. 죄라니."

성호는 미간에 주름이 잡히면서 두 주먹을 불끈 쥐었다. 경찰 일을 보면서 부정한 돈을 받았다거나 용의자나 피해자 편에 서서 불공정하게 일을 처리한 적은 결단코 없었다. 게다가 고등학교, 대학 시절도 그럭저럭 별 탈 없이 조용히 보냈다. 모든 게 조용히 흘러갔다. 심리학과 후배도 스스로 조용히 성호를 떠나갔다. 배신하였다거나 그런 것이 아니었다. 성호 안의 심연의 그림자를 들여다보지 못했던 그녀 스스로 물러나버렸다.

이해할 수가 없었다.

그렇다면 그 이전 중학교 초등학교 시절에는?

의문이 들었다. 갑자기 머리가 욱신욱신 쑤셨다. 천 개의 바늘로 이마를 쿡쿡 찌르는 흉측한 생각이 들 정도였다.

아! 외마디 비명을 지르고 다시 주저앉는데 노크 소리가 들려왔다. 옆 방 여도윤일 것이었다. 간신히 정신을 가다듬고 문을 열어주는데 여도윤이 나갈 준비를 마치고 들어왔다.

"안 나가보세요? 태워다달라고 부탁 드릴려구요. 이회남 무속인 인터뷰 영상 좀 뜨게 고희정 씨 집에 좀 데려다주실 수 있나 해서요. 뭣하면 택시 불러서 타고 갈게요."

"그게 저, 궁금한 게 있는데……."

여도윤이 게슴츠레 눈을 뜨면서 고개를 옆으로 살짝 숙였다.

"네?"

"어제 고유리 씨한테 혼이 실려서 저를 혼내고 그러던 것 기억나시죠?"

"아, 네."

"왜 그랬는지 도통 알 수가 없어서 그래요. 정말 혼이 실리고 그러는 게 무당들이 짜고 치는 고스톱 같은 사기가 아니라 실제 영매가 되어서 혼이 실리는 건가요?"

"저희 민속학 입장에서는 어느 정도 일리 있는 현상으로 연구하고 있어요. 정신과 의사들은 정신분열에 헛소리, 환청, 환각 증상이라고 단정 짓지만 실제로 내림굿 받거나, 신들린 사람들은 좀 다르다는 의사분도 계시죠. 일단 망상 들린 자들처럼 막무가내식의 대화가 아닌 정상적 대화가 가능하고, 평소에는 정상이던 분들이 내림굿을 받고 신들린 듯이 작두날을 펄펄 뛰어오르고 신장대 붙들고 바르르 떨고 하니까요."

"그럼 과학적으로 일리가 있다는 말씀입니까?"

여도윤은 고개를 저었다.

"아뇨, 과학으로는 설명이 안 돼요. 하지만 사람 살아가는 모든 일들이 과학적으로 증명된다면 종교나 학문 연구가 왜 필요하겠어요. 알 수 없는 오묘한 기운은 분명 있잖아요?"

성호가 약간 염려하는 눈빛으로 되물었다.

"그렇다면 고유리 씨가 어제 저한테 한 말도 모두 근거 있는 말이란 말씀입니까?"

"네? 아하, 뭐 죄를 지었다 그러는 거요? 글쎄요. 본인이 아니라면 아닌 거겠죠?"

성호는 여도윤에게 키를 주고 차에 가서 히터를 켜고 기다리라고 하고는 급히 샤워를 끝내고 나갈 준비를 하였다. 여도윤의 마지막 말이 걸렸다.

'본인이 아니라면 아닌 거겠죠.'

본인이 아니라면, 내가 스스로 부정하면 아닌 것이 되는 것일까?

고유리한테 그런 말을 들을 정도의 악인이라면 홍태기 정도는 되어야 하는 것이 아닐까?

동급생 남기를 잔인하게 괴롭히면서 만족스러워하는 태기의 얼굴이 떠올랐다. 자신이 시킨 대로 남기가 저급한 짓을 할 때마다, 반 친구들이 나서서 남기를 가혹하게 때릴 때마다 짓던 표정이 있었다. 얼굴을 일그러뜨렸다가 한껏 입 꼬리를 슬쩍 들어 올리는 표정. 성호는 나가기 전 신발장 벽에 붙어 있던 거울을 보았다. 홍태기의 표정을 순간 따라해보았다. 얼굴을 쭈그렸다가 입 꼬리를 들어 올리는 바로 그 표정.

소름이 좌르르 끼쳤다. 비슷한 느낌이 들었다. 고개를 뒤흔들고 얼른 밖으로 나갔다. 여도윤이 보조석 창밖으로 팔을 내밀고 손을 흔드는 게 보였다.

이주영 순경은 아침을 엷은 커피 한 잔으로 시작하면서 생각에 생각을 곱씹고 계획을 세워보았다. 간밤에 머리가 하얗게 셀 정도로 생각해둔 것이 있었다.

어젯밤, 주간파 사용자 게시판을 조사해보았다. 김성호 경사에 관한 글들은 거의 지워져 있었다. 강예모 운영자가 신경 써서 지운 느낌이 들었다. 이번에는 컴퓨터 바탕화면으로 돌아와서 파일 하나를 열었다. 김성호 경사를 가장 먼저 하나리 사건과 연관 지었던 글들을 저장한 파일이었다. 주간파 게시판 글들을 읽고 선별하여 캡처를 하여 저장한 것들이었다. 문건 하나를 유심히 들여다보았다.

여러분! 지금 막 들어온 확실한 팩트 하나 제공해드립니다. 아래 인터뷰 기사 사진에 나온 김성호 경사님은 경찰청 과학수사센터 범죄행동과학계에서 근무하시며 직급은 경사라고 하는데요. 왜 프로파일러라고 하면 다 아시겠죠? 이분이 주간파 회원 이준희를 면담한 후에 보고서를 제출하여 이준희에게 불리하게 하였고 더불어 주간파 회원들에게 차후로 경찰에 소환될 빌미를 제공하였습니다. 고 하나리의 사건으로 여러 명의 회원들이 고소를 당하고 합의를 본 것도 모자라서 이렇게 살인사건에 연루되었다는 것은 근거 없는 모략이며 아울러 이준희의 결백도 주장하는 바입니다. 자자 여러분, 경찰이라고 신상이 안전할까요? 우리 모두 신나게 털어볼 것을 주장하는 바입니다!

2013년 1월 11일 7시 20분 PM reallove12 작성

이주영은 빠르게 수기를 해나갔다.

1월 10일 김성호 경사 오전: 이준희 심리검사와 면담 진행, 오후: 이준희 급우 두 명 만남.
1월 11일 김성호 경사 오전: 이준희 보호자 이상희 면담.
1월 11일 7시 20분 PM부터 주간파 게시판 김성호 경사가 최초로 신상정보 해킹 당함. 이외 김성호 경사를 사칭하여 음란성 글이나 허위 글 남김.
1월 12일 새벽 6시 이준희 자살시도.
1월 14일 김성호 경사 삼보섬으로 출장.

이주영은 곰곰이 생각했다. 빨라도 너무 빨랐다. 세상 정보에 민감하다는 기자들도 들어와 정보를 캐내간다는 수천, 수만

건 문건이 올라오는 게시판이었다. 그렇다고는 해도 김성호 경사가 이준희의 프로파일링 작업을 진행한다는 정보가 실시간으로 올라와 있을 수는 없었다. 분명히 경찰 내부에 누군가 정보를 주었거나, 아니면 처음부터 하나리 사건을 주시했던 누군가가 있을지도 몰랐다. 관련자라고 보아도 좋을 정도의 타이밍이었다.

특히 가장 먼저 문건을 올린 'reallove12'는 무척 의심스러웠다. 강예모가 경찰서에 다녀간 후에 이 사람의 신상정보만이라도 달라고 공문 요청을 하였지만 강예모는 묵묵부답이었다.

어젯밤, 인터넷 서핑을 잠시 하다가 무릎을 탁치는 아이디어가 떠올랐다. 강예모는 분명 주간파 사이트가 쇼핑몰에서 시작하였다가 우연찮게 발전했다고 하였다. 제 버릇 개 못 준다는 말이 있다. 강예모가 차려입은 모양새는 쇼핑몰 모델이 현실로 와락 튀어나온 것 같았다. 분명 강예모는 주간파 운영자로서 모습을 드러내지 않는다. 그렇다면 강예모라는 실명은 어디에 쓸까? 혹 온라인 옷 쇼핑몰에 있지 않을까?

포털사이트에 '강예모', '옷', '쇼핑몰', '스타일' 등의 검색어를 키워드로 넣자 수십여 가지 문건들이 올라왔다.

'예니의 예쁘니 모드'라는 쇼핑몰과 운영자 '강예모'를 동시에 한 사이트에서 찾을 수 있었다.

이거다!

쇼핑몰 사무실은 서울 강남구 논현동으로 되어 있었다. 쇼핑몰 사이트에 들어가보자 20대 여성들이 입을 만한 옷들을 차려입은 늘씬한 모델이 보였다. 강예모는 모델 활동은 하지 않는 모양이었다. 쇼핑몰을 죽 훑어보다가 이렇다 싶은 것을 확인하고 손가락을 탁 튕겼다. '샤넬풍 핸드백 15만원', '프라다풍 재킷 25만원'이라고 적힌 상품 사진을 캡처한 후에 파일을 스마트폰에 저장을 하고서 사이트에서 나왔다.

오전 중에 이주영은 사이버수사팀장에게 김성호 경사 신상이 해킹된 사건과 관련하여 외근을 나가겠다고 보고했다. 작정한 바가 있었다. 이때 사무실 문이 벌컥 열렸다. 종이 한 장을 든 박민철 형사가 화가 무지하게 난 얼굴로 소리를 쳤다.

"지금 이상희 씨가 나와 김성호를 고소한다고 민원실 통해 고소장 제출하고 갔다고! 이거 앞으로 어떻게 되는 거야?"

사무실에 근무하고 있던 형사들이 우르르 모여들었다. 박민철을 둘러싸고 고소장을 돌려 보았다.

"이상희 씨가 고소 취하하도록 일단 누가 병원으로 가서 사정을 해야겠는데."

한 형사의 말에, 강력팀장이 이주영 순경에게 제안을 하였다.

"어머니와 만났던 사이잖아? 사이버범죄수사팀에서 병원으로 찾아가서 고소 취하하도록 말 좀 전달해주면 어때?"

"네, 그렇게 하겠습니다."

이주영은 그렇잖아도 한 번 더 병원으로 가봐야겠다는 생각은 하던 터였다. 잠시 후 이주영은 경찰서를 나왔다. 마침 경찰서에 손님 내려주고 가려던 택시를 잡아타고 이준희가 입원한 병원으로 향했다. 가까운 거리였지만 한시가 급했다.

병원에 도착해 4층 입원실을 둘러보았다. 이준희는 현재 중환자실을 나와서 일반 병실에 입원한 상태였지만 의식 회복이 뚜렷하지 않고 실어증 증세가 있다고 들었다. 입원실 문가에 붙어 있는 환자 성명을 보고 다녔지만 쉽게 찾아내지 못했다. 간호사 데스크에 가려던 때 이상희가 가습기 물통을 들고 나오는 모습이 보였다.

"어머니!"

"어? 이 순경님."

이주영이 급하게 다가가서 가습기 물통을 빼앗아 들었다.

"제가 물 떠다드릴게요. 들어가 계세요."

가습기 물통을 갈아 끼우고 나서, 잠을 자고 있는 이준희를 내려다보면서 이주영은 조심스럽게 말을 꺼냈다.

"어머니, 힘드시죠. 제가 대신 사과드립니다. 죄송합니다."

이주영은 조심스럽게 말을 꺼낸 후에, 잠시 뜸을 두었다가 이어나갔다.

"어머니, 형사님들 너무 힘들어하세요, 고소 취하해주시면 안 돼요?"

이상희는 어두운 표정으로 준희 손을 붙잡고 말했다.

"우리 아들 죽었다 다시 살아났어요. 이제 직장도 관두고 애만 보고 살 거예요. 진즉에 그렇게 했어야 하는데, 어릴 때부터 어두컴컴한 방 안에서 혼자 컴퓨터 쳐다보고 멀뚱히 있는 걸 얼마나 많이 봤는데도 그놈의 돈이 뭔지 난 꾸역꾸역 일하러 나가고, 이제 진절머리 나."

이주영은 묵묵히 듣고만 있었다.

"나도 고소 안 하려고 했지만 정말 너무 화가 처받는 거야. 범인이 아닌데도 확실한 증거도 없이 애를 불러다 애한테 겁주고 윽박지르고 소리쳐대다가 결국에 우리 아들이 이렇게……. 흐흑흑……."

이주영은 미안한 얼굴로 약간 고개를 숙이고 준희를 지긋하게 바라보았다. 진심으로 미안했고, 이상희의 아픈 마음이 감정 이입되어 느껴졌다.

"흐흑, 이딴 식으로 되는 것 원치는 않았는데."

잠시 후 이상희가 마음을 추스르며 차분하게 말했다.

"그런데 고소 취하하는 건 잘 모르겠네. 어떻게 해야 하는 건지 나홀로 소송인가 뭔가 하는 그 남자한테 좀 물어봐야겠어요."

"네? 변호사나 법무사 사무실에서 하신 거 아니에요?"

"아니요. 정의실현친구 유정열 씨라고 공장까지 찾아와서 한 번 뵌 분 있어요. 그다음에 이메일로 상담하고 고소장도 대신 써줬어요."

"저기, 명함 좀 볼 수 있을까요?"

"명함은 지금 없고, 그 남자 연락처는 휴대폰으로 사진 찍어놨는데. 여기요."

이주영은 이상희가 내미는 휴대폰을 받아서 보았다. '정의실현친구 유정열'의 명함에 연락처와 이메일이 적혀 있었다. 맨 밑에 꿀벌 모양의 캐릭터가 들어가 있었다.

"이 파일 카톡으로 보내주세요. 혹시 일이 복잡해지면 이분한테 연락도 취해보고 싶어서요."

"그래주실래요? 이 순경님만 믿죠, 저는 당장은 준희 간호하느라 고소장 취하하러 못 가요. 나중에 가서 취하해줄게요. 내가 이 순경님 봐서 그 박 형사인가 뭐시기인지 용서해준다!"

이주영은 이상희와 헤어져 돌아서면서 그래도 준희는 회복만 하면 앞으로 건강하게 잘살 수 있을 거라는 막연한 믿음이 생겼다.

악성댓글이나 인터넷상의 명예훼손 등의 사이버범죄와 연루된 아이들을 많이 접하였고 그 부모들 면담도 많이 하였다.

'우리 아이 혼 좀 내주세요, 그냥 소년교도소 보내버려요, 아마 아이가 잘못했을 겁니다, 처벌하세요.'라고 말하는 부모들은 철저하게 아이를 버린 셈이다. 방에 틀어박혀서 사회생활과 단절하고 학교도 안 가고, 오로지 컴퓨터를 붙잡고 네트워크에서만 사람을 만나는 아이들에게 유일한 대화는 어찌 보면 악성 댓글이었을 것이다. 그런데 그것마저 일탈이라고 외면한 부모들은 혀를 끌끌 차면서 경찰서 사무실 문을 박차고 나간다. 남겨진 아이의 눈은 절망의 구렁텅이에 빠져서 초점을 잃는다.

어떤 부모는 무릎을 꿇어서라도 죄를 인정하고 아이들 손을 붙잡고 통사정한다. 그러면 아이들 눈빛도 조사받는 동안 많이 달라진다. 이렇게라도 내가 아파한다는 것을 알아달라는 묵언의 시위는 끝나고 부모 손을 붙잡고 조용히 경찰서를 나가게 된다.

이 두 종류의 아이들이 앞으로 어떻게 될지는 어림짐작할 수 있다. 부모가 범죄자 취급하며 보는 노골적인 시선은 아이에게 평생 잊지 못할 상처를 안겨주는 것이고, 사회와 완전히 단절하게 되는 계기가 된다.

병원을 나온 이주영은 일단 강예모의 사무실을 불시에 찾아가기로 결심하였다. 이상희의 고소 취하 의사를 들었으니, 서류를 꾸려서 나중에 찾아가기로 하였다. 김성호 경사에게는 강남경찰서에서 피고소인이 되었음을 알렸을 테니 일단 강예모를 조사한 후에 추후 연락을 하기로 마음먹었다.

병원에서 쇼핑몰 사무실이 있는 논현동까지는 택시로 30분이 채 안 걸렸다. 사무실이 있는 건물 2층에 올라가 '예니의 예쁘니 모드'라는 명패가 붙은 문 앞에 섰다. 노크를 했지만 답이 없기에 천천히 문을 열고 들어갔다.

"안녕하세요."

마네킹에게 치마를 입혀보던 여직원 하나가 이주영의 경찰 제복을 보자 둥그런 눈으로 의아하게 보았다.

"강예모 대표님 만나 뵐 수 있을까요?"

"아, 네. 대표님!"

직원이 사무실 뒤쪽의 문을 열고 들어갔다. 사무실은 중간을 기점으로 창가 쪽에는 아마도 주간파 사이트를 감시하고 운영 체제 시스템을 구축하는 듯한 운영팀들이 책상을 일렬로 놓고 앉아 있었다. 여덟 명 중 대다수는 남자들이었다. 컴퓨터에 코를 박고 미친듯이 키보드를 두들기는 모습만 살펴보아도 전형적인 해커나 프로그래머 스타일로 보였다. 반대편에는 마네킹과 원단, 옷들이 어지러이 널린 책상에 디자이너로 보이는 여성 세 명이 일하고 있었다. 사무실 안쪽 문이 열렸고 캐주얼 청바지에 헐렁한 니트를 걸친 강예모가 나왔다. 긴 머리를 질끈 묶었고 얼굴에는 화장기가 없었지만 청순함이 드러나는 모습이어서 그런지 지난번보다는 친근하게 느껴졌다.

"어, 어떻게 알고 오셨어요?"

강예모가 놀란 얼굴을 하자 이주영은 활짝 웃었다.

"예쁘니 모드 옷을 친구가 종종 사더라고요. 우연히 알게 되었어요."

강예모는 형식적으로 티백 녹차 한 잔을 들고 자그마한 회의실로 안내했다.

"무슨 용건으로 오셨는지 이제 말씀해주시죠."

"강예모 씨, 쇼핑몰을 운영하시는 데 있어서 애로사항이 많죠?"

강예모의 미간에 주름이 탁 지어졌다.

"무슨 말씀이죠?"

이주영은 휴대폰을 들어서 예쁘니 모드 쇼핑몰을 캡처한 사진을 보여주었다.

"이 핸드백과 옷 참 예쁜데요, 샤넬풍, 프라다풍이라고 명명한 것은 상표법에 위반되는 걸로 알고 있는데요? 실제 브랜드를 언급하는 것은 소비자에게 오인된 정보를 주고, 동시에 가품 그러니까 짝퉁을 팔고 있다는 의심이 듭니다."

강예모가 화가 나서 휴대폰을 건네주고는 대답했다.

"관행적으로 다들 그렇게 해요. 그리고 고맙네요, 여기까지 와서 그런 걸 다 알려주시고요. 요즘 경찰들 정말 할 일 없나봐요. 그것들 쇼핑몰에서 내리도록 지시할게요. 더 이상 볼일 없으시면 일어나도 되죠?"

이주영의 말이 나가려는 강예모를 붙잡았다.

"그것 말고도 저작권 관련 문제로 소송 중이라 사용 불가능한 불법 소프트웨어와 폰트를 무단으로 사용하고 계시고요. 그리고 쇼핑몰에 '현금결제 시 할인과 함께, 특별우대권을 드립니다.' 그렇게도 되어 있네요. 이건 공정거래법위반 내지는 저촉사항에 해당됩니다. 현금결제를 유도하니까요. 현금결제 하면 세금신고도 일일이 하시는 거죠? 탈세하면 중죄인 거 아시죠?"

강예모가 화난 표정으로 뒤돌아섰다.

"증거 있나요? 증거요!"

"캐내보면 하나하나 잡을 수 있겠죠."

강예모는 이주영의 맞은편 자리에 깊숙이 주저앉고는 할 수 없다는 표정으로 되물었다.

"뭐 어떻게 도와드려야 되죠?"

"한 명의 신상정보만 알려주세요. 김성호 경사님이 고 하나리 살인사건과 연관되었다는 정보를 가장 먼저 퍼트린 사람을 알고 싶어요."

"좋아요, 그게 누구죠?"

이주영은 출력해온 용지를 보여주었다.

"잠깐만 기다려주세요. 아직 회원탈퇴를 안 한 상태면 이 사람 휴대폰 번호와 이메일 주소는 남아 있을지 몰라요."

강예모가 나가려는데 이주영이 빙그레 웃으며 말을 건넸다.

"그리고 오늘 중에 상표법 등록 위반에 관련된 물건들은 모두 내리고 불법 소프트웨어 사용한 폰트나 디자인도 모두 삭제하세요. 그리고 앞으로는 공정한 거래를 위해 힘써주시고요."

강예모는 한숨을 쉬며 문을 열고 나갔다. 녹차를 마시며 15분 정도 기다리니 강예모가 들어왔다.

"여기요, 이게 마지막이면 좋겠네요."

이주영은 가볍게 목례를 하고는 강예모가 내민 종이를 들고 사무실을 나왔다. 학동역을 가리키는 표지판이 보여서 천천히 걸어가다가 휴대폰을 빼 들어서 전화를 걸었다.

"김성호 경사님. 저 이주영입니다."

"네. 말씀하세요."

"고소장 접수는 들으셨죠?"

"네."

"걱정 마세요. 어떻게든 고소장 취하를 유도해보겠습니다. 그런데 고소와 관련해서 서에 방문은 하셔야 되는데, 출장 언제 끝나세요?"

"일정은 일주일이지만 확실하게 장담 못 하겠네요. 나중에 다시 말씀 드릴게요."

"네. 그리고 주간파에서 김성호 경사님 관련 정보를 가장 먼저 캐낸 사람의 정보를 알아냈어요. 자세하게 알아내는 대로 다시 연락 드릴게요."

"네. 알겠습니다."

이주영은 전화를 끊고 학동역으로 들어갔다. 경찰서로 복귀하기 위해서는 지하철을 두 번이나 갈아타야 하지만, 역 안에 들어선 김에 그냥 가기로 마음먹었다. 전철에 올라 손가방 속에서 강예모에게 받은 종이를 꺼냈다.

ID reallove12
폰 번호 010-4321-XXXX
이메일 reallove@ssooo.net

"어? 어디서 본 이메일 주소인데."

이주영은 이상희에게서 받아놓은 명함 사진 파일을 찾아냈다.

이주영은 깜짝 놀랐다.

"이럴 수가."

휴대폰을 들어 김성호에 전화를 하려다 종료 버튼을 눌렀다. 아직 확실한 것은 아무것도 없었다. 더욱 확실한 조사 후에 최종적으로 보고를 하는 게 낫다고 판단하였다.

성호는 휴대폰 설정을 진동으로 바꿔놓은 다음 진술실에 들어가 앉았다. 이미 오영식, 강대수가 서류들을 놓고 회의를 하고 있었다.

"굿을 찍은 자료를 여도윤 학예사 통해서 동영상 파일로 받아놓았는데, 세세하게 보지는 못했지만 일단 주민들 이외에 타지 사람은 없었습니다. 그리고 굿 당시에 저도 유심히 사람들을 관찰했는데 주로 나이 든 노인 분들이셨고, 굿 무당 관련자들이 거의 다였습니다."

성호의 뇌리에 대문가에 서성이던 등산복 입은 남자가 떠올랐지만 더 이상 굿판에 관하여 화제를 만들고 싶지 않아 입을 다물었다.

강대수가 오영식의 보고가 끝나자 고개를 끄덕이고 입을 열었다.

"좀 더 좁혀보자고. 먼저 박민숙 사건과 관련하여 주차장에서 만날 수 있는 사람은 버스 운전사와 택시기사 그리고 자가용 운전자가 있지. 주차장 CCTV 자료에서 뭐 찾아낸 거 있어?"

오영식이 답하였다.

"네, 제가 밤새 자세히 훑어봤는데, 실종 이틀 전에는 버스기사와 가이드에게 단체 관광객 표를 끊어주려 접촉한 흔적이 있었습니다. 그 버스 운전기사를 조회해봐서 전과를 알아보았는데 깨끗했구요. 그리고 아무래도 실종 전 일주일 분량으로는 모자랄 것 같아서 운림산방에 더 요구를 해야 될 것 같습니다."

성호가 말 중간에 끼어들었다.

"실제 용의자를 좁혀서 몇 명이라도 직접 탐문을 해보고 싶습니다. 아침에 서울경찰청에서 전화를 받았는데, 프로파일링 관련 컴퓨터 프로그램을 돌려보았다고 합니다. 지리적으로 첫 번째 실종자가 살고 사건이 일어난 청룡리, 금갑리 인근 지역이 범인이 은신해 있을 확률이 크다고 나왔답니다."

강대수가 곤란한 표정으로 고개를 저었다.

"삼보섬이 아무리 사람이 적게 산다지만, 그런 식으로 모두를 뒤져볼 수는 없을 거야. 이거야, 원."

성호는 말을 이어나갔다.

"먼저 지역을 그 부근으로 한정하고, 일단 직업으로 들어가 봅시다. 버스 운전사라면 가이드나 관광객들 눈도 있고, 그리고 전문적으로 고정직으로 일하시는 분들이셔서 어느 정도 용의선상에서 벗어납니다. 그렇게 위험한 일을 저지르기에도 그렇고요. 그리고 박민숙의 주의를 끌기에도 약간 노령이신 분들이죠. 하지만 택시 운전사라면 다르지 않을까요? 박민숙이 실종되던 날, 터미널에서 어느 장소로 이동한 것이 걸립니다. 휴대폰 연락 없이 그 남자가 올 만한 장소를 알아서 갔다는 것은 예전에 커피숍 같은 데서 만났다는 추정도 가능하지만 택시 승차장에서 택시를 대놓고 있는 남자도 예상 가능합니다. 만약 남자가 택시기사라면 그곳으로 당연히 가보았겠죠. 삼보섬에서 택시는 거의 찾아볼 수가 없던데, 필요할 때는 어떻게 부르는 겁니까?"

"삼보섬에 법인 택시회사가 7개 정도 있는데 총수는 110대를 넘지 않습니다. 보통 모텔에 택시기사 휴대폰 번호가 있고요. 예약전화가 없으면 목포터미널에 나가서 손님을 모시고 오기도 하지요. 성수기에는 대기하고 있으면 거의 예약전화를 받을 수 있고요."

오영식의 말에 성호가 물었다.

"기사들은 회사 소속인가요? 신원이 확실한가요?"

"그게 저, 지입택시라고 개인이 법인을 회사에 등록해놓고 개인적으로 택시를 운영해서 불법으로 걸리기도 하거든요. 그러니까 꼭 회사 소속이라고 볼 수는 없어요. 완전히 자격미달의 기사도 모는 도급택시까지는 아니어도 확실치는 않죠."

"택시부터 조사해봅시다. 전부 100대 정도 된다고 하니 그

중에 젊은 3, 40대부터 50대까지 기사님들을 알아보죠."

"제가 택시회사에 전화를 걸어서 리스트 좀 뽑아보고 오늘 면담 가능한지 알아볼게요."

"저기, 혹시 지입택시 걸리는 줄 알고 이리저리 전화번호 안 주고 발뺌들 할 거야. 그러니까 그런 거랑은 하등 상관없고 단지 뭐 조사할 게 있다 그래. 택시 면허와는 전혀 관련 없다고 해야 돼."

"네, 알겠습니다."

"그리고 한 가지 더."

성호가 오영식을 잡았다.

"택시기사를 한정해서 조회해보고 싶습니다. 최근에 서울이나 타 지역, 그러니까 삼보섬에서 죽 살았던 사람 말고 육지에서 내려온 사람 위주로 좁혀보면 조사 대상이 줄어들겠죠. 일단 그렇게 합시다."

"네. 김성호 경사님이 현장 수사에 참여해주셔서 정말 도움이 됩니다. 지방청에서도 프로파일러 오셨지만 서류 작업만 해주셔서 조금은 실망도 했습니다."

성호는 오영식의 치하에 고개만 살짝 끄덕여 보였다.

"알아보고 다시 돌아오겠습니다."

오영식이 나가자 강대수가 멋쩍은 얼굴로 물었다.

"굿판에서 고생 많았지? 그게 말이야, 그렇게 될 줄 누가 알았어?"

"흠흠, 아, 아닙니다."

"너무 신경 쓰지 마. 살다보면 별일 다 있는 거야."

"네."

말은 그렇게 오갔지만 성호의 얼굴이 벌겋게 달아올랐다. 형사 앞의 죄인 심정이었다.

늦은 점심을 먹고 오자 오영식이 리스트가 적힌 출력물을 들고 기다리고 있었다.

"김성호 경사님 말씀대로 택시회사마다 전화를 걸어서 젊은 축에 드는 택시기사 중에 다른 곳에 살다고 내려오신 분들을 추려보았습니다. 대략 열네 분 정도 되십니다."

"서울이나 광주 등 대도시에서 내려온 사람 중에 전과가 있는 사람부터 만나봅시다. 추려낼 수 있죠?"

성호가 물었다.

"일단 택시회사에 물어서 신원정보를 팩스로 받고 주민등록번호를 입력해서 범죄경력조회해보면 되니까, 시간은 30분도 안 걸릴 것 같습니다."

"좋아, 내 오 형사만 믿어."

강대수가 오영식의 등을 탁 쳤다. 성호와 강대수가 잠깐 쉬면서 커피를 마시는 동안 오영식이 출력물을 들고 들어왔다.

"전과기록을 열람하니까 금방 잡히던데요. 일단 최구용 씨 26세, 고희정 씨 살던 청룡리와 가장 가까운 옥대리에 사는 청년입니다. 그리고 고두남 씨 41세, 고희정 씨 실종된 금갑리에 살고 있고요. 52세 김철규 씨는 소포리에서, 33세 이진수 씨는 해창리에 삽니다. 일단 최구용 씨가 서울에서 성추행 전과가 있어서 구속 수사를 받았지만 합의를 보아서 집행유예를 받았습니다. 2년 전 일이구요. 그리고 그 외 폭력 전과가 1건 있습니다. 고두남 씨는 절도 전과가 4범인데 실형을 받아서 2년간 교도소에 있다가 서울에서 택시 운전을 하였고 작년에 아버지 고경신 씨가 있는 이곳 삼보섬 금갑리 내려와 살고 있습니다. 그리고 김철규 씨는 광주에서 강도 전과가 있고 실형을 1년 살았습니다. 5년 전에 내려왔구요. 삼보섬이 고향입니다. 이진수 씨는 서울에서 폭력과 성범죄 전과가 각각 1건 씩 있습니다. 업소 여자를 때리고 성추행을 했습니다. 실형 6개월 살다가 1년 반 전에 내려왔습니다. 최구용은 미혼, 고두남, 이진수 씨는 이혼으로 김철규 씨만 기혼입니다."

"화려하시구만들. 일단 옥대리와 금갑리가 실종 장소와 가까우니까 오늘 탐문을 나가고 시간이 여의치 않으면 김철규와 이진수는 내일 만나보자고. 전화 좀 해봐."

오영식이 최구용의 집으로 전화를 하였다. 마침 최구용이 직접 전화를 받았다. 20분 내로 찾아간다고 약속을 잡았다. 그리고 2시간 뒤에는 그 근처 사는 고두남을 만나보기로 약속을 하였다. 경찰차는 부담스러워할 수도 있기에 성호가 모는 렌터카에 올라 해안가 도로를 끼고 옥대리로 향하였다.

청룡리 바로 옆 마을인 옥대리는 작은 전답이 있는 한가한 농촌이었다. 옥대리에 내려서 주소지를 찾아가보았다. 허름한 농가 마당 한 구석에 쓰레기가 가득 쌓여 있었고 수도가에 설거지를 하지 않은 그릇들이 놓여 있었다. 강대수는 쓰레기를 들여다보면서 나무막대기를 주워서 들쑤셔보기도 하였다. 오영식이 크게 외쳤다.

"최구용 씨! 최구용 씨!"

"누구세요?"

피곤해 보이는 30대 초반 여자가 화장 안 한 얼굴로 잠옷 바지 위에 외투를 여미며 밖으로 나왔다. 배가 불룩하게 나와 있는 것으로 보아 임신 중인 듯했다.

"최구용 씨 만나려고 왔는데요, 20분 전에 통화 했어요."

"지금 밖에 나갔는데요?"

여자는 초조해 보이는 얼굴로 답했다. 방 안을 슬쩍 곁눈질로 훑는 것을 성호가 놓치지 않았다.

"그럴 리가 없는데요?"

오영식이 전화를 들어 걸어보았고 강대수는 여자를 노려보면서 매섭게 물었다.

"최구용 씨와 어떻게 되십니까? 결혼 안 한 걸로 아는데요?"

여자가 당황해서 얼버무렸다.

"그, 그냥 아는 사이예요."

"최구용 씨 방 안에 있죠?"

성호가 성큼성큼 걸어가 문을 열어젖히려는 순간, 러닝셔츠와 트레이닝 바지를 입고 머리가 까치집이 된 남자가 문을 확 열더니 성호를 밀치고 도망쳤다.

"놈 잡아!"

강대수가 벼락같이 소리치며 남자 뒤를 따랐다. 남자는 집 뒷마당으로 뛰어가서 담벼락을 훌쩍 넘어서 택시를 향해 달려 갔다. 택시를 탄 남자는 그대로 논길을 따라 빠져나가 해안도 로로 사라졌다.

"어서 타십시오."

성호가 눈치를 채고 차로 달려가 운전석에 앉아서 외쳤다. 강대수는 미처 못 타고 오영식이 보조석에 탄 후 출발시켰다. 해안도로로 접어든 택시는 빠르게 달려나갔다. 성호가 그 옆으 로 따라 붙었다.

"멈추세요, 최구용 씨! 몇 가지 물어볼 게 있습니다."

성호가 운전석 창문을 열고 크게 외쳤다.

"에이, 씨발."

남자는 차를 재빠르게 운전하다가 반대편 차선으로 역주행 하였다. 이때 반대편에서 배추를 가득 실은 트럭이 달려왔다. 최구용은 핸들을 거칠게 돌렸고 차는 논바닥에 곤두박질쳤다. 성호는 중심을 잃고 비껴오는 트럭을 간신히 피해서 논두렁에 차 앞머리를 대고서 아슬아슬하게 멈췄다. 최구용의 택시는 다 행히 전복되지 않아 최구용이 차 문을 열고 나올 수 있었다.

오영식이 수갑을 채우려는데, 성호가 제지하였다.

"왜 도망을 치신 겁니까?"

최구용은 겁이 난 눈빛으로 물었다.

"무면허 잡으러 오신 것 아니에요? 아, 씨발. 술 먹고 걸리지만 않았어도."

최구용은 일주일 전에 목포 가서 친구들을 만나 술을 먹다가 음주운전으로 걸려서 면허 정지가 된 상태였지만 아직 회사에 그 사실을 통보하지 않았다.

"아닙니다. 작년 9월과 10월에 일어난 실종사건을 수사하려고 탐문 차 나온 겁니다."

보험 서비스를 부르고 나서 성호의 차에 최구용을 태우고 그의 집으로 돌아왔다. 그러고 나서 동거녀를 통해 최구용의 알리바이를 증명할 수 있었다. 동거녀는 작년 추석 전주에 최구용과 같이 있었다고 하였다. 광주에 있는 오빠네 집에 최구용을 인사시키러 데려갔다는 것이었다. 강대수는 의아한 표정을 감추지 못하였지만 일단 무면허 사실을 택시회사에 통보하는 것으로 끝내기로 하였다.

시간이 이래저래 꽤 지체되었다. 차로 10여 분 거리의 금갑리로 이동하면서 강대수가 성호에게 물었다.

"어떻게 생각해? 동거녀의 알리바이 조작 너무 쉬운 거 아냐? 그리고 무면허 정도로 저렇게 목숨 걸고 도망친다는 것 자체가 좀 의문스러워."

"그렇기는 합니다. 하지만 일단 금갑리에서 고두남 씨를 만나보고 생각을 정리해보는 게 나을 것 같습니다."

강대수가 고개를 끄덕였다. 금갑리에 도착하자 날이 어둑해졌다. 곧 해가 질 모양이었다. 주소지에 도착하자 제법 큰 규모의 논에 아담하게 들어선 농가가 보였다. 마당에 들어서니 이것저것 농기구도 가지런히 정리돼 있었고, 집 곳곳이 깨끗하게 정돈돼 있었다.

"고두남 씨! 고두남 씨!"

오영식이 이름을 부르며 집안을 살피는데 강대수가 두 눈에 힘을 주었다가 손뼉을 쳤다.

"고경신 씨 집 맞지? 금갑리 농부 고경신 씨. 왜 우리가 그 괴상한 편지 받고서 공권력 희생된 사람 찾아내다 70 넘은 노인한 명 탐문했잖아. 몇 달 안 됐어, 10월 말 정도 되었나. 편지받고서 열흘 정도 있다가 말이야."

"맞습니다, 팀장님. 민주화운동 관련하여 안기부에 끌려가서 치도곤 치렀다는 그분 말씀이시죠? 저기 오시네요."

성호가 고개를 돌려 논을 보자 작은 키에 구부정한 허리, 허름한 노동복을 걸치고 연갈색 운동모를 쓴 노인이 성큼성큼 걸어왔다.

"뉘신데 우리 집에 함부로 들어오셨수?"

"어르신 안녕하세요. 강대수입니다. 지난번 뵈었죠?"

"아, 형사님. 어떻게 오셨수?"

남자는 70 중반은 넘어 보였지만 눈빛은 강력하고 빈틈없어

보였다. 허리는 구부정하였지만 두 다리는 튼튼해 보였고 작은 체구에도 어깨가 널찍한 것이 농사로 몸이 다져진 듯했다.

"고두남 씨라고, 둘째 아드님 여기 삼보섬에 내려와서 사시죠? 서울에서 2012년 3월에 내려와서 어르신과 죽 살고 있는 것으로 알고 있는데요?"

"걔야 워낙 서울하고 여기를 왔다갔다 허니까 나는 잘 몰라."

"지금 여기 안 삽니까? 우리가 아까 전 통화하고 약속시간 잡았는데요. 그게 좀 일이 있어서 늦게 도착하기는 했지만요."

"아니, 그게 저어……."

고경신이 말끝을 흐리는데 개가 컹컹 짖는 소리가 났다. 성호가 뒤를 돌아보니 허리까지 오는 하얀 진돗개를 줄로 묶어서 끌고 오는 남자가 보였다. 좁은 형태의 타원형 선글라스를 끼고, 짙은 눈썹, 사각의 턱의 적당한 체구지만 완력 있고 다부져 보이는 남자였다. 분명 어디서 본 사람이라는 느낌이 들었다.

"빅토르. 이 사람들이 너를 찾아왔는데."

기억이 났다. 삼보섬에 온 다음 날 펜션으로 데리러 온 기사였다. 경찰서까지 데려다주면서 삼보섬의 강력사건에 관하여 논평을 하기도 했었다. 그의 명함에 '빅토르'라고 이름이 적혀서 의아해하던 기억이 떠올랐다. 불과 일주일도 안 된 일이다.

"아버지. 제 손님 맞아요."

고두남은 씩 웃으면서 선글라스를 벗어서 뒷주머니에 꽂았다. 개가 으르렁대면서 강대수, 오영식 등을 경계하자 고두남은 개의 옆구리를 발로 사정없이 찼다. 깨갱 하면서 개가 물러났다.

"손님한테 이러면 쓰나. 근데 경찰들이 나를 어인 일로 찾아오셨어요? 난 도급택시 아니에요. 정직원입니다."

고두남은 요란하게 손동작을 해가면서 설명해댔다. 강대수는 슬슬 오기가 발동했다. 뭔지 모를 직감이 찌르르하면서 입가를 씰룩이게 하였다. 강대수는 헌팅캡을 푹 눌러쓰면서 고두남 옆으로 바싹 다가가서 작은 목소리로 나직하게 말을 건넸다.

"고두남 씨. 빅토르가 뭐예요? 세례명입니까?"

"네, 그런데요? 아직 세례 안 받았지만 나중에 받으려고 미리 준비해둔 이름이에요. 아버지도 착해지라고 그 이름으로 계속 부르고요."

"절도 전과가 4건이나 있던데요?"

강대수가 슬슬 꼬리를 잡듯이 갈고리를 던져보았다. 성호와 오영식은 뒤로 물러나서 강대수의 하는 양을 지켜보았다.

"아하, 서울에서 철모를 때 일이죠. 마누라랑 헤어지고 나서 하도 속상해서요."

"근데 좀 특이한 게 있습니다. 마지막 절도사건 때에는 불을 질렀죠? 도둑질하고 나온 집에다가. 그런데 그 집 안방에 사람이 있는 줄 몰랐다고 진술해서, 형량을 낮게 받았고 모범수로 일찍 나왔죠?"

"저 정말 사람 있는 줄 몰랐다니까요?"

고두남은 씨익 웃으면서 뒷주머니의 선글라스를 빼서 다시 꼈다. 그리고 개집으로 가서 애꿎은 개를 발로 살살 괴롭혔다.

"이눔마가 말 안 들어서 이렇게 해줘야 돼요. 이눔의 개새끼야!"

고두남은 개집 뒤에 놓은 몽둥이를 들었다. 개가 개집 안으로 깊숙이 들어갔다. 고두남은 개를 끌어내서 마구 후려쳤고 고경신은 고개를 돌려버리고는 집 앞 논으로 걸어나가 잡쓰레기들을 주웠다. 성호가 고경신에게로 시선을 돌렸다. 고경신은 관심이 없다는 것처럼 일에 열중했지만, 형사들의 방문에 긴장한 것처럼 보였다. 고경신이 서 있는 너른 논에 하얀색 곤포로 싸여진 사일리지가 5개 정도 띄엄띄엄 널려 있었다. 강대수가 지켜보다 못하여 고두남에게 다가가려는데 고경신이 논에서 다시 들어와서 마당에 쓰레기를 팽개치고 달려왔다. 강한 힘으로 잡아 뜯어 말렸다.

"이제 맘 잡은 녀석입니다. 흔들지 마슈. 일 없으니까. 애물단지지만 그래도 쉴 때면 아비 도와 농사짓는 녀석이유. 내가 중신 알아봐서 곧 장가도 들일 테니까, 걱정 붙들어 매슈. 항간에 떠도는 사건과 관련 없다니까 그러네."

고경신의 간곡한 눈빛을 차마 외면할 수 없었다.

"허 참, 개고 여자고 간에 설치면 혼나야지. 암 그렇고말고!"

고두남의 지껄이는 말을 듣고 강대수가 버럭 고함쳤다.

"뭐? 다시 말해봐!"

254

고두남은 제멋대로 방 안으로 들어가 문을 걸어 잠갔다. 오영식이 툇마루에 앉아 문을 쾅쾅 두드리며 불러냈지만 나오지 않았다. 이래서는 제대로 된 질문을 던질 수도, 답을 들을 수도 없었다. 영장이 나와서 경찰서로 불러 밀도 깊은 대화를 나눠봐야 했지만 증거 없는 상태에서 영장 받아내기는 힘들었다.

방에서 나오지 않는 고두남에게 추후 면담할 것을 다짐받고서야 철수하였다.

성호가 운전하는 소나타가 해안도로로 접어들었다. 어느새 날이 저물었다. 강대수와 오영식은 말이 없었다. 침묵을 지키던 강대수가 화난 어조로 말을 툭 던졌다.

"개 배때기는 왜 그렇게 때려? 나쁜 놈. 아무래도 좀 감이 오는데?"

"그렇죠? 잔인한 성미로 보입니다."

오영식의 말에 성호가 응수했다.

"마지막 절도 사건에 방화를 저질렀다는 게 걸립니다. 사람 있는 줄 모르고 했다지만 한밤중에 사람이 자고 있다는 걸 몰랐다는 게 말이 안 됩니다. 다행히 피해자는 없었지만 분명 절도보다 더 큰 사건을 저지르려고 한 건지도 모릅니다."

"범죄를 저지르다 보면 꼭 발전양상을 보이기 마련이지. 바늘 도둑이 소도둑 된다는 말이 괜히 나오는 게 아냐."

"고두남 씨가 말을 할 때 손동작이 유난히 요란한 것도 걸립니다. 감정 표현이 서툴기 때문에 말을 기본적인 단위로 나눠

255

서 하다 보니 그렇다고 합니다. 사이코패스의 전형적 특징 중 하나입니다."

오영식이 말하였다.

"그렇다면 고두남이 심히 의심되는데요?"

성호는 고개를 저었다.

"그렇다고 일반화시킬 수는 없는 일이죠, 무엇보다 증거가 필요합니다."

오영식이 힘들다는 투로 말하였다.

"형사 일 하다보면 저런 놈들만 죄 봐서 큰일입니다. 저도 똑같은 사람 될까 자다가 벌떡 일어난다니까요."

강대수가 코웃음을 치고 껄껄 웃었다.

"악을 들여다보면 똑같은 악마가 된다는 소리는 개뿔! 형사들은 말이야, 과학적으로 추리해서 범인을 잡아내고 사건을 해결하는 그 희열 때문에 이 일을 하는 거야. 그래서 사건이 일어나는 것을 싫어하지만은 않아. 현장 나가야 신이 난다구. 하지만 말이야, 가끔 범인들이 불쌍하기는 하지. 원 제대로 교육받은 놈들은 드물고, 어릴 때 엄마들은 애들 남겨두고 왜 그리 집들을 나갔는지. 하지만 그렇게 컸다고 다 범죄자 되면 이 세상이 제대로 돌아가나? 안 그래?"

오영식은 깊게 수긍하면서 고개를 끄덕였다. 강대수는 콧노래를 부르면서 창문을 열고 손가락을 내밀어 바다 바람을 쐬었다. 백미러로 보이는 강대수의 얼굴에 묘한 흥분감과 집요함이 엿보였다.

성호는 강대수와 오영식을 집 주변에 내려다주고, 해안도로로 빠져나와 펜션으로 향했다. 주차하고 보니 여도윤은 아직 오지 않았는지 201호 불이 꺼져 있었다. 2층으로 올라가서 방문을 열고 들어갔다. 한숨을 탁 내쉈다. 힘든 하루였다. 최구용의 차를 추격하는 과정에서 큰 사고가 날 뻔하기도 하였다. 그리고 빅토르라는 고두남의 선글라스 너머 눈빛이 무척이나 살벌하게 여겨졌다.

불을 켜고 식탁 의자에 걸터앉았다. 혼자 있는 게 싫은 느낌이 들었다. TV를 켰다. 시사 프로그램을 곁눈질로 보면서 아침에 씻지 않고 나간 커피 잔을 설거지하였다. 어느덧 프로그램은 뉴스로 바뀌어 있었다. 두 눈덩이를 손가락으로 지압하면서 그대로 침대 위에 누웠다. 피곤이 몰려오면서 잠이 들락 말락하였다. 하지만 머리가 복잡하여 쉽사리 잠에 들 것 같지 않았다. 떠올리기 싫은 기억이 있었다. 어릴 때 일들은 거의 기억하지 못하지만 홍태기, 그리고 한남기에 관한 몇 가지 단편적 일화들은 마치 어제 일인 양 떠올랐다.

기억의 저장창고 중 가장 어두운 지하실에 몇 겹의 문을 닫고 또 잠가서 봉인하였던 기억이 나오려고 꿈틀거렸다. 평소같으면 기억이 살아나는 게 싫어서 억지로 일어나 목욕이라도 하면서 떨쳐버리려 하였겠지만 지금은 그럴 힘도 없었다. 손가락 하나 들 힘도 없이 강력하게 밀고 들어오는 과거의 편린들이 칼날이 되어 찌르고 있었다. 머리가 끊어질 듯이 아팠다. 못으로 찌르는 고통이 느껴졌다.

아아, 신음을 하면서 기어이 그 일을 하나하나 떠올려버리고 말았다.

홍태기가 한남기를 죽기 직전까지 괴롭혔던 그 사건.

그 가난한 지역의 초등학교에서도 5학년들을 모아 수학여행이라는 것을 진행하였다. 한 반에서 남기를 비롯한 형편이 안되는 아이 예닐곱 명 정도가 수학 여행비를 낼 수 없었지만 어딘가에서 지원을 받아서 강원도 속초로 떠나게 되었다. 콘도 방 하나에 일곱 명의 학생이 들어가게끔 방 배정을 받았다. 홍태기는 한남기와 같은 방이 아니었지만 나중에 반 친구와 방을 바꿔서 한남기와 같은 방으로 들어왔다. 그리고 그 방에는 성호도 있었다. 태기는 새벽 3시에 자고 있던 몇몇 친구들을 깨웠다. 그리고 방에 빙 둘러앉게 하였다. 태기는 가방에서 소주와 담배를 꺼내서 아이들에게 억지로 맛보게 한 다음에 이렇게 말했다.

"한남기 팔과 다리 잡아. 어서!"

아이들이 남기를 포위하고 둘러쌌다. 태기가 시키는 대로 남기를 붙들었다.

"한가한 남자 한남기가 어떻게 변신이 되는지 보여줄게. 바지 벗겨."

아이들은 술기운이 돌았는지 태연하게 강제로 남기의 바지를 벗겼다. 그리고 태기의 지시에 속옷도 벗겼다.

"이제부터 벌레가 어떻게 변태를 하고 생성되는지 보여준다. 실시!"

태기의 지시에 아이 둘이 남기의 성기를 잡아들고 쥐었다 풀어주면서 장난을 쳤다. 장난은 한참이나 지속됐다. 나머지 아이들은 질려하면서 뒷걸음질 쳤다. 이게 잘못된 것이라고 알려주는 사람도 없고 제대로 된 교육도 없던 시절이었다. 그만큼 20여 년 전은 성폭행, 성추행에 대하여 무지했다. 하지만 이것이 얼마나 사람을 처절하게 망가뜨리는 폭력인지 모두 느낌으로 알 수 있었다.

남기가 발버둥 치면서 난리를 쳐댔지만 태기는 태연하게 남기의 입에 팬티를 집어 넣어 틀어막았다. 무지막지한 폭력이었다. 무엇이 이토록 태기를 잔인하고 난폭하게 만드는지 아무도 몰랐다. 그러나 태기의 지시에 따르지 않을 수는 없었다. 그렇게 하지 않는다면 한남기가 당하는 것보다 처참한 복수가 가해질 것이었고, 그것은 곧 인격의 죽음을 의미하였다.

아이들은 보았다. 남기의 성기에서 하얀색 물 같은 게 나오는 것을.

아이들이 남기를 풀어주었다. 그것도 홍태기의 지시에 의해서였다. 남기는 입에서 팬티를 빼내고 작은 목소리로 오열하였다. 몸을 번데기처럼 둥글게 말고는, 목으로 삼키듯 작은 소리로 꺼이꺼이 끝없이 울었다.

"쉿, 조용해! 선생님 순찰이닷!"

아이들이 모두 자는 척을 하였고, 홍태기는 한남기의 입에 주먹을 틀어막고 한 손으로 목젖을 힘껏 눌러 압박하면서 자는 척했다. 발소리만 복도에 났을 뿐, 선생님은 들어오지 않았다. 발소리가 사라지자 홍태기가 키득대며 외쳤다.

"잘 봤지? 한남기한테서 벌레 나오는 것을. 이렇게 더러운 새끼야. 변태 새끼 한남기, 한가한 남자, 한남기라고. 흐흐흐 흐."

홍태기가 당시 유행하던 개그맨 목소리를 흉내 내며 그렇게 말했을 때 아이들은 억지로 웃는 척하였지만 모두 새파랗게 질려 있었다.

잠시 후, 남기는 벗겨진 몸을 뒤척이면서 간질을 하는 것처럼 부르르 떨었다. 아이들이 깜짝 놀랐다. 남기의 등이 활처럼 휘면서 배가 공중으로 서서히 솟았다. 그리고 입으로 무언의 절규를 하면서 온몸을 부르르 떨었다. 아이들은 뒤로 물러났다. 홍태기마저 겁이 나서 선뜻 다가서지 못했다.

그렇게 간질 발작을 하던 남기의 몸이 천천히 가라앉으면서 잠에 빠져든 것처럼 보였다. 그날 밤은 그렇게 갔다. 아침에 일어나 보니 남기의 몸에 누군가 덮어놓은 이불이 있었고 남기는 눈을 감은 채 일어나지 않았다. 결국 남기는 응급차에 의해 병원으로 실려 갔고 사건의 전말이 선생님 귀에 들어가게 되었다. 그 이후 남기와 같은 방 아이들의 수학여행 일정은 취소되었다. 학교로 돌아와서는 홍태기를 비롯한 사건에 연루된 아이들은 교무실에 불려 다녔다. 하지만 입조심을 하라는 선생님들의 주의가 다였다.

기억은 자세히 안 났지만 여행을 다녀온 후 한남기의 부모님이 이 사건을 문제 삼아 학교에 항의를 하였다는 것은 희미하게 생각났다.

남기가 학교 옥상에서 자살시도를 하는 모습을 선생님에게 들켰고, 이후 등교도 못 하였다. 방에만 처박혀 있는 것을 남기 엄마가 보다 못해 캐물었고 그렇게 겨우 홍태기의 잔악한 행동이 드러났다. 하지만 홍태기의 아버지는 학교에서 육성회 운영 이사를 맡고 있었다. 남기의 등교거부가 이어지면서 아이들은 심란해하였지만 태기는 자신만만하게 보였다. 그 사건은 유야무야되어서, 한남기는 결국 전학 수순을 밟게 되었다.

20년 후 성호는 가끔 그에 대한 생각을 한다. 만약 그 사건이 지금 벌어졌다면 분명 학교폭력사건으로 받아들여져 112나 학교폭력신고센터인 117에 신고되고, 가해자들은 전학되거나 소년원에 가게 된다. 피해자들은 심리지원 서비스를 받게 된다.

그러나 피해자들은 그 과정에서 더 큰 상처를 입기도 한다. 피해자들은 합의를 원하는 가해자 부모들 등쌀에 본인이 먼저 전학 신청을 하고 피하게 되는 게 다반사다.

20년이 지났지만 결국 피해자, 가해자 위치는 달라진 게 없을 뿐이었다. 그들은 영원한 피해자, 가해자로 준비 없이 닥쳐

오는 성인기를 맞이하게 된다. 시간이 지난 후 오히려 가해자는 우연히 마주친 피해자의 등을 치며 웃을 수 있다.

"우리 그때 정말 즐겁게 학교생활 했잖아, 기억 안 나?"

상상만 해도 소름 끼치는 일이다.

성호는 잊고 싶은 끔찍한 기억들이 왜 이곳에서 이토록 자주 떠오르는지 모를 지경이었다.

그동안 이렇게 사람과 단절된 곳에 온 것도 거의 처음이었다. 숨 가쁘게 살아오느라 인적 없는 곳에서 밤마다 내면의 심연에 몰두한 적은 없었다. 가장 떠올리고 싶지 않았던 과거까지 되새김질하니 온몸에 진땀이 흐르고 기분이 안 좋았다.

간신히 기운을 차려 베란다 문을 열고 나갔다. 저녁 느지막이 간간이 떨어지던 빗방울이 어느덧 굵어져 있었다. 겨울바람도 거세게 불었다. 머리카락이 헝크러질 정도의 세기였다. 두피에 날선 송곳을 대는 것처럼 칼바람이 느껴졌다. 과거만큼이나 무서운 밤이었다. 파도가 무섭게 콰르릉거리면서 갯벌을 쓸어내려갔다. 며칠 동안 잔잔하던 바다가 비바람에 휩쓸리면서 요동을 치고 있었다. 검푸른 물결은 자잘한 바위섬들을 세게 후려쳤다가 뒤로 빠졌다. 속을 알 수 없는 깊은 바다에 거센 바람이 합쳐져서 을씨년스런 분위기를 흠뻑 느끼게 해주었다.

똑똑, 조용히 노크 소리가 들렸다. 여도윤 학예사가 온 모양이었다. 성호는 방 안으로 들어와 새시 문을 닫고 현관으로 나가서 문을 열어주었다.

"후후, 혹시 나쁜 사람이라도 칼을 들고 나타나면 어쩌시려고 함부로 열어주세요."

여도윤은 비라도 맞은 것인지 젖어 있었다.

"어떻게 된 거죠?"

"택시를 타고 왔는데, 여기까지 못 올라온다고 해서 그냥 걸어왔어요. 우산도 없고 해서 푹 젖었죠."

"들어오세요."

여도윤은 뿔테 안경 너머로 눈빛을 빛내면서 도리질 쳤다.

"아, 말씀 드릴 게 있어서요. 저 내일 저녁, 경사님 일 다 보신 후에 목포터미널에 태워다주세요. 할 일이 있어서 먼저 서울 가봐야겠어요. 경사님은 20일에 올라가시죠?"

"네. 그럼 제가 경찰서 일 보고 퇴근 후에 연락 드리겠습니다."

"감사합니다."

여도윤은 성호의 눈을 한 번 지그시 응시하고는 나갔다. 문을 닫고 나서 의아한 생각이 들었다. 어떤 택시기사가 비가 오는데 목적지에 도착하기 전에 손님을 함부로 내리게 하는 걸까? 서울에서야 승차거부도 있지만 여기는 사람도 드문 한적한 곳이다. 시간에 쫓기는 일이 없다면 가는 도중 길바닥에 웬만하면 내려주지는 않았을 것이다. 하지만 급한 일이 있다면야 그럴 수도 있는 일이다. 성호는 잠시 여도윤이 묵는 방 쪽 벽을 응시하였다.

내일 학예사마저 올라가고 방을 비우고 나면 이 펜션에는 아래쪽 관리사무실에 딸린 방에서 묵는 관리인과 성호 둘뿐이다. 관리인도 밤에 잘 있는지 확인해본 적은 없었다. 이틀 밤 정도는 관리사무실이 딸린 건물에 불이 들어오지 않은 것을 확인하면서 차를 몰고 펜션 주차장까지 올라왔다. 관리인마저 없다면 이 건물에는 오로지 성호 혼자만 있는 셈이 된다.

커피 한 잔을 마신 후 침대 위에 누웠다. 낮에 이것저것 일을 보아서인지 피곤했다. 잠이 스멀스멀 몰려왔다. 문득 잠들기가 두렵다는 생각이 들었다. 꿈속에서 무시무시한 홍태기의 만행을 보게 될 것 같았다. 그러나 동시에 수마가 물밀 듯이 덮쳐왔다.

성호는 눈을 감았다.

9. 그 남자, 용의자 해제되다
(1월 19일 토요일)

이주영은 출근길 지하철에서부터 곰곰이 생각을 하고 있었다. 러시아워라 승객들이 몸을 밀착하였고, 제각각 휴대폰을 붙들고 게임을 하거나 문자를 보내면서 잠시 괴로움을 잊으려는 것처럼 보였다. 이주영은 생각에 골몰하여 육체적 괴로움을 애써 떨치려 했다.

어제 오후부터 유정열에게 전화를 걸었지만 연결되지 않았다. 문의 메일을 보냈지만 전혀 답장이 없었다. 느낌이 이상했다. 어느덧 경찰서와 가까운 삼성역에 도착하였다. 경찰서 사무실을 향해 걸어가는 10여 분 동안에도 이걸 어떻게 처리를 해야 하나 곰곰이 따져보았다. 오늘은 당직이어서 경찰서 사무실을 지키고 있어야 했다. 혹시나 해서 이상희에게 전화를 걸었지만 그녀도 고소 취하 자문을 위해 연락을 취했는데 연결은 되지 않았다는 답변을 하였다.

'유정열 씨가 해외에라도 나간 걸까.'

출입국관리사무소에 연락을 해봐야 하나 고민을 하다 슬쩍 고개를 저었다. 일부러 안 받는 듯하였다. 이메일을 관리하는 포털사이트에 전화를 걸어서 접속한 IP 주소를 추적할까도 생각해보았다. 하지만 영장 없이 유정열의 신원을 캐고 증거를 수집하러 다니다가는 불법 사찰로 오인될 수 있었다. 그렇다고 영장을 청구하기에는 증거가 턱없이 부족했다.

어느덧 경찰서에 도착하였다. 일단 사무실에 자리 잡고 앉아서 검색 사이트에서 유정열 이름과 휴대폰 번호, 그리고 이메일 주소를 무작위로 쳐보았다. 요즘은 SNS에 주소나 학교, 휴대폰 번호를 공개하는 사람들이 많아서 이 정도의 정보로도 주거지는 쉽게 확인해볼 수 있었고 이런 방법은 불법이 아니다. 유정열 이름과 휴대폰 번호를 치자 지난번에 보았던 정열의 페이스북이 나왔다.

'정의실현친구 유정열' 간판과 꿀벌 모양의 캐릭터가 보였고, 페이스북 사이트에서는 법과 소송 관련하여 물어보고 답하는 문건들이 많았다. 대화를 주고받은 상대들과 친구들, 그리고 내용을 훑어보다가 드디어 유용한 정보를 찾아냈다.

'유정열 님을 직접 찾아뵙고 싶은데 혹시 사무실로 찾아가 뵐 수 있을까요?'라는 물음에, '제가 사무실은 옮기는 중이라 힘들고 집 근처라면 가능합니다. 합정역 부근에서 볼 수 있을까요? L 건설회사의 모델하우스 건물이 8번 출구에 있는데, 그쪽으로 나오시면 엔젤 커피숍이 있습니다. 거기에서 만나는 것은 좋습니다.'라는 답변이 달려 있었다.

합정역, 단서를 하나 더 잡았다. 이번에는 다른 검색 사이트에서 합정동, 유정열, 휴대폰 번호를 키워드로 집어넣었다. 인터넷 문건 하나가 잡혔다.

> 택배 받는 이 주소: 서울 마포구 합정동 100번지 노블화이트하우스 101호 유정열, 부재 시에는 무인택배함에 넣어주시고 휴대폰으로 알려주시기 바랍니다. 휴대폰 번호는 010-4321-XXXX.

인터넷으로 서류를 퀵 서비스로 신청하면서 보내는 이가 남긴 메모였다. 날짜를 보니 2012년 12월 17일로 적혀 있었다. 아마도 그 사이 이사를 가지는 않았을 터였다. 이주영은 주소를 꼼꼼하게 적었다. 이따 한 차례 전화를 해본 후 연락이 되지 않으면 퇴근 후에 찾아갈 생각이었다.

성호는 오전 중에 강대수와 잠깐 말을 나누고 여도윤에게 전화를 걸었다. 여도윤은 터미널에서 저녁 9시 차를 타고 올라가려 한다고 하였다. 성호는 경찰서 일을 보고 5시에 나가겠다고 말하였다. 넉넉하게 5시 30분에서 6시 정도 사이에 펜션 앞마당에서 보자는 말을 전하고 전화를 끊었다.

성호는 강대수, 오영식과 함께 어제 간추린 택시기사들과 면담을 하기 위해 경찰서를 나섰다. 먼저 소포리와 해창리에 사는 50대의 기사 김철규와 30대의 이진수를 만나러 갔다. 김철규는 20여 분 대화를 나누었지만 특별하게 나온 것이 없었다. 아내가 추석 전주에 친정에 같이 올라갔다면서 알리바이를 증명해주었다. 김철규는 마침 예약이 들어왔다며 짧게 말을 나누고 택시에 올라타 가버렸다. 그 옆 마을 해창리로 이동하여 이진수를 만났다. 허름한 농가에 혼자 사는 그는 짧게 친 머리에 날카로운 눈매, 칼귀를 하고 있었고 콧대가 가늘고 기름한 얼굴형에 작은 체구를 지녔다.

"뭔 말씀하시는 건지 모르겠는데요?"

"그러니까 최근에 일어난 금갑리서 실종된 고희정 씨, 세방낙조 근처 펜션 주인 김희진 씨, 그리고 목포터미널에서 실종된 것으로 추정되는 박민숙 씨의 실종사건 관련하여 탐문 차 나왔다고요."

오영식이 재차 말하였지만 이진수는 뜬금없이 엉뚱한 대답을 하였다.

"도급택시도 아니고 지입차도 아니고 깨끗한 택시회사에서 받아다 뛰고 있는데 선량한 사람 이렇게 몰아붙여도 되는 겁니까?"

"그럼 지난해 9월 14일 금요일하고 9월 27일 목요일 어디 있으셨어요?"

"그걸 지금 말이라고, 어떻게 그걸 기억을 해요? 일 나가면 어디에서 택시 몰고 있고, 없으면 집에 있었겠지. 참 9월 27일이라면 혹시 추석 전입니까?"

"네."

"서울 형네 집에 추석 전주에 일찍 올라가 인사드렸어요. 형한테 전화해보시면 되겠네. 번호 불러드려요?"

"네, 불러주세요."

오영식이 받아 적었다. 이진수와 헤어지고 오영식이 바로 전화를 해보았는데, 형은 무슨 사고를 쳤는가 걱정하면서도 알리바이를 증명해주었다. 26일부터 30일까지 자신의 집에 머물렀다는 것이다.

강대수가 고개를 갸웃하면서 성호를 보았다.

"아무래도 어제 본 사람 중에 왜 고경신 씨 아들 고두남 말이야."

"아, 빅토르 씨요?"

오영식이 옆에서 맞장구를 쳤다.

"그쪽을 좀 더 조사해보고 싶은데 말이야. 김 경사, 어떻게 생각해?"

"저도 같은 생각입니다. 직감이라는 것을 믿을 수만은 없지만 무시할 수도 없습니다."

"면담 약속 다시 잡히면 경찰서에 나온다고는 했지만 나오겠어?"

"그럼 다시 찾아가서 임의동행이나 임의수사식으로 데려올

까요?"

오영식이 물었다.

"우리가 데리러 가기도 전에 토끼면 어쩌지?"

김성호는 잠깐 생각을 하다 고개를 저었다.

"도망이라도 가게 되면 본인이 범인이라고 증명하는 셈인데, 함부로 잠적하지는 않을 겁니다. 참, 제가 오늘 여도윤 학예사를 터미널에 태워다주기로 해서 지금 가봐야겠는데요."

"알았습니다. 차 가지러 어서 서로 이동해야겠네요."

오영식이 시동을 걸어 차를 출발시켰다. 아무 소득도 없이 면담을 끝마치고 돌아오는 길에 하늘에 희끄무레한 구름들이 가득 껴 있는 것이 보였다. 그 아래 잔잔한 파도가 오가는 바다는 답답한 가슴을 시원하게 뚫어주었다. 경찰서 주차장에 도착한 성호는 렌터카로 갈아타면서 여도윤을 데려다주고 다시 오겠다고 짧게 말했다.

"저녁은 알아서 때울 테니 먼저들 드세요."

"알았어. 서로 오라구. 이제 올라갈 시간도 얼마 안 남았는데 회포라도 풀게 술자리 한 번 가져야지."

성호가 멋쩍게 웃으며 차를 출발시켜 경찰서를 빠져나왔다. 해안가 도로로 접어들어 곧 석양이 몰려올 것 같은 하늘을 올려다보면서 액셀러레이터를 지그시 밟았다. 산길과 인접한 고개를 깎아 만든 도로로 접어들면서 속도가 빨라졌다. 30분이 채 안 되어 펜션으로 향하는 좁은 고갯길로 접어들었다. 주차장에 차를 대놓으니 캐리어를 챙겨서 펜션 앞에 나와 있는 여도윤의 모습이 보였다.

여도윤은 캐리어를 트렁크에 실은 후 보조석에 탔다.

"정말 감사합니다. 시간이 좀 남는데, 저녁 식사를 제가 대접해드리고 싶네요. 제가 봐둔 횟집이 있거든요."

삼보섬대교를 목포 방향으로 나가자마자 바로 있는 횟집이었다. 성호는 이순신 장군 동상이 창문 너머로 보이는 횟집에 여도윤과 마주 앉았다. 간편하게 회덮밥과 알탕을 시켜 먹는 중에 여도윤이 물었다.

"어떻게 사건은 좀 풀리나요? 저야 덕분에 잘 와서 안창순 교수님 심부름도 하고 논문 관련 조사도 마쳤습니다. 씻김굿이라는 귀한 무형문화재도 녹화 떠 가고요."

"아직 진척 중입니다. 용의자들을 택시기사로 좁혀서 일단 확인 중인데 짚이는 사람이 몇몇 있어요. 전과가 있고 서울서 내려온 사람 중에 왜, 혹시 기억나요? 빅토르라는 특이한 세례명을 명함에 찍어가지고 다니는 기사인데, 우리가 여기 온 첫날 술 먹고 차를 경찰서에 두고 가는 바람에 그다음 날 아침에 우리를 경찰서로 데려다준 사람입니다."

"아, 눈썹이 진하고 사각턱인 기사분 말씀이세요?"

"네. 기억력이 좋으시네요."

"그냥 그렇죠 뭐. 그분 전화로 불러내 택시 타고 다닌 적 있는데, 별다른 이상한 점은 모르겠던데요?"

여도윤이 말을 끝마치고 머뭇거렸다.

"근데 제가 뭘 아나요……."

"좀 더 조사를 한 후에 차후 대책을 의논할 예정입니다."

"아, 해가 지네요."

여도윤이 창밖을 내다보며 감탄했다. 붉은 석양이 울돌목 바다와 이순신 동상을 붉게 물들였다. 여도윤이 감상적인 목소리로 말했다.

"김성호 경사님은 어린 시절 어떠셨어요? 누구를 괴롭혔다거나 거짓말했다거나 사건을 저질렀다거나 하지는 않으셨어요? 궁금해서 그럽니다. 경찰은 어릴 때부터 바른생활을 했을 것 같거든요."

성호는 고개를 저었다.

"언제 말씀 드린 적이 있는데 12살 초등학교 5학년 겨울방학 때 머리를 다쳐서 그 이전 기억이 잘 나지 않아요. 단편적인 일화들만 기억날 뿐, 내가 어떻게 학교생활을 했는지는 모르겠어요. 전학을 가서 친구들과도 헤어졌구요."

"그럼 초등학교 동창생 만나도 못 알아보시겠네요?"

"만나본 적도 없습니다. 그냥 바쁘게 살았어요."

성호는 머뭇거리다 의아한 표정으로 질문을 던졌다.

"그런데 저한테 죄지은 적이 있느냐 경찰도 그러느냐, 예전에도 물은 적 있었던 것 같은데요?"

"후후, 그랬어요? 그냥 궁금해서요."

"좀 그러네요."

여도윤이 두 손을 들어 미안하다는 제스처를 취하면서 말했다.

"오늘 좋게 헤어져야 되는데, 오해 마세요. 삐치셔서 저 여기다 버리고 가면 안 돼요. 목포터미널 꼭 부탁 드려요."

성호는 고개를 끄덕이며 식사를 마치고 숟가락을 놓았다. 여도윤도 입가를 티슈로 닦아내면서 먼저 일어났다.

"제가 계산할게요. 그동안 너무 얻어먹기만 해서요, 후후."

계산을 마치고 주차장으로 나와 잠시 붉게 타오르는 저녁놀을 바라본 후에 차에 올랐다. 이제 목포 시내를 거쳐서 터미널로 달려야 했다. 바다와 육지를 가르는 시원스럽게 뻗은 방조제 둑을 차창 밖으로 내다보면서 국도로 접어들었다. 차가 그리 많지 않아서 금방 목포 시내로 진입할 수 있었다. 저 멀리 터미널 주변의 건물들과 상가들이 보였다.

드디어 터미널 옆에 자리한 간이 주차장에 도착하였다. 성호는 스티커가 덕지덕지 붙은 캐리어를 트렁크에서 빼내어 여도윤에게 건네주었다.

"같이 터미널 쪽으로 걸어가죠."

"괜찮은데요."

"저도 좀 걷고 싶어서요."

성호는 여도윤의 캐리어를 끌었고, 여도윤은 천천히 옆에서 걸었다.

"사건이 아직 해결되지 않아서 좀 그러시겠네요."

여도윤의 말에 성호가 픽 웃었다.

"아뇨, 제가 내려와서 일주일 만에 해결될 사건이면 넉 달 동안 미제사건으로 남아 있지도 않았습니다. 그리고 저도 서울 가서도 계속 진행상황은 주고받을 겁니다. 저는 수사방향만 제시해줄 뿐, 직접적 수사진행은 담당 형사들 일인걸요. 그나저나 내일 같이 올라가셔도 되는데요."

"후후, 그새 저한테 정이 들으셨나 봐요. 근데 참, 왜 그 소치허련 선생의 변속팔조 문구 있잖아요? 그 부분과 관련해서 드릴 말씀이 있는데요."

"그럼 차 시간 괜찮으면 커피 한잔하실래요?"

성호와 여도윤은 터미널 건물 안에 있는 도넛과 커피를 같이 파는 가게로 향하였다. 커피 두 잔을 시켜놓고 여도윤이 먼저 한 모금 마시고 입을 열었다.

"변속팔조는 여인에게 행동을 경계하라는 조선시대 규범이 굉장히 많이 들어가 있죠."

"그렇다면 '내가 왜 그런 일을 한 걸까? 젊은 여자는 혼자서 다니지 말아야 돼, 그리고 남녀가 뒤섞여서 일하고 장난치면 안 되거든. 마지막으로 이런 일을 피하려면 안방으로 손님을 들이지 말아야 돼.' 이런 구절이 여자를 호통 치는 그런 구절입니까?"

여도윤이 슬쩍 웃었다.

"그것 말고도 모든 조항이 여인들의 방자한 행동을 경계하는 내용이죠."

"그게 이 사건과 무슨 관계가 있는 거죠? 혹시 피해자들이 그런 모습을 보여주었을 것이다? 저도 그런 쪽으로 추정은 해 보았지만 가족들의 말을 빌어도 그렇게 유별나게 행동하지는 않았다고 합니다. 만약 남자관계가 복잡했다면 즉각적으로 용의자가 선별되었겠죠."

"그게 말입니다. 조선시대에는 외간 남자와 눈도 못 마주치는 시대였죠. 그걸 지금 적용해도 무리겠지만 하여간에 확실하지는 않지만 그렇게 행동이 단정치 않은 여인들을 벌주는 방법이 있었거든요. 저는 그걸 말씀 드리고 싶었어요."

"벌주는 방법이요?"

"네. 멍석말이라고 해서 여인들을 멍석에 놓고 돌돌 말아 곤장을 치거나 마차에 태우고 마을 안을 돌면서 조리돌림식으로 망신을 주는 것이죠. 제 생각이기는 한데, 멍석말이라는 것과 관련될 만한 곳을 뒤져보세요. 단서가 될지는 모르겠지만요."

성호는 잠깐 생각하였다. 여도윤이 휴대폰을 살펴보고 화들짝 놀라 일어났다.

"차 시간이 다 됐어요. 이만 가볼게요."

가게를 나와서 성호는 목포터미널 매표소 앞에서 가볍게 목인사를 하였다.

"잘 올라가세요. 고생 많으셨습니다. 감사합니다."

여도윤은 안경알 너머로 미소를 보여주며 흩날리는 앞머리를 손으로 쓸어 올렸다.

"그새 머리가 자랐나 봐요. 서울 가서 잘라야겠어요. 그럼 이만."

여도윤은 캐리어를 밀고 터미널 건물로 들어갔고 성호는 자동차 키를 주머니에서 빼서 주차장으로 향하였다. 여도윤이 알려주고 간 멍석말이라는 것을 좀 더 조사해봐야겠다고 결심했다. 주변이 어둑어둑했다. 차에 올라타려는데 시선을 끄는 사람이 보였다.

호리호리한 몸매의 여자. 미니스커트에 굉장히 높은 킬힐을 신고서 손에는 보온병과 커피 잔을 싸맨 보자기를 들고 걸어가는 여자가 있었다. 여자의 얼굴이 낯이 익었다. 서른은 넘었을 법한 나이였지만 갸름한 얼굴선과 동양적인 인상, 그리고 어딘지 모르게 우수에 젖어 보이는 표정이 분명 본 적 있는 얼굴이었다. 성호와 여자는 무연하게 지나쳤다. 성호는 뒤돌아보았다. 어디론가 걸어가는 여자의 뒷모습. 성호는 묘연한 느낌에 뛰어가듯이 여자의 뒤를 쫓았다. 고유리가 분명하였다.

첫 번째 실종자 고희정의 사촌 여동생으로 성호에게 대죄를 지었다, 천하에 악인이라고 몰아붙이던 바로 그 여자였다. 이곳 어딘가에서 일을 하면서 살아가는 것일까? 그냥 지나쳐도 될지 몰랐지만 지금은 느낌이 이상했다.

여자는 저만치 앞서 걷고 있었다. 터미널을 한참 벗어나서 낡은 단층 건물들 사이의 골목으로 접어들었다. 성호는 여자와 사이를 두고 뒤쫓아 갔다. 여자가 잠깐 멈췄다. 성호도 모습을 전봇대 뒤로 숨겼다. 여자가 다시 서둘러 발길을 재촉했다. 성호가 잠시 기다렸다가 발걸음을 떼려고 하는데 이때 건물 사이 골목에서 불쑥 튀어나온 남자가 있었다.

검은색 등산복을 입고 머리까지 모자를 눌러 쓴 그 남자도 고유리가 걸어가는 길을 따라가고 있었다.

높은 힐을 신고 위태롭게 걷는 여자, 그 뒤를 따르는 괴남자. 그리고 성호.

위험할지도 모른다는 생각에 잠깐 추적을 멈출까 생각 들었다. 하지만 이 순간을 놓치면 다시는 사건을 해결할 기회와 마주치지 못하리라는 염려도 들었다. 묘한 기분이었다. 이 순간을 놓쳐서는 안 되겠다는 직감이 앞섰다.

성호는 고유리, 그리고 그 뒤를 쫓는 정체불명의 등산복 남자 뒤를 따랐다. 남자의 체구는 그다지 크지 않아 보였다. 한참 그들의 뒤를 따라가자 인근의 재개발 직전의 낡고 허름한 단층 건물들이 즐비한 곳으로 접어들었다. 간간이 허물어진 폐건물도 보였고, 공터도 보였다. 어디선가 개가 컹컹 짖는 소리도 들렸지만 인적은 없었다. 여자가 낡은 4층 건물 앞에서 멈칫하더니 쑥 들어갔다. 그리고 등산복 남자는 골목을 계속 직진하였다. 성호는 잠시 망설였지만 고유리를 따라서 건물로 들어갔다. 버려진 쓰레기, 어두컴컴한 계단, 그리고 문짝들이 떨어져 나간 사무실들이 보였다. 여자의 모습은 보이지 않았다. 사무실을 들여다보니 집기들이 어지러이 널려 있었고, 전기 불은 들어오지 않았다. 깨진 유리문을 비집고 들어오는 달빛에 의존하여 손으로 벽을 더듬으면서 계단을 올라갔다. 3층에 올라가서 복도를 따라 걸었다. 그 어디에서도 발소리가 들리지 않았다. 여인의 흔적도 찾을 수 없었다. 첫 번째 사무실 문을 당겼다. 잠겨 있었다. 두 번째 사무실 문을 열어보았다. 문은 삐걱 소리를 내면서 열렸다. 사무실 안은 텅 비어 있었고, 시큼한 폐건물 특유의 냄새가 났다. 뒤에서 진한 향수 냄새가 풍겼다. 뒤돌아보았다. 아무도 없었다. 다시 돌아서려는 그 순간 성호의 오른쪽 팔뚝에 바늘로 찌르는 아픔이 느껴졌다.

"앗! 누구야!"

눈을 똑바로 뜨고 앞을 보는데 등산복 후드 모자를 푹 눌러쓴 남자가 성호 앞에 서 있었다. 얼굴은 어둠 속에 가려 보이지 않았다.

성호는 사내의 멱살을 붙잡았다.

"당신 뭐야! 무슨 짓을 한 거야."

사내가 성호를 와락 밀쳤지만 성호도 뒤로 물러나지 않고 남자를 벽에 밀어붙였다.

"너 정체가 뭐야!"

성호와 남자는 엎치락뒤치락 드잡이질을 하면서 벽에서 비켜났다. 성호가 남자의 목을 오른손으로 붙잡고 완력으로 누르면서 왼손으로 남자의 모자를 벗겼다. 남자의 얼굴이 드러났다. 성호는 깜짝 놀랐다. 하지만 그 순간 스르르 눈이 감겼다.

　영하 10도의 겨울밤 날씨는 쌀쌀했다. 이주영은 사복으로 갈아입고 그 위에 두터운 패딩점퍼를 걸치고 2호선 삼성역으로 천천히 걸어갔다. 눈발이 조금씩 흩날렸다. 두 손에 입김을 불다가 기어이 가방에서 장갑을 꺼내서 꼈다. 러시아워를 맞아 차들이 밀리는 것을 보며 걸어가다가 역에 도착하여 계단을 내려갔다. 지하철을 타고 합정역으로 향했다. 간신히 자리가 나서 앉을 수 있었다. 휴대폰에 코를 박고 게임을 하는 중학생 정도로 보이는 남학생을 보면서 이주영은 입가에 살짝 미소를 지었다.

　교실에서 맨 앞에 앉는 소녀가 탐정소설을 컴퓨터에 올리고 있을 줄은 아무도 몰랐을 것이다. 맞벌이로 바쁜 부모님 대신 그녀의 곁에 있어준 것은 셜록 홈즈와 왓슨이 나오는 소설들이었다. 모리어티 같은 희대의 범죄자를 처단하는 정의의 사도 탐정 홈즈. 부모님이 오기 전까지 소설을 읽고 또 읽었다. 학교에서는 말수 적은 모범생으로 보였지만 인터넷에서는 제법 활발한 꼬마 작가였다. 오후 내내 게임도 하고, 채팅도 하다가도 밤만 되면 숙제 끝마치고 인터넷 추리 동호회에 이주영 탐정이 나오는 추리소설을 올렸다.

　여자 탐정은 활발한 얼굴로 용의자들을 하나하나 탐문하다가 결국 집중력을 발휘하여 객관적 증거와 사실에 입각한 추리로 범인을 꼼짝 못하게 제압하여 체포하였다. 유도 태권도 합쳐 8단, 나사 연구소의 대용량 컴퓨터 같은 천재적인 두뇌, 엄청난 파워에 활발한 성격을 자랑하는 이주영 탐정은 그렇게 사춘기 소녀의 어린 시절의 큰 부분을 차지하고 있었다.

대학을 나와 경찰 시험을 준비할 때만 해도, 경찰이 되면 모든 게 술술 풀릴 거라 착각하던 시절이 있었다. 아무것도 몰랐던 시절, 범죄자에게 맞서기에 체력과 체격은 턱없이 부족했고, 증거나 단서를 잡아내려고 컴퓨터 앞에 앉아서 7시간이고 8시간이고 속칭 세간에서 말하는 뻘짓만 하다 끝나기 일쑤였다. 그렇게 하고도 좀 전에 들어간 카페에서 쓸 만한 정보 하나 못 찾아냈는데, 그 카페 회원이 강력사건에 연루되어 질책 받은 적도 있었다.

수많은 삽질과 뻘짓의 연속, 그게 바로 경찰이었다. 셜록 홈즈처럼 하나의 사건에 초집중하여 단시간 안에 명쾌하게 해결하는 수사라는 것은 존재하지 않았다. 사건 하나마다 수백 장의 조서를 꾸미고 필요 없는 공문이 숱하게 오가고 나서도 범인을 놓치는 게 바로 현실이었다.

하지만 한 가지 확실한 것은 이런 일들이 그렇게 싫지 않다는 것.

그래서 경찰을 하고 있는지도 모르겠지만.

1시간 남짓 지나자 어느덧 합정역에 도착했다. 이주영은 8번 출구로 나갔다. 곡선형의 지붕을 하고 있는 베이지색의 세련

된 모델하우스 건물을 지나치자 엔젤 커피숍이 보였다. 손에는 인터넷에서 출력해온 지도가 들려 있었다. 합정동 100번지 노블화이트하우스는 모델하우스 뒤편 골목으로 내려가 안쪽으로 들어가야 했다. 가는 도중에 카페거리가 나왔다. 골목길 안쪽으로 더 들어와서 첫 번째 보이는 하얀 벽돌집에 도착하였다. 원룸 건물로 보이는 하얀 벽돌집에 1층에는 101호가 유일했다. 그 옆은 주차장이 있었고 그 위로는 201호, 202호가 있고 더 위로 4층까지 원룸이 들어차 있는 형태였다. 이주영은 101호 앞에서 벨을 눌렀다. 아무런 대답이 없었다.

"어떻게 한다."

잠시 서서 기다리다가 휴대폰으로 유정열에게 전화를 걸었다. 역시 응답이 없었다. 편지함 쪽으로 이동하였다. 101호 편지함을 열어보았지만 비어 있었다. 이번에는 그 옆 무인택배시스템 기계 앞에 잠깐 망설였다. 이대로 발길을 돌려야 하나 갈등하다가 다시 한 번 101호 앞에 섰다. 주차장을 살펴보았다. 차 두 대가 주차되어 있었다. 차에는 방 호수가 적혀 있지 않았다. 101호에 사람이 없을 것 같았다. 할 수 없었다. 이웃 탐문 조사만 하고 가려고 마음을 돌렸다. 2층으로 올라가 201호 벨을 눌렀다. 한참이나 기다렸지만 응답이 없었다. 202호를 눌러보았다.

"누구세요?"

"물어볼 것이 있어서 왔는데요."

"죄송합니다."

여자의 목소리였다. 인터폰이 끊기려는 순간, 이주영은 다급하게 말을 이었다.

"강남경찰서에서 왔어요. 이주영 순경이고, 강남서 사이버 수사팀에 전화 걸어 제 신원 확인해보셔도 됩니다."

"……잠깐만요. 기다려요."

이럴 때는 여자라는 점이 얼마나 다행인지 몰랐다. 남자 경찰이라도 신원을 믿지 못해 문을 안 열어주는 사람들도 여경이라면 잠시 열어주기는 하였다.

디지털 도어록 해제되는 신호음이 들리자 문이 열렸다. 머리가 뒤헝클어진 20대 여자가 문틈으로 고개만 내밀었다. 경계하는 표정이 역력했다. 막 자다가 일어난 것 같은 얼굴이었다.

여자가 이주영의 얼굴을 보고 잠시 문 밖으로 나왔다. 위에 걸친 카디건을 여미고 팔짱을 끼며 물었다.

"무슨 일이신데요?"

"101호에 누가 살고 있는지 혹시 아시나요? 강남경찰서에서 탐문 조사차 나왔어요. 이건 제 신분증이고요."

잠시 이주영의 경찰신분증을 확인한 여자가 고개를 저었다.

"죄송한데, 여기 사는 사람들 중에 이웃 얼굴 아는 사람은 한 사람도 없을 거예요. 다들 조용히 나갔다 들어오거든요. 302호 사람이 차 문제로 자주 고함을 치던데, 그쪽에 전화를 해보지 않았을까요? 저는 차도 없고 주로 집에서 일하고 주야가 바뀐 상태라 정말 아무도 몰라요. 미안해요."

여자는 말이 끝나기가 무섭게 문을 닫고 들어갔다.

이주영은 3층으로 향했다. 3층의 301호, 302호의 벨을 눌러 보았지만 응답하는 이는 아무도 없었다. 4층도 마찬가지였다. 할 수 없이 계단을 내려가 노블화이트하우스를 빠져나왔다. 다시 한 번 101호의 벨을 눌러보았지만 응답이 없었다. 몸을 돌리려는데 디지털 도어록 틈이 살짝 벌려 있는 게 시선에 들어왔다. 문 밑에 무언가 끼어져 있었다. 이주영은 쭈그리고 앉아서 끼워져 있는 것을 손톱으로 끄집어 당겼다. 두툼한 신문지였다. 문이 닫히려는 찰나 얼른 손가락을 끼워 문을 잡아 당겼다.

문이 잠기기 전에 누군가 고의적으로 신문지 뭉치를 끼워놓은 것일까.

이주영은 컴컴한 원룸을 들여다보면서 갈등을 느꼈다. 들어가볼까, 아니면 돌아가서 정식으로 사건 수사를 요청해 영장을 가지고 오는 게 나을까. 판단이 되지 않았다.

이주영은 10초간 고민하다 열린 문을 그냥 닫아버리려고 하였다. 이제 문을 닫으면 저절로 잠기게 된다. 문틈을 붙잡고 있던 손가락을 거두려는 찰나 갑자기 코를 간질이는 시금털털한 냄새가 났다. 호기심이 덜컥 났다. 아니 호기심을 앞지르는 뒷덜미를 곤두서게 하는 그 어떤 느낌이 났다.

예전에 강남 지역에서 초등학생 학부모들을 대상으로 아이들을 납치하였다는 허위정보로 보이스 피싱하던 범죄조직을 잡으러 가던 때의 느낌과 비슷하였다. 사무실 계단에서 잠복근무를 하였는데 호리호리한 체구의 사내가 건물에 들어섰다. 이주영은 건물 입구에 숨어 있다가 사내의 앞을 가로 막아섰고 위층에 있던 형사들은 문을 공구로 따고 들어가 조직원들을 검거하였다. 이주영이 막았던 남자는 조직원의 부두목이었는데, 도망치려던 것을 다리 가랑이를 잡아끌고 끝까지 놓지 않았다. 남자는 이주영의 머리며 가슴께를 발로 무자비하게 차면서 뿌리치려 했다. 하지만 이주영도 끈질기게 붙들고 늘어졌다. 형사들이 내려와 남자를 붙들자 그제야 뒤로 물러났다. 그 남자와 마주선 느낌이 지금 이 느낌과 비슷하였다.

이주영은 닫히려던 문을 비집고 들어가버렸다. 어두웠다. 겁이 덜컥 났다. 문이 닫히는 도어록 신호음이 뒤에서 났다. 이주영은 크게 외쳤다.

"누구 없어요! 유정열 씨."

스삭거리는 소리가 났다. 온몸에 털이 곤두선 것처럼 소름이 돋았다. 머리카락이 쭈뼛거렸다. 상대를 제압할 수 있는 도구가 아무것도 없었다. 상대가 남자라면 불리해도 한참 불리했다. 게다가 자신은 지금 불법 침입자였다.

"유정열 씨."

다시 한 번 천천히 불렀다. 삭삭거리는 소리가 났다. 몸을 돌려 웅크리고 벽을 더듬어 스위치를 찾았다. 분명 지금 서 있는 곳은 신발장, 신발장 근처 어딘가에 스위치가 있을 것 같았다.

"아, 젠장. 스위치 어디 있는 거야?"

차가운 공기가 뺨에 와 닿았다. 며칠 동안 난방을 켜지 않은 것 같았다.

"유정열 씨!"

이주영은 다시 한 번 강하게 외치고 신을 신은 채 한 발자국씩 앞으로 나아갔다. 주머니에서 장갑을 꺼내서 끼고 두 주먹을 쥐고 방 안으로 살금살금 들어갔다. 다행히 커튼이 열려 있던지 창틈으로 달빛이 흘러들어왔다. 어둠에 눈이 익숙해졌다. 방 안도 서서히 실루엣이 보이기 시작하였다. 그 순간 무언가 앞으로 화들짝 날렵하게 지나치는 게 보였다.

"유정열 씨? 경찰입니다!"

이주영은 덜덜 떨리는 몸을 애써 진정시키며 방 벽을 더듬다가 스위치를 찾았다. 불을 켰다. 환하게 들어오는 형광등 아래 단출한 가구와 책상, 컴퓨터가 보였다. 아무도 없었다. 서서히 걸어 들어가는데 눈앞으로 무언가 휙 떨어지는 것이 보였다. 잿빛 털을 가진 고양이였다. 두 눈을 똑바로 뜨고 이주영을 경계하고 있었다.

"착하지. 착하지. 나비야. 주인은 어디로 갔니?"

고양이는 꼬리를 세우고 등을 한 번 궁굴려 보이고 어디론가 폴짝 뛰더니 눈 깜짝할 새 서랍장 맨 위로 올라가 있었다. 이주영은 방 안을 둘러보았다. 이렇다 할 것 없이 잘 정돈된 방이었다. 책상 위로 시선을 돌렸다. 여러 권의 역사서와 민속학 관련

책자들이 쌓여 있었다. 《역사 속의 삼보섬과 삼보섬 사람》이라는 책을 들춰보았다.

삼보섬이라? 느낌이 이상하였다.

'김성호 경사님이 출장 간 곳이 삼보섬이라 들었는데.'

책 속을 훑으니 씻김굿을 설명하는 챕터에 붉은 볼펜으로 밑줄 그어진 것이 보였다. '변속팔조'라는 챕터에는 8개의 조항이 각각 형광펜으로 칠해져 있었다. 책을 덮었다.

그리고 뒤를 돌아보았다. 소파, TV, 오디오 정도가 보였고 방구석에 커다란 여행용 캐리어가 보였다. 갑자기 날선 느낌이 들었다. 머리가 지끈거림과 동시에 인상이 찡그려졌다. 두 손을 떨면서 한 걸음씩 한 걸음씩 다가갔다. 캐리어는 묵직하였다. 옆으로 돌리려 해도 얼마나 무거운지 꼼짝도 하지 않았다. 왼쪽 아래쪽에 지퍼를 찾아서 올렸다. 중간에 지퍼가 걸렸다. 옷 같은 것이 끼어 있는 것 같았다. 지퍼를 서서히 여는데 가방이 갑자기 두 쪽으로 휙 열리면서 바닥으로 풀썩 쓰러졌다. 그 안에서 한 남자가 와락 쓰러지면서 나왔다.

"여, 여보세요?"

이주영은 재킷을 입고 청바지를 걸친 남자를 흔들어 보았다. 호흡을 살펴보고, 맥을 짚어보았지만 생활 반응이 없었다. 약간 부패한 얼굴은 입술과 눈두덩이 부풀어 있었다. 나이는 30대 정도, 마른 체구에 170센티를 조금 넘는 것으로 보였다. 팔다리가 이완되어 있는 것으로 보아 사후강직 시기를 지난 것으로 보였다. 이주영은 경찰시험 볼 때 들여다보던 수사 관련 고시서에서 사후강직과 이완을 통한 사망 시점 추정에 관한 글들을 떠올려보았다.

"사후 11시간이 지나면 이완현상, 30시간이 되면 턱뼈관절의 이완현상⋯⋯."

강직을 넘어섰다면, 죽은 지 48시간은 지난 시신 같았다. 이럴 때가 아니었다.

이주영은 남자의 재킷 주머니를 뒤져 지갑을 찾았다. 신분증은 보이지 않았다. 신용카드를 찾아 새겨진 이름을 보았다. 'YEO DO YOON'이라고 적혀 있었다. 싸한 느낌이 온몸을 감싸고 들었다. 누구한테 전화를 걸어야 할지 재빨리 판단되지 않았다. 결국 이주영은 휴대폰을 들어서 김성호의 전화번호를 찾았다. 전화를 걸었지만 신호음만이 끝없이 되풀이 되었다. 성호는 전화를 받지 않았다.

10. 길들여진 범죄자

성호가 힘겹게 눈을 떴다. 귓전을 울리는 음악에 잠이 깼다. 허공에 맑고 애달픈 여자의 목소리가 울렸다. 이 노래가 뭐지? 성호는 눈이 가물가물거렸지만 정신을 또렷하게 차리려고 애썼다.

"자, 받아. 니 휴대폰 벨소리 바꿔 놨어. 이 노래 기억나? 우리 집에서 카세트 틀어놓고 종종 듣던 노래잖아. 비 오는 날 지직거리는 스피커에서 은은하게 흘러나왔잖아."

〈사랑은 유리 같은 것〉이라는 노래 제목이 어설피 떠올랐다.

"에? 어?"

"자, 어서 받아, 전화 왔다니까."

성호는 눈살을 찌푸리면서 정신이 덜 깬 채 손을 내어 휴대폰을 찾았다. 누군가가 손을 잡고 휴대폰을 쥐어주었다. 전화를 받으려고 하였지만 도통 만질 수가 없었다.

"에, 어?"

그제야 상황이 파악되었다. 성호는 입을 열려고 했지만 재갈이 물려 있었다. 두 손과 발목을 꼼지락거렸지만 더 이상 움직여지지 않았다. 뒤로 돌려진 손목과 팔목에 케이블 타이가 칭칭 둘러져 있었다. 고통이 느껴졌다. 눈을 크게 떴다. 손목과 발목이 묶인 채 사무실용 회전의자에 앉아 있었고, 허리와 의자 등받이 부분이 박스테이프로 칭칭 둘러져 있었다. 등산복 후드 모자를 눌러 쓴 남자가 우뚝 서 있다가 성호의 뒤로 돌아가 노래 소리가 울리는 휴대폰을 뺏어서 들고는 창가로 갔다. 남자는 창문 밖으로 휴대폰을 던졌다.

"이제 우리를 방해하는 사람은 없을 거야. 네가 자는 사이 니지문을 실리콘으로 떠서 가지고 있다 어디 좀 묻혀 놓았어."

남자는 말을 마치고 모자를 벗었다. 성호의 눈이 휘둥그레 커졌다. 분명 아는 얼굴이었다.

창가로 들어오는 달빛을 의지해 자세히 보려 애썼다. 지금 자신을 납치한 이는 바로 '그'였다.

"너와 첫 대면한 순간, 20년 동안 참 많이 변한 것 같지만 눈은 그대로더라. 딱 알아봤지."

성호는 눈을 질끈 감았다. 20년 전에 나와 관련이 있던 사람이라니 대체 누구일까?

"삼보섬에서 첫날은 어땠지? 서울에서처럼 잠 안 자고 인터넷 서핑이나 하지 않았어?"

성호는 깜짝 놀랐다. 남자는 성호의 앞으로 다가와 섰다. 성호의 앞머리를 중지와 집게손가락으로 쓸어내리면서 다정하게 말을 붙였다.

"나 석 달 전부터 네 합정동 원룸 아랫집에 세 들어 살았어. 합정동 100번지 노블화이트하우스 101호가 내 집, 너는 201호. 밤마다 배관 타고 창가로 올라가서 커튼이 열려 있으면 니가 하는 행동을 훔쳐보았어."

성호는 두 눈을 질끈 감았다. 끔찍했다. 지금 이 눈앞의 남자는 석 달 전부터 자신의 아랫집에 살면서 이 모든 일을 꾸며왔던 것이다.

"안 돼, 현실을 직시해야지. 그렇게 피해버리면 어떡해."

남자는 성호의 눈꺼풀을 강제로 열었다. 그리고 얼굴을 가까이 들여다보았다. 입에 물린 재갈을 느슨하게 해주었다.

"네가 쫓아온 고유리 씨 실제 이름은 김해정 씨야. 여기 유흥업소에서 일하는 아가씨고 서울서는 배우 지망생을 해서 그런지 연기 실력이 꽤 괜찮지. 오늘도 너를 여기까지 끌어들였으니까. 이회남 씨는 굿을 할까 말까 망설이던데, 내가 씻김굿을 민속학 관점에서 영상 녹화를 하고 굿 비용을 일부분 대준다니까, 흔쾌히 굿판을 벌였지. 그리고 내가 해정 씨를 고희정 씨 사촌 여동생이라고 소개해줬는데 확인도 안 해보고 굿에 집어

넣어주었어. 그렇게 된 거야."

성호는 두 주먹을 불끈 쥐었다. 이 상황에서 빠져나가야 했다.

"잠이 덜 깼을 거야. 수면제하고 이것저것 섞어서 주사해줬어. 아주 푹 잘 정도는 아니니까 걱정 마."

남자는 성호의 어깨를 툭 치면서 시선을 마주쳤다. 그리고 말을 이어나갔다.

"편지 기억하지? 작년 10월 17일 편지를 한 장 썼어. 이제 고희정, 박민숙, 김희진 그 여자들이 궁금하지? 그건 좀 있다 이야기하도록 하고."

성호가 감기는 눈을 애써 뜨고 힘주어 느슨한 재갈 사이로 목소리를 내었다.

"이게 다 무, 무슨……."

목소리가 끝까지 나오지 않았다.

"삼보섬에서 나랑 와인 나눠 마시고는 잠 잘 왔지? 내가 수면제를 갈아서 몰래 탔거든. 첫날밤부터 주전자 주둥이 안쪽과 커피 잔 안에도 수면제 가루를 살짝 발랐어."

성호는 깜짝 놀라 물었다.

"지, 지, 지금 다 무, 무슨 소리를……."

"입 다물고 듣기나 해. 얼마나 오랫동안 계획한 일인데. 이미 한 달 전에 경찰서 연계 펜션을 알아보고 몰래 작업해둔 거다. 경찰들 묵는 연수원이 항상 꽉 차 있다는 것도 조사해 알아낸 거구. 2층 두개의 방의 베란다 옆 쪽문을 고장 냈지만 주인은 고쳐놓지 않았더라구. 사람 혼자 들면 2층 방을 내주니 1층 방들은 손대지 않았어."

성호의 온몸에 소름이 주룩 끼쳤다.

남자는 안경을 빼고 손가락을 눈 안으로 집어넣었다. 검은색 서클 렌즈를 빼자 남자의 얼굴은 새롭게 보였다.

자, 이래도 기억 못하겠어?

남자의 입은 분명 소리 없이 그렇게 말하고 있었다. 남자가 서글픈 표정, 흐리멍덩한 눈빛으로 성호를 보았다. 기억이 났다. 항상 아이들한테 당하던 아이.

남기. 한남기.

성호의 입이 움쭉달싹거렸다. 남자는 성호의 입에 물린 재갈을 풀어줬다.

"한가한 남자. 한남기."

"그래, 그게 내 별명이었어. 소리 질러도 좋아. 재개발 지역이라 거의 퇴거해서 올 사람도 없으니까."

"나, 남기야. 대체 왜 이러는 거야?"

"이제야 제대로 알아보네."

"어떻게 된 거야? 여도윤은 또 어떻게 된 거구?"

"그분은 뭐. 사정상 좀 치워뒀어. 안창순 교수인가 하는 사람도 외국으로 세미나 가서 내가 여도윤이 아니라는 걸 증명해줄 사람은 아무도 없어. 그래서 쉽게 사칭 가능했지. 비슷한 느낌주려고 머리도 펌하고 염색도 했어. 그리고 석 달 동안 니 아랫집에서 학예사들이 보는 책들 무지하게 독파했었지."

남기의 말이 뚝 끊겼다. 기분 나쁜 침묵이었다. 남기는 의자 하나를 끌어다 성호 앞에 가져다 두고 마주 앉았다. 바퀴를 끄는 지직 소리가 귀에 무척 거슬렸다. 성호는 입을 열었다.

"대체 어떻게 된 일이야? 모든 게?"

"아하, 여자들? 너 그래도 거의 용의자 잡을 뻔했어. 네가 만난 사람들 중에 있어. 내가 준 편지에도 힌트 있으니까 곰곰이 되씹으면 분명 밝혀낼 수 있을 거야. 그 남자와 나는 범죄를 모의하는 인터넷 포털카페를 통해 만났는데 꽤 대화가 잘 통하더라구. 여자들을 혐오하면서도 어떻게 해보고 싶어 하는 그런 인간이야. 메일로 떠보니 이미 한 차례 일을 쳤고, 두 번째 일을 저지르고 싶은데 경찰한테 잡힐까봐 주저하고 있다더군. 서울에 가고 싶어 하는 운림산방 여직원을 잘만 꼬드기면 어떻게 낚겠다 싶대. 그런데 겁이 난다구 그러더군. 잡힐까봐서.

난 꽤 친해진 다음이라 부추겼지. 저지르라고. 내가 경찰 수사에 혼선 주는 편지를 서울서 보내서 범죄를 덮겠다구 약속했어. 남자의 세 번째 범행 후 나는 열흘 정도 지나 편지를 보냈어. 그리고 그 괴편지의 필적을 감정하기 위해서는 권위자 안창순 교수나 강대수 강력팀장의 절친 권여일 계장이 관여할 것이라는 걸 알았고. 난 기다리면서 언젠가는 권여일 밑에 있는 니가 관여될 것이라 예상을 했지. 하지만 그렇게까지 판을 짰는데도 일이 잘 진행되지 않았어."

한남기는 잠시 말을 쉬었다가 곧 이어나갔다.

"그래서 이준희라는 아이가 하나리를 어쩐다 글이 떴을 때, 그냥 일을 저질렀어. 니가 청소년 살인범들의 프로파일링 작업을 많이 했으니까 너한테 일이 갈지 알았지. 그리고 주간파 사이트에 네 신상을 털어 올려서 결국 삼보섬까지 내려갈 상황으로 몰았어. 여도윤 학예사 이메일을 해킹해서 필적 감정서 출력해서 너를 만났지. 여도윤은 그냥 처리해버렸어. 변속팔조 문구는 민속학 책에서 읽은 내용이야."

한남기는 잠시 말을 멈추고 손바닥을 마주 쳐 리드미컬하게 박수 소리를 냈다.

"폴리리듬이라고 알아? 두 개의 대표 리듬이 동시에 사용되는 리듬이야, 삼보섬의 사건과 하나리 사건 두 개의 폴리리듬을 이용해 너를 여기까지 불러들인 거야."

정신을 바짝 차려야 했다. 하지만 약 기운이 남아서인지 정신이 자꾸 혼미해졌다. 성호는 두 눈을 질끈 감았다가 다시 떴다. 심리전에서 밀리면 안 된다. 밀리는 것은 죽음을 의미한다.

"한남기. 대체 나한테 뭘 원하는 거야? 하나리, 여도윤은 니가 죽인 게 정말 맞는 거야?"

남기는 씨익 웃었다.

"내가 자수한다면 꼭 너한테 할게. 근데 너 내 친구 신청도 무시하더라? 좀 기분 나쁘던데. 난 유정열이란 이름으로 인터넷에서 어려운 사람들 돕는 일 많이 했어. 들어봤지?"

성호의 뒷덜미가 누가 잡아당기는 것처럼 소름이 끼쳤다. 한남기는 실실 웃으며 말을 이어나갔다.

"인터넷에는 소송이나 법률 지식은 널려 있으니까 정리해서 알려주기만 했지. 그런데도 오프라인에서 사람 만날 일도 생기더군. 명함까지 파게 됐고. 그 전에는 방에 틀어박혀서 5년간은 히키고모리처럼 살았는데."

한남기의 머릿속에 기억의 잔상들이 조금씩 떠올랐다. 건넌방에 누워서 연달아 기침하며 의료용 호흡기에 유지해 숨을 쉬는 어머니를 보면서, 반대편 방에서 오로지 인터넷에 몰두했다. 처음에는 게임, 채팅, 도박, 포털사이트 카페 등을 들락날락거리다가 주간파 사이트에 게시물을 올리거나 하였다. 게시판에서 형사 소송 관련해서 도와달라는 글을 보고 알고 있던 지식을 알려주었던 게 시작이었다. 자신이 소년원에 들락날락거리면서 재판받고 탄원하고, 판결을 받은 경험과 소년원 생활에 대한 지식을 알려주면서 인기를 얻었다. 법률을 공부하면서 유정열이라는 가명을 만들어 혼자 소송하거나 재판받는 사람에게 도움을 줬다.

한남기는 기억을 접고 성호의 얼굴을 바라보며 입을 열었다.

"나 여기 와서 그 범인 세 번이나 따로 만난 거 알아? 너 포함해 경찰들이 머리 싸매고 있을 때 나는 만나서 시신이 어디 있는지 보았다구. 그 남자가 감춘 장소를 보여주면서 자랑하더

라. 그리고 경찰들이 수사하는 장면을 멀리서 지켜보고 싶다고 나한테 끊임없이 정보를 원했어. 이렇게 살인을 해도 안 잡힌다는 그 쾌감을 지척에서 느끼고 싶어 하더군."

한남기는 잠시 목이 메는지 뜸을 들이다가 성호를 직시하였다.

"참, 그거 알아? 내가 전학 가기 직전에 집에 불이 나서 엄마가 연기에 폐를 크게 다치신 거."

"모, 몰라."

"모른다구? 후후. 정말 모른다구?"

한남기의 말이 끊기자, 성호는 그악스럽게 소리를 질렀다.

"내가 너한테 나쁜 짓을 한 게 아니잖아. 그건 바로 홍태기 짓이야! 모두다! 내가 못 도운 건 그 새끼가 무서워서 그런 거야. 그런 놈들 잡아다 벌주려고 경찰이 된 거란 말이야."

20년 전 초등학교 친구 앞, 그리고 지금 이런 어이없는 강압적인 상황에서 성호는 12살 초등학생의 감정으로 돌아가 있었다.

"도와주고 싶어도 못. 했. 단. 말이야!"

"진정하고 내 얘기를 끝까지 들어봐. 벌레 사건 기억나?"

잠시 서로 간에 침묵이 흘렀다.

"그 일 이후로 나를 그렇게 괴롭히던 가해자는 어떻게 됐는지 알아? 따로 떨어져 살던 부모님은 다시 재결합하고 해피엔딩이 되었지. 그 녀석은 교육 잘 받고 멀쩡한 사회인이 되었고. 그 녀석의 성공을 다룬 신문 기사를 인터넷에서 봤을 때 내 심정이 어땠을까?"

성호는 머리가 지끈지끈 편두통이 옥죄어왔다. 기억이 나지 않았다. 수십 년 동안 왜 다쳤는지 어떤 일이 있었는지 기억을 떠올려도 홍태기가 남기를 괴롭힌 장면만 영화처럼 한 컷 한 컷 띄엄띄엄 떠올랐을 뿐이었다.

"너, 머리 어떻게 다쳤는지 정말 기억 안 나? 겨울에 나를 전화로 불러냈잖아, 학교 옥상으로. 원래 옥상 담이 낮아서 못 올라가게 잠가놓았잖아. 근데 그날 문이 열려 있었지. 아주 추운 날이었어. 니가 앞장서서 옥상으로 올라갔어. 그때 니가 이렇게 물었잖아. '너 혹시 그때 나 보. 았. 냐?'"

성호의 머릿속에 익숙한 음성이 들려왔다.

'너 혹시 그때 나 보. 았. 냐?'

성호의 묶였던 두 손이 질금거렸다. 두통이 순간 멈췄다. 영화의 플래시백처럼 파팍 떠오르는 영상이 있었다.

옥상에서 만났다. 남기를.

남기는 두려워했다. 순한 강아지의 눈을 하고 내 눈치를 살폈다. 그리고 물었다.

"왜 불렀어?"

"너 혹시 그때 나 보. 았. 냐?"

남기는 고개를 저었다.

"아, 아니."

"니 엄마는 어떠냐?"

297

"아직 병원 계셔. 폐 많이 다치셨대. 호흡기 치료 받아야 된대."

"너 알고 있지?"

나의 눈매가 매서워지면서 남기를 다그쳤다. 남기는 와락 울면서 애원했다.

"몰라. 말 안 할게! 말 안 할게! 니가 우리 집에 불 놓았다고 말 안 할게!"

나는 달려갔다. 남기를 그대로 얼싸안으면서 옥상 벽까지 밀어붙였다.

"남기, 너 죽여버린다. 다시 한 번 그 얘기하면 죽여버린다."

"이거 놔! 이거 놔!"

"죽어!"

남기를 밀치려던 나는 남기가 밀어내려는 반동으로 도리어 떠밀려 옥상의 야트막한 담을 타고 넘어 그대로 바닥으로 추락하였다. 그리고 더 이상은 기억이 나지 않았다. 병원에서 어머니의 슬픈 얼굴만이 떠올랐다.

플래시백이 사라지면서 현실로 돌아왔다. 성호의 얼굴을 살피던 남기가 후후 웃었다.

"조금 기억 나냐? 전두엽인가 뭐 다쳐서 기억상실 되고 그랬나 보지? 너 항상 두려워했어. 내가 유치원 때부터 옆집 살아서 네 어머니 안 계신다는 것을 알고 있다는 것을. 무서운 니 아빠 피해서 도망쳐 나온 너를 나는 우리 집으로 불러다 같이 놀았지. 그리고 너 종종 강아지 괴롭히고 쥐 잡아서 배 가르고,

공터 불 놓던 것도 모두 비밀로 해줬어. 난 친구도 없는데 친구들한테 군림하는 니가 그냥 좋았으니까. 근데 너는 나를 그렇게 만들어버린 거야. 몇 년 간이나 달달 볶고 데리고 놀면서 결국에는 벌레 사건으로 만신창이로 만들어버린 것이야. 종순 초등학교 동창생은 니 이름만 대면 모두 고개를 저을 거야. 이 개쌍놈의 천하의 악마! 내가 왜 그렇게 너한테 귀신, 귀신 한 줄 알아? 민속학은 개뿔! 너 같은 악한 귀신을 잡으려면 내가 더 악한 귀신이 되어야겠어서 그래!"

남기는 분노의 표정을 담고 성호에게 다가와 뺨을 거세게 후려쳤다.

"무, 무슨 말이야! 대체 내가 왜 동물을 죽이고, 불을 놓아!"

"니가 내가 밥 주던 나비를 배 갈라놓고 나한테 덮어씌웠잖아!"

"난 아냐! 아니라고!"

"너한테 누명 쓰고 맞아서 내가 손가락 뻗어서 죽어가던 나비 쓰다듬던 것 기억 안 난다고? 이 나쁜 놈아! 내가 너한테 그 고양이 사건 떠올리게 하려고 조주 화상과 고양이가 나오는 불교 설화까지 들먹거렸다구! 고양이는 깨달음을 상징하는 거야. 그런데 넌 그래도 못 깨닫더라구! 멍청한 놈!"

한남기는 다시 성호의 가슴을 주먹으로 거세게 후려쳤다. 성호는 신음을 냈다.

"넌 기억날 거야. 우리 집에 불 놓은 게 바로 너야! 밖에 나갔다가 돌아오니 연기가 모락모락 나던 집을 보고 난 깜짝 놀라서 잠깐 담벼락에 숨어서 지켜봤어. 항상 무슨 일이 나면 숨기부터 했으니까. 니가 무서운 얼굴로 나를 찾으면 숨었으니까. 그런데 집에 저녁 준비하고 계실 어머니가 생각났지. 그래서 담벼락 구석에서 나오려는데 너와 눈이 딱 마주쳤고, 넌 도망가면서 시너 병을 떨어뜨렸어. 그게 바로 강술이, 남술이 진돗개 새끼 태운 그 시너 병인데도 기억 안 나냐! 이 나쁜 놈아!"

남기는 바닥에 있던 각목을 들어서 성호의 허벅지에 내리쳤다.

"으악!"

성호는 쥐어짜는 듯한 목소리로 답하였다.

"난 아냐. 모두 홍태기 짓이야, 사람 착각하지 마. 홍태기를 찾아! 내가 도와줘? 분명 전과자가 되어 있을 거야. 찾도록 도와줄게."

이미 성호는 이성을 잃었다. 경찰로서는 해서는 안 되는 말도 주저 없이 지껄여댔다. 심리전이고 뭐고 어떻게든 이 위기 상황을 모면하여야만 하였다. 절박한 상황, 위기일발의 상황에서 지식은 아무 쓸모도 없었다. 성호는 그저 무력한 어린아이로 돌아가버렸다.

"야 이 개새끼야! 뭐? 홍태기가 나를 괴롭히고 불 지른 범인이라고? 나를 떠밀다 제풀에 옥상에서 떨어져버린 그 아이라고? 네가 김성호로 개명 전 이름이 바로 김홍택이었어! 김. 홍.

택! 바로 홍택이 홍택이라고 부르던 그 아이, 너의 기억 속에는 '홍태기'라는 이름으로 기억하고 있겠지만 말이야."

으악!

성호의 머리가 폭발할 듯이 아파왔다. 눈을 감았다. 온몸이 경직되었다. 드디어 정신이 말끔해졌다. 머리에 붕대를 감고 깨어난 병원, 어머니의 서글픈 눈이 성호와 마주쳤다. 어머니의 입에서 뭔가 소리가 나왔다. 입 모양만 보이고 잘 들리지 않던 소리. 그런데 지금은 또렷이 들렸다.

"홍택아, 홍택아. 괜찮니?"

성호는 온몸에 힘이 빠지고 나른해졌다. 몸이 부르르 떨리면서 등이 휘고 두 팔과 다리가 사시나무 떨듯이 바들바들 떨렸다. 두려움이 온몸을 휘감았다.

고통으로 일그러지는 성호의 모습을 보던 한남기의 머릿속에 잔상들이 떠올랐다.

아버지도 떠나고 아픈 어머니를 돌보는 것이 지겨워져 가출하고는, 길거리 아이들과 어울려서 노숙하던 그때. 절도에서 폭력, 강도질까지 일삼다 붙들려 들어간 소년원. 면회 오시던 어머니 모습이 선연하였다. 내내 기침하시면서 괴로워하시던 어머니였다. 이후 정신을 차리고 검정고시에 합격도 하였으나, 전과 기록은 아르바이트 서류를 내는 데도 발목을 붙잡았다. 어머니 몫으로 나오는 정부보조금으로 살다가 일도 관두고 집에서 내내 인터넷에 몰두하던 시절도 있었다.

급성 호흡곤란 장애로 입원시킨 어머니를 입원비가 감당이 안 돼서 퇴원시키고 죽을 날만 기다리게 하면서도 남기는 인터넷에 몰두하였다. 하루 종일 방 안에 틀어박혀서 어머니 대소변을 치우면서 살았다. 가스가 끊기고, 전기가 끊겼다. 인간이 아닌 삶이었다. 그렇게 몇 년이 흘렀다.

"남기야, 남을 미워하면 안 된다."

추운 겨울날, 골방에서 돌아가시기 전에 어머니가 남긴 말씀이셨다.

남기는 어머니의 눈을 감겨드리고 119에 전화했다. 남들은 수십 명의 유족이 몰려와 훌쩍거렸지만, 어머니의 장례식장엔 아버지조차 오지 않았다. 납골당에 유해를 모실 형편이 되지 않아 남기는 어머니를 산에 올라가 나무 밑에 뿌렸다.

장례식 후, 남기는 새롭게 살려고 하였다. 인터넷상으로 유정열로 완벽하게 변신하여 남을 도와서 고맙다는 인사도 들었다. 한번은 젊은 여자를 만나 일을 도와주려 했는데 여자와 술을 마셨던 게 그만 화근이었다. 여자는 다음 날 남기를 성폭행 혐의로 고소를 하였다. 남기는 억울하였다. 다행히 경찰의 긴 수사 끝에 변호사의 도움으로 무죄를 인정받았지만, 경찰서에서 조사 중 전과가 드러났고, 크게 망신을 당하였다. 그리고 몇 개월의 시간이 고통 속에 흘렀다.

다시 방 안에 드러누워 컴퓨터조차 켜지 못하고 식음을 끊었다. 남기는 몇날 며칠이고 방에 틀어박혀 천장 벽지를 노려보았다. 벽지의 무늬가 사람의 얼굴로 보였고, 사람의 손과 발로도 보였다. 때로는 무서운 남자의 얼굴, 괴물의 얼굴로도 보였다. 또 때로는 어머니의 고통스러워하는 얼굴, 어떤 여자의 온화한 얼굴로도 보였다. 남기는 이렇게 산다면 죽을 것 같다는 생각에 간신히 물과 음식을 입에 대고 일어나 앉았다. 외부와의 유일한 연결고리인 컴퓨터를 켜고 인터넷을 들여다보기 시작하였다. 정신이 차츰 돌아오는 것 같았다. 그러던 어느 날 한 남자의 인터뷰 기사를 보았다.

경찰청 프로파일러를 해부하다. 경찰청 과학수사센터 김성호 경사 전격 인터뷰.

기사를 접한 순간, 한남기의 머리에 찌릿 하는 전기 충격이 흘렀다. 머리에 총구를 대어 방아쇠가 당겨진 듯 죽음과도 같은 고통이 느껴졌다. 포털과 SNS를 통해 좀 더 자세히 알아보았다. 얼굴은 달라져 있었지만 그는 분명히 20년 전의 김홍택이었다. 자신을 사지로 몰아넣고, 어머니마저 돌아가시게 만든 흉악한 범죄자가 경찰이 되어 있었다. 남기는 그날부터 밤마다 한 남자를 죽이는 상상에 몰두하였다.

남기는 머리를 뒤흔들어 오래된 기억들을 지워나갔다. 그리고 현실로 되돌아와서 김홍택의 눈을 직시하였다.

성호는 손과 발이 묶여 있어서 고통이 무척 심했다. 성호의 뇌리에 떠오르는 기억 하나가 있었다. 집 서가를 뒤져서 엄마가 감춰둔 게임기를 찾아내려다가 주민등록등본과 가족관계증명서 등의 서류를 모아놓은 파일을 발견하고 열어보았다. 법원의 개명허가판결과 관련된 서류를 보았다. 1995년부터 이름을 김홍택에서 김성호로 바꾸는 것을 허락한다는 내용이었다. 그 이전부터 집에서는 이미 바뀐 이름으로 불리고 있었다. 성호는 서류를 마치 불길한 것이라도 되는 양으로 파일에 도로 집어넣고 서가 안쪽에 깊숙이 꽂아놓았다. 그리고 다시는 그 파일을 찾아보지 않았다.

"내가 너한테 왜 이렇게 하는지 이제 알겠지?"

"제, 제발, 20년이나 지난 일이야. 이제 와서 나한테 복수한다고 뭐가 달라지겠어?"

성호가 고통 속에 절규하였다.

"넌 잊었겠지만, 난 평생 잊을 수 없어."

"아아……. 너무 괴로워, 아파. 제발 풀, 풀어줘……. 살, 살려줘……. 풀어주기만 하면 사과 제대로 할게, 제발, 제발……."

남기는 잠시 망설였다.

"니가 나한테 살려달란 말을 할 줄은 살면서 생각도 못했는걸?"

한남기는 성호의 허리에 칭칭 동여매진 박스 테이프를 커터 칼로 살짝 칼집을 주어 느슨하게 해주었다. 성호는 몸을 들썩이며 등을 휘었다.

"아아아……. 너무 괴로워. 제, 제발 손 좀 풀어줘. 제대로 사과할게."

성호는 인상을 찡그리고 결박된 두 손목을 힘을 주어 하늘로 솟구치면서 두 주먹을 쥐고 괴로워했다. 한남기는 결박을 느슨하게 해주려 의자 뒤로 돌아갔다. 케이블 타이를 느슨하게 만들었다. 그 순간 성호는 다리가 묶인 채 벌떡 일어나서 두 손을 들어서 그대로 한남기의 얼굴을 가격하였다. 한남기가 바닥에 쿵 소리를 내며 쓰러졌다. 성호는 몸을 구부려서 커터 칼을 두 손으로 잡아서 팔목의 결박을 풀려고 했다.

성호는 칼날을 쥐고 급하게 케이블 타이를 풀려다 손바닥에 깊은 상처를 냈다. 악! 외마디 비명과 함께 간신히 발에 묶인 타이를 풀고 일어설 수 있었다. 손에서 흐른 피가 커터 칼날을 적셨다.

성호는 온힘을 다해서 손에 커터 칼을 쥐고, 일어나려던 한남기에게 달려들었다. 쿠당 소리가 들리면서 남기가 뒤로 나자빠졌고 성호가 그 위를 올라탔다. 성호가 칼을 한남기의 얼굴에 들이댔다. 남기는 피식 웃으며 성호와 눈을 마주쳤다.

"그어. 그으라고."

성호는 망설였다.

"그으라니까!"

성호는 칼날을 쥐고 한남기의 얼굴에 들이댔다가 남기가 격

렬하게 저항하자 칼을 놓쳤다. 남기가 머리를 들어서 성호에게 강하게 박치기를 하였다. 성호는 지지 않고 두 손을 모아서 남기의 목을 꽉 틀어쥐었다. 남기가 괴로워하는 표정으로 성호를 노려보며 눈을 치떴다. 성호는 손에 힘을 꽉 주었다. 목을 틀어쥐고 한남기의 찡그린 얼굴을 그대로 똑바로 내려다보았다.

"죽어! 죽으라고! 왜 지금 나타나서 나를 이렇게 괴롭히는 거야! 이 새끼야! 죽어, 죽으란 말이야!"

성호는 두 손의 죄는 힘을 풀지 않았다. 이마에 땀이 송골송골 맺힐 정도로 힘을 가했다. 머릿속이 시원해지면서 긴장감이 후련한 감정으로 변모되는 찰나, 누군가의 목소리가 들렸다.

'성호야, 성호야.'

어머니가 부르던 목소리. 정신이 퍼뜩 들었다.

한남기의 온몸이 부르르 떨리고 있었다. 한남기는 눈을 꿈벅거리더니 흰자를 보이면서 그대로 눈을 감아버렸다. 성호는 깜짝 놀라 쥔 손을 풀었다. 한남기가 움직이지 않았다. 성호는 놀라서 멱살을 잡고 흔들었지만 미동도 없었다. 뺨을 번갈아 때려보았다. 하지만 움직이지 않았다.

죽은 것인가?

성호는 한남기의 목을 손으로 훑었다. 맥이 느껴지지 않았다. 잠깐 정신을 추슬렀다. 살인을 저질렀다는 죄책감보다는 이 일을 모면해야겠다는 생각이 먼저 들었다.

범죄자들은 범행을 감추기 위하여 옷가지들을 벗기고는 하였다. 그렇게 되면 신분증이나 옷의 브랜드 등이 감춰져서 신원 파악이 힘들었다. 성호는 한남기가 입고 있는 점퍼를 열고 팔 부분을 빼고 벗기려 애썼지만 여의치 않았다. 다급하게 바지 허리띠를 풀고 지퍼를 내려 잡아당기려는데, 갑자기 한남기가 눈을 부릅뜨고 씩 웃으며 노려보았다.

"히히. 시신 유기하려고 했던 거냐?"

성호는 화들짝 놀라 뒤로 주저앉았다. 내가 무슨 짓을 하려고 했는가. 왜 먼저 동료 경찰에게 알리지 않았는가. 한남기는 성호의 속마음을 읽은 듯이 싸늘하게 말을 이어나갔다.

"그게 바로 너, 김홍택이지. 너, 초등학교 이후에도 사람 죽이려고 시도한 적 있지?"

성호의 온몸이 얼어붙었다. 한남기가 던지는 말마다 지긋지긋한 벌레처럼 여겨졌다. 온몸에 한기가 느껴졌다. 성호는 몸을 일으켜서 사무실 문을 향해 뛰었다. 다친 손으로 문을 열기가 여의치 않자, 문을 어깨로 부닥쳐 열고 나가서 계단으로 향했다. 계단을 두세 개씩 다급하게 뛰어올라가자 옥상으로 향하는 문이 나왔다. 어깨로 문을 강하게 밀치자 폐자재더미 옆으로 공간이 보였다. 성호가 달려가는데 옥상 문이 삐걱 열리면서 한남기가 나타났다. 옥상을 내려다보니 까마득한 높이가 체감되었다.

"멈춰."

한남기를 어떻게든 밀쳐내고 도망가야 했다. 한남기는 손에 아무런 무기도 없었다. 하지만 정신도 혼미하고 막무가내로 덤벼드는 남기를 당해낼 자신이 없었다. 이제는 그를 설득하여야 했다. 달빛이 구름 속으로 들어가버렸다. 잿빛 구름이 간간이 보이는 검푸른 하늘은 성호와 한남기를 말없이 내려다보고 있었다.

　삼보섬경찰서에는 강대수와 오영식이 사무실에서 사건 관련 보고서를 작성하고 있었다. 강대수가 관련 자료를 정리해서 넘기면 오영식이 컴퓨터에 입력하였다. 강대수가 잠시 용의자 관련 인터뷰 파일을 출력한 것을 살피다가 물었다.

　"참 그 강술이, 남술이 개들 사건 어떻게 됐어? 진척 있어? 오늘도 그 주인 양반이 전화해서 얼마나 괴롭혔는데."

　"팀장님. 오늘 중에 국과수에서 결과 보내준다고 했습니다."

　"파일 도착했나 어서 이메일 열어봐."

　"네. 여기 왔네요."

　오영식은 메일을 열어 국과수에서 보낸 복원 지문 파일을 열었다.

　"지문자동식별시스템(AFIS：Automated Fingerprint Identification System)에 넣어봐. 남자, 연령대는 10대부터 50대까지 정도."

　오영식은 컴퓨터에서 AFIS 프로그램을 열고 지문 파일을 집어넣은 후, 연령대와 남자를 선택하여 검색했다. 4분이 흐르자 가운데 중지 지문 하나가 완전하게 일치하는 남자가 나왔다.

"이름 김성호, 주민번호 820702-105XXXX, 어? 김성호 경사님과 나이와 이름이 일치합니다."

"뭐야? 이거 초동수사 완전 물먹은 거 아냐? 그날 분명히 시너 병 김성호 경사가 집어든 것은 맞지?"

"제 기억으로는 나뭇가지를 젓가락 삼아서 집었어요. 지문 묻을 틈이 없었다고요."

"이거 큰일났구만. 확인해봐야겠어. 어서 휴대폰 좀 해봐. 지금은 목포터미널에 여도윤 학예사 데려다주고 삼보섬으로 돌아올 시간이 되잖아?"

"네. 알겠습니다."

오영식은 휴대폰을 집어 들어서 전화를 걸었다. 신호는 계속 갔지만 성호는 받지 않았다.

"연락 안 됩니다."

강대수가 입맛을 다시며 지문 일치라는 결과만을 주시하였다.

"거참."

이때 강대수의 휴대폰이 울렸다.

"어? 권여일 계장인데? 여보세요."

잠시 후 권여일 계장과 통화를 끊은 강대수는 심각한 표정을 지었다.

"무슨 일이세요?"

"서울서 여도윤의 시신이 유정열이라는 사람의 집에서 발견되었다는데. 죽은 지 이미 닷새는 지난 것으로 보인다는군."

"뭐라고요? 그럼 우리가 여태껏 보고 지낸 여도윤 학예사는 대체 누구란 거죠?"

"아까 몇 시에 김성호 경사가 여도윤이랑 목포터미널로 떠난 거야? 한 5시 정도에 우리랑 헤어졌나? 지금 서울서 김성호 경사 휴대폰 위치 추적하고 있다니까 조금만 더 기다리면 위치는 나올 거야. 어서 차 준비시켜놔. 목포 쪽으로 가봐야겠어."

오영식이 다급하게 차 키를 집어 들고 사무실 밖으로 나갔다. 오영식은 주차장에서 경찰차를 시동을 걸고 경광등과 사이렌을 작동시켰다. 강대수가 비호처럼 튀어나와서 보조석에 올라탔다. 차량은 삼보섬 경찰서 앞마당을 빠져나와서 목포로 향하는 해안가 도로로 재빠르게 접어들었다.

"남기야. 우리 이제 그만하자."

한남기가 시원스레 깔깔깔 웃었다. 그 기기묘묘한 웃음소리가 성호의 귓가를 어지럽게 비집어 쑤셨다.

"그만하자고?"

"남기야. 미……."

차마 사과하는 말이 나오지 않았다. 그러고 보니 한 번도 남기에게 사과를 한 적이 없다는 것이 떠올랐다. 나는 대체, 김성호는 어떤 인간이었단 말인가.

"남기야. 제발 부탁해. 살려줘. 내가 다 도와줄게. 네가 자수하면 최대한 정상 참작하게 돕고, 변호사 비용도 내가 댈게. 너한테 죽을 때까지 사죄할게. 내가 지은 과거의 죄도 모조리 경찰에 말할게. 제발, 제발, 같이 자수하자."

한남기가 밤하늘을 향해서 요란하게 웃었다.

비웃음, 분노, 회한, 울분, 결심 등의 감정이 뒤섞인 종잡을 수 없는 웃음이었다.

"푸하하하, 니가 나를 돕겠다구? 다 필요 없고, 그럼 여기서 바지를 벗고 내가 당한 그대로 벌레를 잡아봐!"

"뭐, 뭐라고?"

"이제부터 벌레가 어떻게 변태를 하고 생성되는지 보여준다. 실시!"

성호는 소름이 끼쳤다. 한남기는 씨익 웃었다.

"니가 내 앞에서 바지를 벗고 벌레를 보여주면 없던 일로 하고, 멀리 떠나서 조용히 살게."

성호는 순간 망설였다. 한남기가 그대로 사라져준다면, 과거에 발목 잡힌 것에서 벗어날 수 있었다.

"어서 해봐, 용서해주고 널 풀어주고 난 사라져준다니까. 그러니 해봐. 해보라구."

성호는 덜덜 떨리는 손으로 바지를 붙잡았다. 허리띠를 풀고, 단추를 끄르고 지퍼를 내렸다. 하지만 더 이상 할 엄두는 나지 않았다.

"왜 못 하겠어? 나도 했는데? 네가 쌓은 경력, 공무원 신분

아깝지도 않아? 니 과거가 다 들통 나도 상관없어?"

성호는 두 손으로 얼굴을 감싸고 한껏 인상을 찡그렸다가, 속옷을 내렸다. 성호가 내키지 않게 두 손을 갖다대려는데, 한남기가 쇳소리를 내며 웃었다.

"팬티를 입에다가 물어야지, 어서. 네가 친구들 시켜 나한테 했던 짓 그대로."

한남기는 단호했다. 성호는 머뭇거렸다. 도저히 있을 수 없는 일이었다. 하지만 20년 전의 죄가 없던 일이 된다면 못 할 것도 없었다. 성호는 천천히 바지를 벗고 속옷을 벗었다. 두 다리에 한기가 느껴졌다. 차디찬 바람이 매섭게 살갗을 파고들었다. 성호는 속옷을 들고 입가에 대기 전에 말했다.

"이것으로 네가 편해진다면 하겠다."

성호는 입에 속옷을 가져가 물고 두 눈을 질끈 감았다.

"이렇게 더러운 새끼야. 변태 새끼 김성호, 한가한 남자, 변태 김성호, 흐흐흐흐."

한남기의 목소리가 흐느끼듯이 들렸다. 성호는 두 눈을 떴다. 한남기는 울고 있는 건지, 웃고 있는 건지 분간이 안 될 정도로 얼굴을 한껏 일그러뜨리고 서 있었다.

"근데 미안해서 어쩌냐. 니가 어떤 짓을 해도 내가 어떤 행동을 해도 너는 죗값을 치르지 못할 거 같다. 흐흐흐. 널 용서 못할 거 같다구."

자조하듯이 말하는 한남기의 두 눈에서 휑한 어둠만이 보였다. 이때 경찰차 사이렌 소리에 정신이 퍼뜩 들었다.

사이렌 소리는 요란하게 울리면서 재개발 지역의 건물 곳곳에 메아리쳐 들려왔다. 성호는 얼른 속옷을 입고, 바지를 추스르고 옥상 담을 건너보았다가 고개를 돌려 한남기와 눈을 마주쳤다. 정신이 번쩍 들었다.

"한남기, 더 이상 갈 곳이 없어. 하나리와 여도윤을 죽인 게 니 범행이 맞다면 자수해."

한남기는 슬픈 눈빛으로 성호를 바라보며 씩 웃었다.

"나는 내 죗값을 치르라구? 그럼 너는? 너도 같이 감옥 가는 거야?"

성호는 할 말이 없었다.

"아, 공소시효 지났구나. 근데 한 인간의 인생을 처절하게 망가뜨린 죄는 공소시효가 있는 걸까?"

사이렌 소리가 그쳤다. 바로 밑에 와 있는 걸까. 성호는 조바심이 났다.

"왜, 너 구해주러 누가 왔을까봐?"

"한남기, 이제 그만 둬."

"죽어!"

외마디 비명을 지르며 한남기가 옥상 담을 등지고 있던 성호에게 달려왔다. 차가운 공기를 가르면서 달려든 한남기는 성호의 몸을 쓰러뜨리고 옥상 담을 뛰어넘었다.

성호는 그대로 넘어져서 차가운 콘크리트 바닥에 머리를 부딪쳤다. 정신이 아득했다. 일어날 수 없었다. 온몸에서 기운이 다 빠져나간 듯했다. 그때 계단을 뛰어오르는 구둣발 소리가 다닥다닥 들렸다. 옥상 철제문이 콰당 열리면서 사내 둘이 뛰어 들어왔다.

"이, 이게 대체 어떻게 된 거야?"

옥상 바닥에 쓰러져 있던 성호를 강대수와 오영식이 붙잡아 일으켜주었다. 성호는 혼미한 정신을 붙들고 물었다.

"한남기, 한남기는 어디로 갔습니까?"

"누구? 여도윤 학예사 사칭한 놈? 아무 데도 없어. 안 보이잖아!"

"분명 옥상에서 뛰어내렸습니다."

"오 형사, 어서 방금 뛰어내린 놈 어디로 갔는지 쫓으라고 무전 쳐!"

"네, 알겠습니다."

"괜찮아? 아래에서 자네의 휴대폰을 찾아냈어. 액정은 깨졌지만 다행히 망가지지는 않아서 위치 추적으로 여기까지 오게 된 거야."

강대수 말이 끝나자마자 손수건을 꺼내 성호의 손바닥을 지혈해주던 오영식이 물었다.

"대체 어떻게 된 일입니까?"

"하나리 살인사건의 범인입니다. 범죄수사 진행과정을 알아내기 위해 여도윤 학예사를 죽이고 사칭까지 하면서 저한테 따라붙은 것 같습니다. 그리고 하나리 사건의 용의자 이준희의 어머니에게는 유정열이란 이름으로 접근했습니다."

성호는 임기응변으로 대답하였다. 그리고 눈을 감았다. 성호는 강대수와 오영식에게 부축을 받아서 계단을 내려올 수 있었다. 병원으로 향하는 경찰차 안에서 강대수가 자세하게 설명해 주었다.

"강남경찰서 사이버수사팀 이주영 순경이 유정열 집을 불시 순찰 나갔다가 여도윤 시신을 발견하고 자네에게 연락하려다 연락두절되어 급하게 위치추적서비스로 찾아낸 거야."

"이, 이럴 때가 아닙니다. 실종사건에 대하여 단서를 얻었습니다. 유정열과 실종사건의 범인이 이메일을 주고받으면서 범행에 대하여 논의하였습니다. 유정열의 본명은 한남기, 주민등록상 나이는 만 31세입니다. 정의실현친구라고 자칭하고 사람을 돕는 유정열과 한남기는 동일인물이고, 이자의 계정에서 삼보섬에 있는 실종사건 용의자와 주고받은 이메일을 찾아내야 합니다. 삭제되었더라도 복원시켜 알아내야 합니다. 유정열의 집 컴퓨터를 압수수색해야 합니다."

이 말을 마지막으로 성호는 의식을 잃고 잠에 빠져들었다. 성호를 목포가톨릭병원에 입원시키고, 강대수와 오영식은 강남경찰서에 사건의 진행상황을 알렸다. 이주영 순경과 통화하여 유정열의 컴퓨터를 조사하는 일이 어떻게 되는지 알아보았다. 현재 이메일을 복원하여 내용을 알아보고 있는 중이며, 여도윤의 시신은 국과수에 보내서 사인과 사망 시각을 알아내고 있다고 하였다. 한편으로 여도윤의 집과 직장의 근처 CCTV 자료를 구해 조사 중이라고 하였다.

다음 날, 아침 일찍 강대수는 오영식을 비롯한 강력팀 형사들과 함께 승합차에 타고 금갑리로 향했다. 고희정이 실종된 장소와 동일한 곳이었다. 해안가에 차를 주차하고 잠복근무에 들어갔다. 남자가 나오자마자 형사 둘이 앞을 가로막고 둘이 뒤를 막아서 무조건 긴급체포할 예정이었다. 체포영장은 후에 청구할 것이다. 어차피 증거는 강남경찰서에서 찾아낸 후였다.

1시간여를 잠복근무하던 골목 어귀에 남자가 나타났다. 등산복에 모자를 눌러 쓰고 대형 진돗개를 끌고 산책을 나가는 중이었다. 강대수가 헌팅캡을 눌러쓰고 그 앞을 가로막았다.

"어이, 빅토르. 우리와 함께 순순히 가지. 조사 좀 할 게 있는데."

빅토르는 놀란 눈으로 강대수를 보았다. 뒤에 두 명의 형사를 보자마자 개 줄을 놓고 바닷가로 향하는 골목으로 잽싸게 튀었다. 개가 강대수의 허벅지를 물려고 달려들었지만 강대수는 개의 배를 걷어찼다. 개는 깨갱대면서 뒤로 물러났다.

"어서 잡아!"

형사 네 명이 앞서거니 뒤서거니 하면서 빅토르를 쫓아갔다. 빅토르는 갯둑을 넘어서 갯벌까지 달려 내려갔다. 그 뒤를 갯둑에서 뛰어내린 강대수와 오영식이 바짝 뒤쫓았다.

"멈춰!"

빅토르는 무섭게 출렁이는 바다를 뒤로 두고 멈칫거리면서 몸을 돌려서 강대수와 대치하고 섰다.

"왜, 왜들 그러세요?"

"빅토르 좋아하시네. 고두남! 너를 박민숙, 고희정, 김희진 살해 및 시신유기혐의로 체포한다. 변호사 선임권이 있고 묵비권이 있다."

"하, 좋아하시네. 걔네들, 시신 어디 있어요? 정말 죽기는 한 거예요?"

"네가 유정열이라는 사람과 주고받은 이메일에서 실종사건에 관련됐다는 내용을 발견했어. 그것이 증거다."

고두남은 두 손을 들고 팔랑이면서 씨익 웃었다.

"허 참나, 그거는 그냥 재미삼아 그랬어요, 그런 사건 있다는 얘기 듣고 나불거린 거란 말이에요."

"두 번째 사건 일어나기 전에 범죄모의를 하고 괴편지를 보내 수사 혼선을 준다는 유정열의 말에 너는 고맙다고까지 이메일 답장을 보냈어."

"허허 참. 그래도 증거가 없잖아요. 저 잡아놓고 박민숙 살아 돌아다니는 모습 서울서 목격되면 어쩔 거예요?"

"잡아!"

강대수가 소리를 버럭 지르자 형사들이 달려들었고 고두남은 바닷물로 뛰어 들어갔다. 강대수도 철벅거리면서 따라 들어갔다. 고두남은 필사적으로 형사들에게 주먹을 휘둘렀고, 강대수는 고두남을 뒤에서 두 팔 벌려 꽉 끌어안아 포박하였다. 그리고 같이 바닷물 속으로 들어가 물을 흠뻑 먹였다. 고두남이 캑캑대면서 물을 토해내자 형사들이 득달같이 달려들어 수갑을 채우고 두 다리를 붙들어 바다 밖으로 꺼냈다. 발악하는 고두남을 갯벌에 잠깐 던져두고서 오영식이 승합차를 해안 가까이 몰고 왔다. 고두남은 진정을 하고 순순히 차 안에 올라탔다. 강대수는 한숨을 크게 내쉬었다. 그동안 지긋지긋하게 괴롭혀 온 사건 하나가 해결될 기미를 보이는 시점이었지만 시신 발견이 되지 않으면 이놈이 어떤 방식으로 미꾸라지처럼 빠져나갈지 모르는 일이었다.

차가 삼보섬경찰서를 향하여 빠르게 달려 나가는데 김성호에게 전화가 걸려왔다. 강대수가 전화를 받았다.

"몸은 좀 쾌차했는가?"

"고두남 잡았습니까?"

"그래."

"제가 한남기에게 들은 단서가 있습니다. 변속팔조는 여인들의 행동을 교정하는 그런 조항인데요. 조선 시대에는 행동이 문란한 여성을 멍석말이라는 방법으로 벌줬다고 합니다. 고두남 아버지 고경신 씨, 그 고문피해자라는 분 농사를 짓고 있었는데, 곤포 사일리지 아시죠?"

강대수의 눈빛이 잽싸게 빛을 내며 탁 튀어 올랐다.

"곤포 사일리지가 멍석과 비슷하게 볏짚이나 목초를 흰색 비

318

닐로 둥글게 마는 그런 거 아닌가요?"

강대수는 성호의 말을 듣자마자 전화를 탁 끊고는 지시를 내렸다.

"오 형사는 나랑 같이 가볼 데 있어. 차 돌려! 우리 금갑리에 다시 내려줘. 중요한 일이야."

"네, 알겠습니다."

강대수는 오영식과 함께 금갑리에서 내렸다. 차에 남겨진 고두남의 눈이 비상하게 돌아가면서 불안해하는 모습이 강대수의 시야에 잡혔다. 강대수는 미소를 띠우고 고개를 끄덕였다.

"기다려. 증거 찾아낼 테니까."

"형사님!"

고두남이 반발했지만 강대수는 차 문을 닫은 후, 뒤도 돌아보지 않고 금갑리 고두남의 집 앞에 넓게 펼쳐진 농토로 향했다. 몇 분 지나지 않아서 다섯 개의 곤포 사일리지 앞에 섰다. 저 멀리서 고경신이 소식을 듣고 허겁지겁 달려왔다.

"형사님. 무슨 일이지라? 제 아들이 뭔 잘못을 하였다고 그라십니까?"

"아시고 계셨죠? 고경신 씨."

고경신은 그대로 바닥에 털썩 주저앉으면서 오열을 했다.

"아들 녀석 잘못 둔 죄로 제가 이렇게 했지라. 세상 탓만 하고 자식 교육 제대로 시키지 않다가 이 모양이쥬. 흐흑. 못난 아비를 용서해주시오. 제발, 형사님."

강대수는 오영식에게서 낫을 받아들었다. 온몸이 묘하게 부르르 떨려왔다. 지금 이 순간을 위하여 이제까지 이 수사에 매달려왔다는 직감이 들었다. 4개월 넘게 매달려온 수사, 자칫하면 미제사건이 될 뻔한 수사. 확실한 증거만 찾아내면 이 범죄는 해결된다.

핏불테리어는 사냥감 앞에서 온몸의 털 한 오라기까지 곤두섰다. 손에 든 낫이 햇볕을 받아 번득였다. 낫을 공중에 쳐들고 힘주어 깊게 내려쳤다. 하얀 비닐에 쌓인 곤포 사일리지를 힘을 다해 파헤쳤다. 거대한 곤포는 잘 찢어지지 않았다. 몇 분이 지나 곤포를 뜯어내자 볏단 뭉쳐진 모습이 드러났다. 물컹거리는 볏짚은 미생물에 의해 잘 숙성되는 중이었다. 그 안을 쟁기와 삽으로 파헤쳐 들어갔다. 시큼한 냄새가 났다. 부패한 생선 냄새가 물씬 올라왔다. 강대수는 저도 모르게 미간을 찌푸렸다가 정신을 집중하고 볏짚을 벌려나갔다. 털썩 하고 손가락이 볏짚 속에서 떨어져 나왔다. 빨간색 매니큐어를 바른 손톱들이 흙과 볏짚에 잘 보이지 않았지만 분명 여성의 손이었다. 검게 부패하고 부푼 손은 너덜너덜하였다. 오영식이 심각한 표정을 지었다. 강대수는 확신에 찬 얼굴로 고경신을 돌아보았다. 무릎을 꿇고 있는 그는 이렇게 말했다.

"처음에 감춰달라고 했을 때 언 땅을 파보다가 도저히 안 되었쥬. 바다에 버리면 다시 떠내려올 테고 그때 마침 수확을 마친 볏짚을 곤포로 싸서 사일지리를 만드는 작업을 하고 있었구

만유. 인부들을 모두 오지 못하게 하고 밤에 저 혼자 장비와 중장비 차를 빌려다가 감췄고 두 번 더 그런 일이 있었죠. 흐흑. 죄송헙니다. 형사님."

고경신이 가리키는 곤포를 오영식이 다가가서 낫으로 찢어서 표시를 해놓았다. 이제 과학수사팀이 출동해서 직접적인 증거를 채취하고 시신 발굴을 끝내는 일만이 남았다.

곤포 사일리지 세 개에서 고희정, 김희진, 박민숙의 시신이 발견되었고, 고경신의 자백으로 고두남은 피의자 신분으로 구속되었다. 고두남은 증거를 들이대어도 자백하지 않았다. 계속 자신과는 무관한 사건이며 아버지 고경신이 저지른 일이라는 말만 반복했다. 하지만 고두남의 방에서 박민숙의 핸드백, 김희진의 반지, 고희정의 옷가지 등이 발견되자 조금씩 죄를 인정하였다.

2012년 9월 14일 오후 3시에 택시를 끌고 나가다 만난 고희정은 굿거리에 쓸 제물을 구하러 나간다기에 목포 쪽으로 가려다 택시비 문제로 시비가 붙어서 다시 금갑리로 돌아와서 죽였다고 증언했다. 그녀가 지니고 있던 돈은 손대지 않았다고 하였지만 이후 목포에 가서 물 쓰듯 돈을 썼다는 친구들의 증언을 확보해둔 상태였다.

박민숙은 아무도 모르게 서울에 올라가서 모델이나 연예인으로 성공하고 싶다고 하였다. 고두남은 서울 가는 날 데려가

준다고 약속하였다. 9월 27일 오전 10시경 목포터미널 택시 승차장에서 박민숙을 납치하였다. 박민숙이 반항하기에 마취제를 바른 손수건을 코에 대었다고 하였다. 마취제는 삼보섬에 내려오기 전에 시간제 청소부로 일했던 병원에서 훔쳐낸 것이라 증언하였다.

세 번째 희생자인 김희진을 만난 것은 9월 초순경이었다. 목포터미널에서 대기하고 있다가 서울서 일 보고 삼보섬으로 내려가는 김희진을 손님으로 태웠다. 이 여인이 펜션을 운영한다는 사실을 알고 10월 8일 새벽에 해 뜨기 전에 펜션으로 가서 납치했다고 하였다. 세 여인을 모두 집 근처 농기구를 보관하는 창고에 가둬놓았다.

고두남은 여기서 진술을 바꿔서 납치하였지만 다시 풀어줬다고 진술번복을 하였다. 하지만 고경신의 증언은 달랐다. 시신을 아들의 부탁을 받고 숨겼다는 자백을 하였다. 그리고 앞뒤 정황상 증거와 고두남의 방에서 나온 피해자 유류품들, 그리고 시신의 몸에 가해진 칼에 의한 상처가 고두남의 방에서 발견된 칼에 의한 것임이 증거로 채택되었다. 칼에서는 고두남의 지문과 피해자들의 DNA가 발견되었다.

박민숙의 손톱 아래에서 발견된 고두남의 DNA가 빼도 박도 못하는 증거로 채택되었다. 비록 시신은 부패하였지만 곤포 안에서 천천히 미생물에 발효되어 숙성되면서 부패 속도가 느려져서 손톱 밑에서 고두남의 피부조직이 발견되었던 것이다.

고두남에게 구속영장이 청구되었다. 범행재현 시에 강대수가 현장에 고두남을 대동하고 나갔다. 서울에서 내려온 방송사와 신문사 기자들이 진을 친 가운데 강대수는 고두남에게 가해지는 피해자 유족들의 항의와 린치를 온몸으로 막아내고 섰다.

그 모습을 성호는 일주일간 입원한 병원에서 TV 뉴스로 시청하였다.

큰 상처는 없었고 손바닥의 칼날에 의한 자상, 타박상과 끊임없는 편두통 증세뿐이었지만, 성호는 전신을 옥죄는 알 수 없는 고통에 퇴원을 할 수 없었다. 기력이 소진된 상태였다. 손가락 하나 들 힘도 의지도 없었다. 그저 눈만 뜬 채 뉴스만 지켜보았다.

외국에서 살고 있는 부모님에게는 입원 소식을 알리지 않았다. CT를 찍어보았지만 머리에 별다른 이상은 없었다. 다만 전두엽의 감정을 다루는 부분이 일반인보다 많이 부풀어 있다는 의사의 소견을 들었다. 하지만 이도 극심한 외상 스트레스를 받은 사람들의 특징이라고 하니 죽음의 위기에서 살아나온 성호에게는 당연한 일이었다.

TV에서는 몇 번이나 같은 장면을 반복해 내보냈다. 삼보섬에서 이 정도로 전국적으로 주목받은 강력사건은 거의 처음 있는 일이라고 하였다. 강대수가 고두남을 향해 날아오는 달걀세례를 온몸으로 받아내는 장면이 연속으로 방영되었다. 특히나 사일리지를 가리키며 기자들 앞에서 사건 브리핑을 하는 강대수의 의기양양한 표정은 꽤나 인상적이었다.

이제 고두남과 강대수는 한 배를 탔다. 고두남이 진술을 잘 끝내주고 재판을 순순히 받으면 형이 확정되어 수사가 종결된다. 그렇게 미워하면서 잡으려고 노력했던 범죄자도 막상 잡아놓고 보면 그의 어린 시절 이야기, 범행을 저지른 심리에 동화되기도 하고 인간적으로 불쌍하게 여긴다. 재판에 이르게 되면 그때는 정말 동지처럼 여겨진다. 사건 이후에도 교도소로 면회도 가고, 사형 받을 때에는 울어주기도 하는 인생의 동반자가 되기도 한다.

한남기를 도운 김해정은 유흥업소에서 일하는 여성으로 전직 연기자 지망생이었으며 사건의 자초지종은 모른 채 아르바이트를 한 것이라 해명하여 불구속 입건으로 풀려났다.

한남기의 행방은 밝혀지지 않았다. 하지만 김성호의 주장으로 한남기에게 수배영장이 청구된 상태였다. 한남기는 하나리 사건 용의자와 여도윤 사건 용의자로 지목되었다.

성호는 혼자 조용히 퇴원하였다. 다행히 일주일이 조금 지나자 침대를 떨치고 일어날 수 있었다. 목포터미널 주차장에 있던 렌터카는 순경이 펜션에 가져다두었다. 펜션 관리사무실에서 정리해둔 짐을 되찾고 삼보섬경찰서에 잠깐 들렀으나, 강대수와 오영식은 부재중이었다. 사건 보고로 목포지방검찰청에 갔다고 하였다.

성호는 경찰서를 나와서 차를 삼보섬대교 방향으로 몰았다. 빠르게 운전해가면서 해안가 도로를 지긋이 응시하였다. 이제

이 고요하고 외로운 바다도 당분간 보지 못할 터였다. 바다는 뿌연 운무 속에 가려져 있었지만 삼보섬대교에 이를 즈음, 그 청량한 모습을 드러냈다. 맑고 청아한 하늘은 드높았고 그 아래 넘실대는 푸른 바다는 삼보섬을 포근하게 감싸면서 성호에게 작별 인사를 보냈다.

대교를 빠져나와서 유달산이 보이는 시내를 지나서 목포역에 도착하였다. 추가 요금을 지불하고 렌터카를 반납하였다.

"삼보섬이 좋으셨나 봐요? 예정보다 일주일이나 지나서 반납하시고요."

"네. 그런가 보죠."

성호는 긴 말을 피하였다. 강대수가 해결한 사건 어디에서도 김성호에 관한 이야기는 나오지 않을 터였다. 이게 프로파일러들의 숙명이었다. 사건 해결에 결정적인 단서를 제공해주어도 검거는 일선에 선 담당 형사들의 몫이니까.

"서울로 가십니까?"

성호는 말없이 목례만 하고 목포역으로 들어가서 서울로 향하는 KTX에 올랐다. 3시간 30분이 지나면 서울에 도착하게 된다. 내려올 때 창밖으로 보이던 눈 쌓인 풍경은 이제 사라졌다. 눈은 어느새 녹았고, 이제 곧 2월이다. 2월 중순이면 봄 날씨가 될 지도 몰랐다. 하지만 성호의 가슴속은 언제나 겨울 날씨가 되풀이될 뿐이었다.

한남기에 대한 일이 매듭지어지지 않는다면.

II. 기억의 방관자

성호는 합정역에서 내려 집으로 향했다. 합정동 베이지색 모델하우스 뒤쪽 골목으로 내려가서 카페거리를 지나서 또 다른 골목으로 접어들면 하얀 벽돌로 지어진 노블화이트하우스가 보였다. 101호 앞에 서서 잠깐 지켜보았다. '출입금지-POLICE LINE-수사중'이라는 노란색 테이프가 쳐져 있었다. 과학수사팀들이 다녀간 것 같았다. 101호 문은 굳게 잠겨 있었다. 성호의 기분이 착잡해졌다. 이사를 가야 한다는 생각이 들었다.

서울에 올라와서 경찰청에 들러 권여일 계장을 단독으로 만났다. 사건 전후를 간략하게 보고하고 일단 휴직을 신청해도 되는지 의논했다. 권여일 계장은 허락하지 않았다. 대신 이렇게 물음을 던졌다.

"여도윤을 죽이고 사칭한 한남기라는 사람, 고 하나리 사건과 관련하여 수사진행상황을 알아내기 위하여 자네에게 의도적으로 접근한 거라면 일단 휴직할 필요 없어. 경찰들 삶에서 그런 정도의 위험은 감수해야 하니까. 좀 정도가 심했지만 말이야. 한남기 수배령 떨어졌으니까 곧 잡힐 거야."

성호는 권여일 계장의 질문에 답을 하지 못하고 경찰청에서 나왔다. 운전할 정신이 아니었다. 차를 놔두고 지하철을 타러 갔다.

문을 열고 집 안으로 들어갔다. 2주일 동안 청소하지 않아서 먼지가 쌓여 있는 것처럼 여겨질 뿐, 아무도 들어온 흔적은 없었다. 한남기가 바로 밑, 101호에서 자신의 발소리에 귀 기울이면서 석 달 동안 살았다. 끔찍한 일이었다.

성호는 곧바로 짐들을 내려놓고 씻지도 않고 컴퓨터 앞에 앉았다. 메일을 확인해보았다. '성호님 친구의 새 소식이 도착했습니다'라는 메일을 열어보았다. 메일에는 타인들의 소식이 있었고, 그 밑으로 친구 요청을 열어보니 유정열의 페이스북 계정이 나왔다. 메일을 삭제하였다. 두 손으로 얼굴을 쓸어내렸다.

끔찍했다. 아직 한남기의 자취를 찾을 수 없었다. 남기는 성호가 살고 있는 집도 직장도 알고 있었다. 또다시 공격을 가할지 모를 일이었다.

성호는 한남기가 정체를 밝혔던 목포의 폐건물에서부터 굳게 결심한 것이 있었다. 자신이 잘못 기억을 하고 있는 이유와 함께 기억상실이 된 이유를 알아내야 했다. 짐작이 가는 곳이 있었다. 깨진 액정에 문자가 왔다는 표시가 떴다. 권여일 계장이었다.

　　힘들면 일주일 정도 쉬는 걸로 하지, 그동안 다친 곳도 치료하고 그러고 나서 복직해.

　성호는 휴대폰을 내려놓으려다가 잠깐 컴퓨터 옆 어항으로 고개를 돌렸다. 구피 치어들은 한 마리만 남고 모두 죽었고, 성어는 꼬리에 주홍 점이 있는 녀석과 온몸이 하얀 녀석만이 살아남아 있었다. 착잡했다. 사료 통을 들어 먹이를 뿌려주는 것 외에는 할 수 있는 일이 없었다. 주홍 점 녀석은 생생하게 헤엄치며 먹이를 먹으며 돌아다녔다.

　다음 날 성호는 잠실역 사거리에서 높다랗게 올라간 빌딩들을 둘러보면서 한 병원을 찾고 있었다.

　분명 인터넷에서 찾아본 자료에 의하면 유진미 박사는 아직도 서울 송파구 잠실 사거리에서 소아정신과를 운영하고 있었다. 출력물에 나와 있는 주소를 들고 잠실역 롯데백화점 대각선 건너편의 빌딩들 사이에서 낡은 4층짜리 건물을 찾았다. 여러 병원들을 알리는 간판들 중에 '유진미 소아정신과'가 붙어 있었다. 성호는 떨리는 걸음으로 천천히 계단을 올라갔다.

병원을 찾아서 문을 열었다. 짤랑거리는 소리가 들렸다. 기억이 났다. 어머니 손에 이끌려간 병원은 항상 문이 열리면 절에서 들리는 풍경소리가 났다. 병원 대기실에는 중년 여성들과 사춘기에 접어든 소년과 여자 초등학생, 그리고 유치원생으로 보이는 남자아이가 있었다. 유치원생 아이는 끊임없이 구르고 날뛰면서 엄마를 괴롭게 하였다. 덩치가 큰 남학생 하나가 뭐라고 주절거리며 반복적으로 왔다갔다 하였다.

성호는 학생 뒤쪽에 치료실이라고 적힌 방을 보았다. 굳게 닫힌 문, 그 문이 열리면 뇌파를 측정하는 기계가 있었고 기계 뒤쪽으로 병풍이 쳐져 있었는데 그 병풍을 열고 들어가면 각종 장난감들이 가득 들어찬 진열장이 보였다. 그리고 방 안 책상에 앉아 있는 놀이치료 선생님이 성호를 다정하게 맞아주었다. 치료가 끝나면 뇌파를 측정하러 유진미 선생님이 들어와 측정 후 원장실로 자리를 옮겨 상담 치료를 진행하였다.

"어떻게 오셨어요?"

카운터에서 환자에게 심리치료 질문지를 건네던 간호사가 두리번거리며 기억을 더듬는 성호를 보고 물었다.

"유진미 선생님을 뵈러 왔습니다."

"제약회사에서 나오셨어요?"

"아닙니다. 상담할 일이 있어서요."

"상담은 예약하시고 오셔야 하는데, 보다시피 환자분들이 많이 계셔서요."

"아주 오래전에 이곳에서 치료 받았는데 상담 차트를 보고 말씀 여쭙고 싶은 게 있습니다."

그 옆에 서 있던 머리를 뒤로 모아 질끈 동여맨 중년 나이로 보이는 간호사가 고개를 갸우뚱했다.

"상담 차트를 폐기한 것도 있을 텐데요. 일단 성함이 어떻게 되시죠? 원장님께 여쭤볼게요."

성호는 이름과 주민등록번호를 알려주고 자리에 앉아 기다렸다. 환자들이 20분 정도의 사이를 두고 원장 상담실로 들어갔다. 그 와중에 간간이 치료실 문이 열리고 놀이치료를 받는 학생이 들어갔다.

"지금 원장님이 잠깐 짬이 나셔서 그런데 들어가세요."

성호는 후들거리는 다리를 간신히 진정시키고 원장 상담실로 향했다. 아주 오래전 원장실에 처음으로 들어가던 때가 생각났다. 그때와 똑같을까? 문을 천천히 열고 들어갔다.

향기! 라벤더 허브 향기가 진하게 났다. 라벤더향은 환자들의 심신을 안정시켜준다고 말하던 수십 년 전의 그 기억이 스멀스멀 떠올랐다.

"아! 김성호, 얼굴 보니 생각이 나네? 반가워요. 어서와."

백발을 단정하게 틀어 올리고 스커트와 레이스 블라우스 위로 하얀 의사가운을 걸친 유진미 박사가 반갑게 성호를 맞았다. 얼굴에 주름이 보였지만 백발만 아니었다면 꽤 젊어 보였을 만큼 피부가 깨끗했다.

"선생님."

기억이 났다. 유진미 박사. 어딘가 우울해 보이던 성호의 어머니와 분위기 자체가 달랐다. 화사한 옷차림에 자신만만한 말투, 그리고 다정스런 태도. 유진미는 원장실에 들어오는 성호의 등을 토닥이고는 책상 앞에 있는 의자에 안내하고 자리로 돌아가 앉았다.

바람이 쐐쐐거리는 공기 청정기 소리가 거세게 들렸다. 그 바람 소리를 들으면 심리적으로 안정이 되곤 하였다. 성호는 20년 전의 시간으로 돌아가 있었다.

"네가 나온 인터넷 신문 기사 봤어. 정말 대단하더라, 경찰청에 근무한다고? 가끔 자랑스럽게 느껴지곤 했는데 이렇게 찾아오다니. 간호사가 네 이름을 전하는데 어찌나 놀랐던지, 정말 반가워."

성호는 차분히 마음을 다잡았다. 진실을 알아야 했다.

"무슨 일 때문에 온 거야? 상담할 게 있다니."

"선생님, 정확하게 말하면 12살 겨울 초등학교 5학년 때 제가 받았던 치료가 궁금해서 왔습니다. 20년 전 일입니다."

"정확하게 말한다면 전학 간 학교의 6학년 때 일일 거야. 그런데 그건 좀 그러네. 왜 지금에서야 그 치료에 대해서 묻는 건데? 혹시 머리가 아프다거나 기억의 왜곡이 있다거나 그런 거야?"

유진미의 얼굴에 걱정이 역력히 보였다.

"네. 비슷한 상황입니다. 기억을 제대로 바로잡으려면 지금 저한테는 사실 확인이 필요합니다. 도와주세요."

유진미는 잠시 생각을 하다가 이내 숨을 내쉬고 결심한 듯 입을 열었다.

"지금은 성인이 되었고 안정적인 직업도 있고, 무엇보다 심신이 건강해 보이니까, 음……. 그래 좋아. 얘기해도 괜찮다고 판단되니까 말해줘야겠구나. 묻고 싶은 게 정확하게 뭐야? 답해줄게."

성호는 다급하게 유진미에게 물었다.

"선생님, 왜 저는 그때의 기억을 잃은 거죠?"

유진미는 심호흡을 하고 입을 열었다.

"네 아버지는 제약회사 영업 일을 보시면서 우리 병원에 드나들었지. 어느 날 아들이 머리를 다쳐서 사고를 당했다면서 너를 데리고 왔어. 난 그때 대학병원과 연계하여 논문을 준비 중이었어. 외상 후 스트레스 장애를 배외측 전전두엽의 뇌파를 측정하는 방법으로 이겨나갈 수 있는 치료방법을 연구 중이었지. 뇌의 앞쪽 부위 전두엽의 상단 부분 중에 배외측 전전두엽이라는 게 있는데, 이 부분은 인간이 스트레스 장애를 극복하는 것과 밀접한 관련이 있어. 실제로 큰 사고를 겪은 스트레스 장애 환자들의 배외측 전전두엽은 일반인에 비하여 5~6퍼센트 두텁다는 실험결과가 있지. 우리는 그 이른 시절에 배외측 전전두엽 뇌파를 측정해, 일정한 기억을 왜곡하거나 아니면 없애는 심리적인 환경을 연출해서 뇌파의 변동을 기록해나갔어. 아버님 말씀으로는 머리 상처로 기억이 혼란스럽다는데 그것보다 너의 잔인한 근성과 예전 생활을 잊고 새로운 기억으로 살게끔 하는 그런 것을 원하셨어. 우리의 임상시험과 딱 맞는 사례였지.

너는 김홍택이라는 이름을 김성호로 개명하는 개명신청서를 법원에 낼 계획이었고 이미 집안에서나 새로 전학 간 학교에서는 김성호로 불렸지. 넌, 김홍택이라는 이름으로 살던 시절의 폭력성에 진저리를 치고 있었어. 사고 이전의 기억에 괴로워하던 상태였지.

그래서 우리는 김홍택이라는 너 안에 든 나쁜 기억의 원형을 홍태기라는 새로운 인격으로 재탄생시켰어. 끊임없는 미술치료, 놀이치료 속에는 바로 홍태기라는 나쁜 아이를 혼내주거나 너는 전학 가서 그 아이와 영원히 만나지 않을 거라는 암시를 걸어두었고, 너는 홍태기를 즉 김홍택이라는 과거의 너를 또다른 인격으로 상상하고 밀어냈어. 그리고 그가 한남기를 괴롭혔다는 것만을 기억하였지. 이런 치료를 거치면서 너의 부풀었던 배외측 전전두엽은 점차 일반 동년배 학생의 것과 다를 바 없게 되었고 부분적인 기억 인식 오류와 장애 그리고 기억상실이라는 과정을 거치면서 새로운 인격 김성호로 재탄생하게 되었어. 이름이 개명된 혼란스러움도 없어지고, 홍태기라는 가상적인 악인을 만들어내면서 자연스레 새로운 선인으로 탄생하였지. 그래서 넌 김성호가 되었고 이렇게 경찰이 되어 사회인으로 거듭날 수 있었어. 상담 차트에 적힌 걸로 보면 그 전의 너는 도저히 사회에 적응 불가능한 소시오패스였지만 말이야."

유진미는 말을 마치자마자 입을 꾹 다물었다. 잠시 침묵이 흘렀다.

"말씀하세요. 계속."

성호가 힘없이 말했다.

"아, 미안해. 오랜만에 봐서 허물없이 느껴져서 그런가 봐. 말실수를 했네. 그런데 지금은 네가 그런 사람들을 제압하는 경찰이 되었다니 자랑스럽다."

성호는 더 이상 유진미의 말을 들을 수가 없었다.

"죄송합니다. 급한 일이 있어서요."

벌떡 일어나 원장실을 뛰쳐나갔다. 환자들이 의아해하며 성호를 쳐다보았다. 병원 건물을 빠져나와 울분의 소리를 지르며 미친 듯이 달렸다. 잠깐 멈춰선 사이 숨을 고르는데, 주변 사람들의 호기심 어린 눈과 시선이 마주쳤다. 도저히 그 자리에 있을 수가 없었다. 부끄럽고 창피하였다. 저들이 나의 악인으로서의 과거를 기억하고 알고 있는 것 같은 착각이 들었다. 왈칵 치솟아 오르는 울음을 억지로 누르고 또다시 달렸다.

'사회에 적응 불가능한 소시오패스였지만 말이야.'

유진미 박사의 말이 뇌리에 반복되었다. 성호는 뛰어가다 몇 블록 가지 않아 전봇대 근처에 주저앉아서 헛구역질을 했다.

엉망진창이었다. 인생이 파도에 휩쓸리는 모래성처럼 일시에 무너져 내리는 느낌이 들었다.

털썩 앉았다. 몇몇 사람들이 지켜보다 가던 길을 갔다. 성호는 망연한 얼굴로 차가 오가는 길을 둘러보기만 하였다. 정신이 나간 사람 같아 보일 터였지만 괘념치 않았다. 혼란스러웠다.

갑자기 주저앉아 있던 성호의 혀끝에 달곰쌉싸래한 맛이 떠올랐다.

무슨 맛일까? 막국수? 춘천?

기억이 스물스물 올라오면서 뇌를 잠식하였다. 후배가 결혼한다는 말을 듣고 엄청난 분노를 느꼈다. 실연의 아픔을 준 그녀, 다른 남자에게 가는 그녀를 혼내주어야겠다는 결심이 섰다. 결혼식 전전날 본가에 와 있다는 말을 전해 듣고 출장을 핑계로 경찰청을 나와서 그녀의 본가가 있는 춘천행 기차를 탔다. 춘천 시내 번화가에서 멀지 않은 그녀의 집을 멀리서 보면서 주머니 속의 날카롭게 벼린 면도날을 손끝으로 쓰다듬고 어루만졌다.

그녀는 낮에 잠깐 외출을 하였다. 성호는 집 앞을 지키고 있다가 그 뒤를 몰래 따라갔다. 그녀는 고등학교 친구들을 만나 선물을 받고 집으로 향했다. 성호는 미행을 하다가 그녀의 집 앞까지 따라갔다. 그녀의 뒤에 서서 주머니의 칼을 꺼내 드는 순간, 그녀의 어머니가 대문을 열고 나왔고 성호는 황급하게 발걸음을 돌려서 막국수 집을 찾아 들어갔다. 그때 먹었던 막국수의 달곰쌉싸래한 맛이 혀끝에 감돌았다. 그리고 기분 좋아진 채로 서울로 향하는 기차에 올랐다.

왜 그렇게 기분이 좋았을까.

살인을 시도해보려고 해서? 아니면 경찰이라는 신분을 잊지 않고 살인욕구를 억눌러서?

성호는 욕지기가 튀어나오는 목구멍을 붙잡고 절규를 하였다. 두 주먹을 불끈 쥐고 땅을 때리다가 눈을 힘껏 감고 두 손으로 바닥을 짚고서 간신히 몸을 일으켜 세웠다. 비틀거리는 다리로 어떻게든 집으로 들어가고자 하였다.

그날 밤 집에 들어와 무릎을 세워 끌어안고 고민 중이던 성호는 유진미 박사가 웃으면서 전해준 말들이 귓가를 맴돌았다.

그녀가 언급한 소시오패스란 말을 곱씹어보고 입으로 반복적으로 되뇌어보았다. 그 단어가 자신을 지칭하는 날이 올 줄은 몰랐다. 심리학 용어로 배우고, 경찰 일을 하면서 만났던 피의자들을 심리검사를 통해 성향을 조사해 조심스럽게 갖다 붙이던 단어였다.

깨질 것 같은 머리를 부여잡고 잠자리로 향했다. 수면제라도 타왔어야 했나 하는 생각이 들었다. 고민과 괴로움으로 깨질 듯이 아팠다.

눈을 떠보니 어둠 속에서 혼자 남겨 있었다. 몸이 태아처럼 동글게 말아져 있었는데 손과 발이 아기의 그것처럼 작아 보였다. 온몸에 걸친 옷가지가 하나도 없었다. 이상했다. 몸을 펴려고 하였지만 좀처럼 되지 않았다. 가위에라도 눌린 것처럼 목소리도 나오지 않았다. 그때 바닥이 둘로 갈라져 문처럼 덜커덕 열리더니 온몸이 세차게 떨어져 내렸다. 거센 바람, 비, 눈을 맞으면서 저 멀리 땅으로 한도 끝도 없이 추락하였다. 추락하는 도중에 무언가 잡을 게 있었다. 얼른 두 손으로 붙잡고 보니 거울이었다. 슬며시 움직이는 거울 단면에 몸을 기대고 간신히 타고 올라 거울을 내려다보니 한껏 웃고 있는 누군가의 얼굴이 보였다. 잔인하고 비열한 미소의 김홍택, 아니 김성호였다. 성호는 구역질을 느끼며 거울을 붙잡은 손을 놓았다. 거울 날에 베인 두 손바닥에서 피가 칠갑을 이루며 뚝뚝 떨어졌다.

탕! 바닥에 떨어진 느낌과 동시에 정신이 번쩍 들었다. 아침이었다. 전화가 울렸다. 강남경찰서 박민철 형사였다.

"이상희 씨가 고소 취하를 하기 위해 나온다 합니다. 출석을 해주셔야겠는데요. 삼보섬 실종사건과 관련하여 몸이 불편하다는 소식은 들었습니다만."

"네, 가겠습니다."

힘없이 대답한 성호는 샤워를 하기 위해 화장실 문을 열고 들어갔다. 1시간이 걸려 나갈 준비를 하고서도 머뭇거렸다. 사람들을 만난다는 게 두렵게 여겨지기는 처음이었다.

강남경찰서에 출석한 성호는 고소 취하와 관련하여 확인서류를 작성했다. 이상희도 고소 취하하겠다는 서류를 작성하고 마무리를 지었다. 박민철 형사가 지독히도 일을 깔끔하게 처리한다는 것을 느낄 수 있었다.

박민철이 웃음을 띠고 말했다.

"수사상 과정이었습니다. 허허. 강압 수사 절대 없었고요. 그리고 이준희 학생이 이 일로 정신 차리고 공부에 매진한다면 얼마나 좋겠습니까."

이준희는 휴게실에 있다고 하였다. 이상희와 박민철이 이준희에 대한 기소 취소와 관련하여 이야기를 나누고 있는 동안 성호는 휴게실로 가보았다. 이주영과 이준희가 앉아서 대화를 나누고 있었다. 성호를 발견하고는 이주영이 말을 걸어왔다.

"이준희 학생과 마지막으로 말씀 나누세요, 자리 비켜드릴게요."

성호는 잠시 말없이 음료수를 자판기에서 뽑아서 준희에게 건넸다. 꿀이 가미된 유자차였다. 성호가 머뭇거리다 입을 열었다. 전해줘야 될 말이 있었다.

"그동안 고생 많았지? 이 일이 힘들게 기억되겠지만 먼 훗날 자신의 행동을 다잡아줄 기회로 여겨질 수도 있을 거야. 괴롭겠지만 잘 이겨내렴. 비가 온 뒤에 땅이 더 굳는다. 경찰 모두를 대신해 내가 진심으로 사과한다. 미안해."

준희는 따뜻한 온기를 전해주는 병을 감싸 쥐고 침묵을 지키다가 잠시 후 입을 열었다.

"항상 엄마 없는 집에서 혼자서 컴퓨터만 했어요. 초등학교 때는 게임을 하다가 중학교 때부터는 인터넷 카페와 주간파 사이트, SNS를 했어요. 아는 사람은 한 명도 없고 모두 모르는 사람이랑만 이야기를 나눴어요. 인터넷에서는 누군가가 내 말을 들어주고 댓글을 달아줬어요."

준희가 잠시 뜸을 들였다.

"저어, 사실은 그 사람들에게 인정받고 싶었어요. 된장녀, 성형여자들을 까는 글을 올려서 칭찬받고 인정받고 싶었어요. 인터넷에서 쿨한 사람으로 다시 태어나고 싶었어요. 그거 아세요? 우리 반 아이들은 날 초대해놓고 단톡방에 들어가면 아무도 내 말에 응답도 질문도 하지 않고 개무시하는 거. 그런 일 당해본 적 있으세요?"

준희는 떨리는 눈망울로 성호를 보았다. 성호는 두 손이 떨렸다. 죄가 들통 날 것처럼 두려워하는 죄인의 얼굴이 되었다. 성호의 두 눈에 눈물이 어렸다. 성호는 천천히 대답을 하였다.

"난 학교폭력의 가해자였단다. 20년 전 일이야."

준희의 눈이 잠깐 놀란 듯 커졌다.

"근데, 그 일로 아직도 고통받고 괴로워하고 있다. 그리고 죄를 아무에게도 고백하지 못하고 평생 가슴에 안고 살아가고 있어. 아마 그들도 죽기 전에 그런 날이 올 거야. 자신의 과오에 힘들어하는 날이 올 거야. 안 좋은 일이 생기면 그때 누군가를 괴롭혀서 이렇게 되는구나 자책하는 날이 올 거야."

이 말을 끝으로 성호의 눈에서 눈물이 방울져 떨어졌다. 주먹으로 눈물을 훔친 다음 미소를 지으며 준희를 보았다.

"너는 이겨낼 거야. 새로운 친구들을 사귈 수 있어. 걱정 마. 고민 있으면 아저씨가 도와줄게."

준희의 얼굴은 한층 밝아 보였다.

"사건에 대해 물어보는 친구도 아무도 없었어요. 모두 제가 범인이라고 여겼겠죠. 김성호 형사님만 제 결백을 믿어주셨다고 들었어요. 정말 감사합니다."

진심이 느껴졌다. 준희는 그 말만을 남기고 인사를 꾸벅하고 휴게실을 나갔다. 성호의 가슴에 납덩이가 떨어진 것처럼 무거웠다. 자신이 남에게 감사하다는 말을 들을 자격이 있는지 심각하게 고뇌했다. 그리고 자신의 치부를 알고 있는 한남기에 대해서도 생각해보았다.

만일 한남기가 잡힌다면 범죄의 직접적인 동기를 모두 밝혀야 하는 것인가.

휴게실에 망연자실하게 앉아서 머리가 아파올 지경으로 고민했지만, 진실을 밝히자는 양심과 이대로 모든 것을 덮고 새로 시작하자는 결심이 싸울 뿐 방법이 생각나지 않았다.

잠시 후 이준희가 이상희와 함께 돌아가는 뒷모습을 휴게실 창가에서 지켜보았다. 이준희는 이상희의 어깨에 고개를 살포시 기대었고 이상희는 준희의 손을 꼭 잡아주었다.

"잘되겠죠?"

나란히 서서 지켜보던 이주영이 말을 걸었다.

"제 일 때문에 고생 많으셨죠. 위험도 무릅쓰고 정말 감사합니다. 재빠르게 대처해주신 덕분에 목숨을 건질 수 있었습니다."

이주영의 두 볼이 발그레해졌다.

"아니에요. 할 일을 했을 뿐인데요. 오히려 저희 사이버수사팀장님하고 강력팀장님들한테 엄청 혼났어요. 겁 없이 지원수사요청도 없이 용의자 조사하러 나갔다구요. 이렇게 무사히 돌아와주셔서 정말로 감사합니다. 그런데 준희한테 무슨 말씀하신 거예요? 얼굴이 엄청나게 밝아졌어요."

성호는 물끄러미 창밖만을 내다보았다. 당분간 누구에게도 털어놓지 못할 비밀이었다.

일을 마치고 집으로 돌아온 성호는 잠깐 망연자실하게 앉아 있다가 어항 앞으로 가서 구피들을 들여다보았다. 몇 마리 안 남은 물고기들은 수초 사이를 헤엄치며 돌아다니고 있었다. 성호는 잠깐 생각하다가 손을 어항 속에 집어넣었다. 푸른 체크무늬 셔츠가 젖어들면서 어항 물이 푸르게 굴절되어 보였다. 성호는 손을 멈추고 꼬리에 주홍색 점이 난 것처럼 보이는 치어를 잠시 보았다. 치어가 노니는 물레방아를 집게와 엄지손가락으로 더듬었다. 어딘가 열리는 문이 있다. 더듬다가 덜컥하는 소리와 함께 외부와 통하는 문을 찾아 열었다. 치어가 처음에는 몸을 웅크리고 조용히 있더니 물 밖으로 나왔다. 그리고 주홍 점 녀석과 하얀 녀석이 있는 구석으로 왔다. 한참을 너른 공간을 뱅그르르 돌다가 다시 물레방아 쪽으로 돌아가려는 치어를 어미인 주홍 점 녀석이 냉큼 달려가 물어뜯었다. 어미는 여러 번 새끼를 물어뜯었다. 치어는 잔해만을 남기고 서서히 찢겨진 몸으로 떠올랐다. 다시 어항에는 주홍 점 녀석과 하얀 녀석만 남았다. 둘만 남은 어항 속에서 헛헛함을 느끼지 않고는 다시는 종족을 죽이려 하지 않을 것이리라.

성호는 사료를 뿌려주었다. 그리고 물레방아를 빼내어 그 옆 선반에 두었다.

일주일간의 휴직을 마치고 경찰청에 출근한 첫날, 권여일 계장은 성호의 어깨를 툭 치고 자료를 놓고 갈 뿐 말없이 미소만 빙그레 지어 보였다. 하루 일과는 변함없이 예전과 같았다.

새로 의뢰된 사건을 동료에게서 보고 받고 자료들을 취합해 읽어나갔다. 일에 몰두하는 것 외에 번뇌를 그칠 방법이 없었다.

이번 사건은 골프장의 캐디가 충청도의 야산에서 살해된 것을 시작으로 동일 골프장의 여직원 하나가 실종된 사건이었다. 두 사건 사이에 3개월의 시차가 있었고, 용의자는 골프장에서 전동카를 세차하는 아르바이트생이었다. 남자의 나이는 19세로, 대학교 방학 동안 일을 하면서 여직원과 캐디를 알게 된 상태였다. 남학생은 현재 불구속 상태였지만, 정황상 범인일 확률이 높아 골프장에서 공금횡령사건의 범인으로 동시에 신고

하여 구금 조사 중이었다. 이 남학생의 심리상태 파악과 프로
파일링 의뢰가 들어와 있었던 것이다. 이 외에 4월에 잡힌 범죄
학회 세미나의 프로그램 구성과 강사 섭외를 성호가 도맡아하
기로 결정이 나 있었다. 그 일 관련하여 기획과 결재를 진행해
서 경비를 마련하여야 했다. 마음이 바빴다.

일에 몰두하고 있는데, 검은색 슬랙스 정장에 커다란 진주
귀걸이를 한 심재연 경위가 성호의 책상에 다가와 커피 한 잔
을 내려놓았다. 그리고 의자 하나를 끌어다가 성호 옆으로 다
가 앉았다.

"어때요, 몸은?"

"괜찮습니다."

"부탁이 있는데."

심재연은 남에게 부탁하는 사람이 아니다. 명령과 지시를 내
리기 좋아하는 사람이다.

"그, 한남기라는 이번 사건 용의자 혹시라도 체포되면, 내가
먼저 면담 요청하려고 하는데. 괜찮을까?"

"네?"

성호는 깜짝 놀란 눈으로 심재연을 직시하였다.

"범죄 연구에 필요한 것 같고, 무엇보다 사이버범죄와 관련
하여 좋은 표본이 될 것 같아서 그래요. 나도 솔직히 깜짝 놀랐
어. 할리우드 영화에서나 볼 법한 상황이 사건으로 일어난 거
잖아. 그것도 우리 내부에서. 혹시 한남기라는 남자, 이전에 알

던 사람이었어요?"

심재연이 대답을 기다리는데, 성호는 잠시 뜸을 들이다가 고개를 저었다.

"아뇨, 모르는 사람입니다."

"그렇다면 단지 자신이 저지른 범죄와 관련되어 특정인을 해킹하고, 심지어 다른 사람까지 사칭하면서 타깃으로 삼았다는 건데, 좀 특이하고 연구해볼 만한 케이스가 될 것 같아. 도움 좀 줘요. 도전할 가치가 있어요."

"네?"

"퇴원한 지 얼마 안 된 사람한테 이렇게 사건 관련해서 부탁하는 게 좀 염치없는 것 같고, 그치만 나도 나름 걱정 많이 했어요. 사실은 어릴 때 기억장애로 심리 치료 받았다는 것, 계장님과 같이 알고 있었어요. 그래서 홀로 삼보섬에 내려가 프로파일링하는 것 조금 우려했어요."

성호의 얼굴이 파랗게 질려가고 있었지만, 애써 침착한 표정으로 심재연을 보았다.

"경찰이 되고 우리 부서에 발령받았을 때, 어머니가 잠깐 계장님과 저 면담하고 가셨어요."

성호는 점점 두 주먹에 힘이 들어가고 어깨가 움츠려 들었다.

"어릴 때 힘든 일이 있었다고, 그래서 우리한테 너무 심리적으로 몰아닥치면 힘들어하거나 포기할지도 모른다고 그때는 꼭 알려달라고 연락처 두고 가셨어요."

"그, 그러셨어요?"

성호도 모르는 일이었다.

"어서 나아요. 그래도 걱정 많이 했어요."

심재연이 성호의 어깨를 툭 치고 일어나 가는데, 성호는 불쾌한 심정을 얼굴에 드러냈다. 모든 전말이 들통 날 것 같은 막연한 불안함, 걱정과 회한이 뒤섞인 감정이 밀물처럼 몰려들었다. 그리고 불현듯 분노가 치솟았다. 하지만 그도 잠시, 경찰청 컴퓨터 시스템에 접속해서 사건 조서 서류를 다운받고, 관련 자료들을 취합하여 하나의 보기 쉬운 보고서 형식으로 만드는 일에 몰두하였다.

정신없이 바쁜 하루가 돌아가는데 오후가 되자 인터폰이 울렸다. 정문 초소였다.

"과학수사센터에 자수를 하겠다는 남자가 있는데, 꼭 김성호 경사님께 하겠답니다. 어떻게 할까요?"

성호의 두 손이 떨렸다. 예상했던 일이 벌어지는 걸까? 한남기가 '내가 자수한다면 꼭 너한테 할게' 하던 그 말이 소름끼치게 귀에 잔상처럼 들려왔다.

10여 분 후, 과학수사센터 사무실 문을 열고 들어온 남자가 있었다. 오른쪽 다리에 깁스한 발을 끌면서 목발을 짚고 천천히 들어오던 한남기를 동행한 순경이 연신 제지하였다.

"무슨 일입니까?"

보다 못한 동료 경찰 하나가 일어나 한남기와 순경에게 다가

갔다.

"이분이 자꾸 김성호 경사님께 자수를 하겠다며 막무가내로 왔습니다."

한남기는 범죄행동과학계 사무실을 둘러보았다. 일에 열중하고 있던 동료들이 하나둘 그를 에워쌌다. 성호는 조용히 자리에서 일어났다. 성호와 눈이 마주친 한남기가 씩 웃었다. 그리고 성호의 앞에 다가가 조용히 섰다. 성호의 두 다리가 떨렸고 두 주먹이 불끈 쥐어졌다. 손에서 땀이 났다.

한남기는 뿔테 안경을 벗어서 바닥에 떨어뜨렸다. 그리고 왼쪽 어깨에 걸린 가방에서 비닐 봉투를 꺼내서 들어 보였다.

"여기 하나리의 피가 묻은 제 티셔츠와 범행 흉기 면도용 칼을 증거로 제출합니다. 제 지문이 묻어 있습니다. 정확하게 2012년 12월 24일 밤 10시 45분에 범행하였으며, 출입은 택배 배달을 사칭하여 들어갔습니다. 두 손과 두 발목을 케이블 타이로 묶고 입을 청테이프로 틀어막았습니다. 뺨을 일곱 차례 이 면도날로 그었고 목을 졸라서 죽였습니다. 장갑을 꼈고, 아마 하나리의 침대 옆 작은 탁자 위에 깔린 유리 안쪽으로 제 중지 지문이 묻어 있을 겁니다. 지문을 그곳에서 발견 못하였다면 다시 살펴보시기 바랍니다. 그리고 여도윤 학예사는 제가 미행하여 입에 마취제를 흡입하게 하여 납치하였습니다. 차에 태우고 제 집으로 데려온 후에 목을 졸라 죽였습니다. 이미 시신이 발견되었다고 들었습니다. 납치는 1월 13일 밤 9시에 저질렀습니다. 여도윤 학예사가 근무하는 박물관 뒷문 골목에서 납치하였고 범행은 저의 집에서 저질렀습니다. 죽은 시각은 10시 10분입니다. 하나리와 여도윤 살인으로 자수합니다."

보고를 받고 다급하게 사무실로 온 권여일 계장이 조용히 듣다가 순경에게 수갑을 채우도록 지시하였다. 심재연 경위는 깜짝 놀란 눈으로 지켜보면서 성호의 눈치를 살폈다.

"관할경찰서에 연락을 취하고 그쪽으로 인계해."

권여일 계장이 지시를 하고 나서 한남기의 눈을 똑바로 쳐다보고 물었다.

"왜 범행을 한 겁니까?"

한남기는 일말의 여지도 없이 답했다.

"인생이 너무 헛헛해서요."

권여일 계장이 성호와 한남기를 번갈아 보았다.

"왜 여기 와서 자수를 한 거죠?"

"김성호 경사님께 하고 싶었어요."

"알겠습니다. 일단 사건 담당 경찰서에서 조사를 받아야 되니까, 증거를 주고 절차대로 순순히 응해요."

순경이 끌고 나가려는데 한남기가 우뚝 섰다.

"잠깐만요."

한남기가 나직하게 말했다. 연행하려던 순경이 잠깐 멈칫했다. 한남기는 성호에게 바짝 다가가 귀에 대고 말했다.

"난 죗값을 치를 거야. 하지만 너는? 후후, 으하하."

한남기가 박장대소를 하였다. 성호의 다리에서 힘이 풀려서 그대로 바닥에 무릎 꿇듯이 주저앉았다. 심재연을 비롯한 동료들이 의아한 눈초리로 쳐다보았지만 버틸 힘이 없었다.

미안하다, 남기야. 미안하다.

작가 후기

2012년 한국추리작가협회에서 개최한 여름추리소설학교에서 경찰청 소속 프로파일러의 강의를 듣고 처음으로 소설의 영감이 떠올랐습니다. 실제 인물에서 캐릭터를 만들어 상상 속에서 그려나갔습니다. 그림을 잘 그리고 촉이 좋은 프로파일러, 강력범죄를 밝히는 데 있어서 두각을 드러내지만 과거의 기억에 사로잡힌, 비밀에 감싸인 인물이 주인공이 되면 좋겠다는 생각이 들었습니다. 1년 넘게 캐릭터를 만들어가고 다져가고 소설의 배경이 되는 진도에 여행을 다녀오고 하면서 소설을 구체화시켰습니다.

범죄자는 만들어지는가, 아니면 태어나면서부터 결정되는가. 범죄학의 영원한 연구 주제를 소설로 구현하기 위해 여러 책들을 보았고 인터뷰를 하고 자료 조사를 하였습니다. 그럼에도 소설 속에서 구체화된 범죄나 경찰이나 과학수사 관련 지식이 틀렸다면 모두 제가 부족한 탓입니다.

소설이 나오기까지 물심양면으로 도와주신 부모님, 시부모님, 남편과 딸, 형제자매들에게 진심으로 감사드립니다. 아울러 멘토가 되어준 양수련 작가, 정명섭 작가, 박선아 작가에게 감사 드립니다.

마지막으로 소설 원고의 수정과 편집을 도와주셔서 한 단계 업그레이드 시킬 수 있도록 조언과 도움을 주신 박윤희 님께 고마움을 느낍니다.

제 소설이 세상에 나와서 조금이라도 사회 범죄율을 낮출 수 있기를 진심으로 기원하면서 이만 마치겠습니다.

2014년 10월 김재희

박광규
(추리소설 해설가)

작가 김재희는 《훈민정음 암살사건》(2006)으로 데뷔한 이후 《백제 결사단》(2007), 《색, 샤라쿠》(2008), 《경성 탐정 이상》(연작단편집, 2012) 등의 추리소설을 발표해왔다. 그의 작품들에는 일련의 공통점이 있다. 제목만으로도 짐작할 수 있겠지만, 이들 작품은 역사적 사실을 토대로 하여 작가의 독창적인 아이디어를 덧붙여 이야기를 창조해낸 역사 미스터리라고 할 수 있겠다. 전자의 두 작품은 현재 한국이 배경이지만 먼 과거인 조선과 백제 유물의 비밀을 풀어가는 것이며, 후자의 두 작품은 17세기 일본, 20세기 초반 조선을 배경으로 삼았다. 그러나 이번에 선보이는 《섬, 짓하다》는 작가가 그동안 써왔던 역사 미스터리와 다소 궤를 달리하는 현대 범죄소설이다.

성형수술을 했다는 이유만으로 '주간파'라는 인터넷 커뮤니티의 공격 대상이 되고, 급기야는 자택에서 잔인하게 살해당한 여성. 경찰 강력계에서는 CCTV에 촬영된 영상을 근거로 주간파 회원인 16세의 남학생 이준희를 이 사건의 용의자로 지목하지만, 그를 면담한 젊은 프로파일러 김성호는 그가 범인일 가능성이 희박하다고 판단한다. 그러나 이튿날, 김성호의 인터넷 계정이 해킹당해 신상이 노출되고, 이준희가 자살을 기도하자 김성호는 피치 못하게 이 사건에서 손을 떼는 대신 삼보섬에서 발생한 여성 연쇄실종사건 수사지원에 나서게 된다. 사건 협조차 민속학 연구자 여도윤과 함께 진도에 도착한 김성호는 현지 수사 책임자 강대수 등의 협력을 받아 사건 프로파일링에 착수한다. 인구 3만에 불과한 섬에서 벌어진 여성 연쇄실종사건의 이면에는 무엇이 있는 것일까?

도입부의 개요만을 소개했지만, 본작《섬, 짓하다》는 21세기의 한국 현실을 생생하게 반영한 작품이다.

허구가 현실을 따라잡지 못하는 것은 드물지 않은 일이다. 컴퓨터, 인터넷 등 첨단 기술이 보편화된 지 불과 20년 남짓. 세상이 첨단 정보화 사회가 되면 미래 세상도 장밋빛깔일 것이리라는 예측과는 달리 순기능만큼이나 역기능의 어두운 그림자가 짙게 드리우고 있다. 양순하던 사람이 인터넷의 익명성이라는 껍질을 뒤집어쓰고 믿기 어려울 정도로 공격적인 모습을 보이는 일도 드물지 않으며, 신상 노출, 명예훼손, 인격살인 등 세계적으로 발달한 인터넷망을 가진 한국에서는 이러한 달갑 잖은 사건들이 심심찮게 발생한다. 친목을 도모하기 위해 만든 동호인 모임이 집단으로 남을 공격하는 단체가 되리라고 상상 했던 사람은 별로 없었을 것이다. 작가는 현재 벌어지고 있는, 그리고 한국 사람이라면 누구나 익숙할 한국 속의 또 다른 세계인 사이버 스페이스 속 사회현상을 주요한 소재로 활용하고 있다.

또한 프로파일러를 주인공으로 내세운 것도 이채롭다. 해외 작품에는 월 그레이엄(작가 토머스 해리스), 토니 힐(작가 발 맥더미드), 테리 맥케일렙(작가 마이클 코넬리) 등의 인상적인 인물들이 있지만, 한국 작품에서는 독자들의 눈에 익숙해진 인물을 아직 찾기 어려운 상황에서 새로운 프로파일러가 등장한다.

이 작품의 주인공이라고 할 수 있는 프로파일러 김성호는 영화나 드라마에서 흔히 볼 수 있는 문무를 겸비한 완벽한 수사관과는 거리가 멀다. '친근해 보이고 완력이 셀 것 같지도 않고, 다정다감하게 말을 잘 들어줄 것 같은 분위기'의 인물이지만, 크지 않은 키에 호리호리한 체구라 웬만한 용의자에게는 육체적으로 밀릴 정도다. 날카로운 판단력과 뛰어난 기억력을 가지고 있지만 내성적인 성격에 심리적으로도 강인한 편이 아니며, 자신도 뚜렷하게 기억하지 못하는 어린 시절의 트라우마 때문에 심리적으로 불안정한 모습을 보이기도 한다. 그는 사건

수사를 진행하면서 잊었던 자신의 기억을 차츰 되찾아간다.

> "저희 경찰이 범죄자들을 연구하고 많이 만나고 조사하지만 동화되지는 않습니다. […] 그저 범죄자의 심리를 통해 그들의 행동을 들여다보는 것이죠."
>
> (본문 중에서)

'프로파일러(Profiler)', '프로파일링(Profiling)'. 이는 범죄 수사와 관련된 전문용어이지만, 국내에도 프로파일러라는 호칭으로 유명해진 인물이 있고 일반인을 위한 관련서적이 적지 않게 출간되었을 정도로 이제는 생활용어가 되었다고 해도 과언은 아닐 것이다.

잠깐 과거로 거슬러 올라가 보도록 하자. 에드거 앨런 포, 코난 도일이 등장하여 오귀스트 뒤팽이나 셜록 홈즈와 같은 명탐정을 선보였던 19세기, 그때의 세상은 지금보다 덜 삭막하고 온화했을 것 같지만, 그때도 역시 사람이 사는 세상인 만큼 범죄는 당연히 있었다. 다만 그 당시의 범죄는 나름대로 이해할 수 있는 원인—예컨대 증오, 탐욕, 복수 등—에서 비롯된 것이었으며, 흉악한 범죄일수록 대개 피해자와의 관련을 쉽게 찾을 수 있는 것들이 대부분이었다(물론 영국에서 벌어진 '잭 더 리퍼'의 연쇄살인사건처럼 말끔하게 해결되지 않은 채 남아 있는 사건도 있지만). 추리소설 속에 등장한 명탐정은 대체로 한정된 용의자들 속에서 범행으로 이익을 얻을 수 있는 사람을 찾아내면

되었던 것이다.

그러나 이제 시대가 많이 바뀌었다. 수많은 흉악범죄가 셀 수 없을 만큼 다양한 동기 속에 벌어지는 가운데 가해자와 피해자 사이에 특별한 연관성이 없는 경우가 늘어났으며, 심지어는 납득할 수 있는 범행 동기마저 전혀 없는 살인사건도 드물지 않게 발생한다. 빠른 속도로 발달한 과학기술과 함께 경찰의 수사기술도 발전했지만, 상식적이 아닌, 비정상적인 사고방식을 가진 범죄자의 행동까지 사전에 막아내거나 쉽게 해결할 수 있는 방법은 없다고 봐도 과언이 아니다. 프로파일링은 이러한 배경에서 탄생했다.

어쩌면 G. K. 체스터튼은 그가 창조한 브라운 신부를 통해 일찌감치 프로파일링이라는 것을 예언한 것 같기도 하다.

> "나는 인간을 겉모습으로 보려고 하지 않습니다. 나는 그 사람의 내면을 보려고 합니다. 따라서 나는 살인범이 생각하고 있는 그대로 생각하고 있는 겁니다. 살인범과 똑같은 격정으로 싸우고 있는 겁니다."
>
> 《브라운 신부의 비밀》에서

불과 20여 년 전까지만 해도 낯설었던 이 용어는 1990년대 초반 토머스 해리스의 소설 《레드 드래건》과 《양들의 침묵》, 그리고 그 몇 년 후 로버트 레슬러의 논픽션 《FBI 심리분석관》(《살인자들과의 인터뷰》로 개역 출간)이 번역 소개되면서 연쇄살인을 저지르는 이상심리(異常心理) 범죄자의 심리분석이라는 새로운 영역이 관심을 끌기 시작했다. 다만 당시만 해도 프로파일링이라는 용어는 거의 쓰이지 않았고, 프로파일러는 '범죄심리분석관'이라고 번역될 정도로 생소한 수준이었다. 그러나 2000년대에 접어들어 외국에서나 일어날 것만 같았던 엽기적인 연쇄살인사건이 한국에서도 발생하기 시작하면서, 이들 범죄자의 심리를 분석하는 프로파일러가 한국에도 필요불가결한 존재가 되었던 것이다.

앞에서도 잠깐 언급했지만, 작가의 변화 시도는 흥미롭다. 이전 작품에서 볼 수 있었던 방대한 자료 조사를 통한 역사 고증은 현대의 범죄 심리학과 프로파일링 등에 대한 세밀한 묘사로 바뀌었다. 도입부의 여성 살해사건과 삼보섬의 여성 연쇄실종사건, 그리고 주인공의 어두운 과거 등을 치밀하게 한줄기로 엮는 솜씨, 추리소설 독자라면 기대했을 반전과 의외의 범인, 그리고 작품 기저에 깔린 현실 비판에 이르기까지 짜임새 있는 작품이 되었다는 점에서 성공적인 연착륙으로 보인다. 작가의 도전 정신에 찬사를 보내면서 다음 작품에서도 새로운 도전을 기대한다.

혹시 김재희의 새로운 역사 미스터리를 기대했던 독자라면 약간 놀라거나 아쉬울 수도 있겠지만, 그의 작품을 좋아하는 독자라면 《섬, 짓하다》를 읽으면서 그러한 아쉬움을 충분히 떨쳐낼 수 있을 것이다.

*소치 허련이 제시한 변속팔조 문구 해석은 《역사속의 진도와 진도사람》(박병술, 학연문화사, 1999)에서 참조하였습니다.

*범죄심리와 진술, 수사에 관련하여 《최신 범죄심리학》(이수정, 학지사, 2011), 《범죄자 프로파일링》(홍성열, 학지사, 2011) 등의 책에서 도움을 받았습니다.

*법과학 관련하여 《현장감식과 수사, CSI》(배리 A. J. 피셔, 홍성욱, 최용석 공역, 수사연구사, 2006), 《사이언스 101 법과학》(Edward Ricciuti, 유제설 역, 이치사이언스, 2011), 《한국의 CSI》(표창원, 유제설 공저, 북라이프, 2011) 등의 책에서 도움을 받았습니다.

2014년 10월 22일 초판 1쇄 인쇄
2014년 10월 29일 초판 1쇄 발행

지은이 | 김재희
발행인 | 이원주
책임편집 | 박윤희
책임마케팅 | 조용호

발행처 | (주)시공사
출판등록 | 1989년 5월 10일(제3-248호)

주소 | 서울 서초구 사임당로 82(우편번호 137-879)
전화 | 편집 (02)2046-2852·마케팅 (02)2046-2800
팩스 | 편집 (02)585-1755·마케팅 (02)588-0835
홈페이지 | www.sigongsa.com

ISBN 978-89-527-7214-5(04810)
       978-89-527-7217-6(set)